고구려

7

고구려7 동백과 한란

개정판 1쇄 발행 | 2021년 6월 14일
개정판 16쇄 발행 | 2024년 10월 23일

지 은 이   김진명
발 행 인   김인후
편   집   정은진, 박 준   **마 케 팅**   홍수연
디 자 인   이정아, 원재인   **경영총괄**   박영철
주   소   서울시 은평구 통일로 1034, 시설동 228호
문의전화   02-322-8999
팩   스   02-322-2933
블 로 그   https://blog.naver.com/eta-books
발 행 처   이타북스
출판등록   2019년 6월 4일 제2021-000065호

ⓒ 김진명, 2021
ISBN 979-11-970632-7-5 04810
       979-11-970632-0-6 (세트)

김 진 명 역 사 소 설

고구려

7

고국양왕

동백과 한란

이타

『고구려』 고국양왕편 등장인물

고구부(高丘夫)

고구려 제17대 태왕. 누구도 이해하지 못하는 이유로 궁을 떠나버린 그는 세상을 방랑하며 묘한 인물들과 묘한 물건들을 찾는다. 그는 그것을 거대한 전쟁이라 부르지만 대체 그가 맞서 싸우는 것이 무엇인지, 그가 얻고자 하는 것이 무엇인지는 짐작하는 이조차 극소수에 불과하다.

고이련(高伊連)

고구려 제18대 태왕이자 소수림왕 대의 고구려 제일장. 부러질수록 더욱 단단해지며 몇 번이고 일어선 그는 고구려의 근간을 지탱하는 이들에게 이름을 지어주며 그들과 자신이 다르지 않음을 느끼고 마침내 자신만의 길이 따로 있음을 깨닫는다.

단청(丹靑)

승려의 신분을 벗고 구부의 곁에 머무른 그녀는 세상을 구부와 같은 눈으로 바라보며 구부가 하려는 일을 돕는다. 그러나 정작 본인의 꿈은 소박하기만 하다. 언젠가는 이루어질까. 만물에 온정을 품은 심성으로 이련의 마음에 부침이 있음을 알고 구부에게 꽃 두 송이를 내민다.

백동(白童)

그저 학문을 사랑하고 배움을 열망할 뿐. 그러나 천하와 역사를 다투어 논하는 거인들의 싸움에서 때론 이용당하고 때론 무너지기만 한다. 구부의 시대를 살아가는 것이 불행이기도, 행복이기도 한 지극히 평범한 청년.

모용수(慕容垂)

훗날 후연(燕)의 시조. 요동을 지켜내고 부견의 신임을 얻어 전진(秦) 제일의 군벌로 거듭나지만 한시도 잊은 적 없는 제 야망을 위해 모든 것을 걸고 동쪽으로 향한다. 품은 뜻과, 성품과, 재주가 모두 왕의 그릇인 비범한 인물. 그러나 그의 마음에는 고구부라는 이름 석 자가 새겨진 채 쉬이 지워지지 않는다.

사안(謝安)

왕희지를 이은 난정 문인의 웃어른. 한(漢)인의 높은 스승으로 막후에서 동진(晉)을 이끈다. 칼이 아닌 붓이 진실로 세상을 지배한다 여기고 보이지 않는 곳에서 한(漢)인의 천하를 만들어가는 인물.

왕헌지(王獻之)

왕희지의 아들로 본인 또한 이름 높은 유학자. 당장 나라의 약함을 개탄하며 사안과 함께 한(漢)인 천하의 천년 대계를 만들어간다.

우치(愚痴)

부여수의 둘째 아들. 어리석고 어리석다며 붙은 별명을 스스로 사랑하는 독특한 왕자. 어린 시절에 이미 부왕 부여수의 눈 밖에 나지만 그조차 즐거워하는 속모를 인물이다. 남의 이목을 벗어나 바깥 한직(閑職)으로 돌면서 끊임없이 훗날을 위해 무언가를 획책한다.

종득(宗得), 현찬(玄燦), 우상(禹商), 편달(片㘈)

구부가 직접 가려 뽑은 그의 신하이자 동료들. 각기 다른 이유로 구부의 방랑길을 따라나섰다가 알 수 없는 임무를 받아 천하 사방으로 먼 길을 떠난다. 무사, 선비, 풍수사, 도굴꾼이라는 이상한 조합. 훗날 구부가 남긴 말들을 기록하였다가 후세에 전하는 역할을 맡는다.

國新教□□八六
喜□上帝略教□城者
有上帝來言□六看
富廣漢韓一家烟
□□□石穢家為農
之□立□令先看黃
者境烟看王烟城
點好卅福酒於國
不本看洒但利烟
得王烟裡教於一
新寨□言卯城看
□□三百教遠□五烟
□□烟都如近五家看烟

國旧一看烟三興科城因回

六宏城為香烟農黄城國烟一看烟

八十城六家為香烟黄城國烟一看

新于北比略教言一家六家為香城國烟

上守略教言相王為香烟就國烟

廣漢来言相王先香烟就城國一

珇石韓縣王先王便於就為城四

左國縣令先王便教利就城五

遠烟令猫便教利城城家

好卅猫涵教即城就五宗烟

太看涵律即遠八五宗

王烟律言遠八家烟

第三言百敢近家烟

烟三百敢如近八

烟都如今

차례

고구부가 없다

요동.

칼날 같은 바람이 살을 에어왔다. 퍼석 갈라진 얼굴에 모래가 말라붙고 메마른 입술에 피딱지가 앉았다. 벌써 며칠이 되었을까, 성벽 위에 우두커니 선 모용수는 움직이지 않았다. 식음을 전폐한 채 하염없이 고구려 진영만을 바라보았다. 그들 고구려 군사는 날이 갈수록 더욱 날카로운 군기를 가다듬고 있었다. 삼엄한 경계, 정연한 배치, 굳건한 군진과 사기 높은 군사들. 전재(戰災)를 입은 주변을 복구한다며 법석을 피우던 군사들까지 군진에 복귀해 전열에 가담해 있었다. 모용수는 핏발 선 눈을 꾹 눌러 감았다. 마른 입술 사이로 작은 독백이 흘렀다.

"패색이 짙어져만 간다. 이대로 무엇도 하지 못한 채 끝나는 것인가."

적은 점점 더 강해져만 갔고 요동성의 아군은 점점 더 무너져 가고 있었다. 이제는 도망하지 않고 남은 군사의 숫자가 더 적을 지경, 아직 전의를 불태우고 있는 자는 어쩌면 모용수 혼자만인지도 몰랐다.

"적은 더욱더 강건해만 가는구나. 이제는 그 우스운 장난조차 끝났는가."

모용수는 매일 아침마다 신나게 목탁을 두드리던 구부가 있던 자리, 장수들이 억지로 그를 따라 독경하던 자리를 문득 손가락으로 가리켰다. 지금 그곳에는 예의 우스꽝스러운 광경 대신 검게 옻칠한 높고 견고한 첨탑이 솟아 삼엄한 파수를 펼치고 있었다.

"굳이 저리하지 않아도 될 터인데. 저 솟은 탑, 활 당겨 잡은 궁수들보다 목탁을 쥔 그가 백배는 더 무섭거늘. 그놈의 정신 나간 부처 흉내만으로 요동 전체가 지리멸렬하지 않았는가. 염불 소리에 매일 머리가 아팠는데."

독백은 이어졌다.

"이 불편하고 기묘했던 전장이 다소 편안해지기는 했구나. 함정과 계략, 어쩌면 사술(邪術)로 범벅이 된 것만 같던 전장이 이제는 창과 칼의 대화를 걸어온다. 그립고 익숙한 냄새가 아닌가. 무엇이라도 해볼 수 있을 것만 같지만."

이어서 모용수는 고개를 저었다.

"이제 와 새삼 창과 칼이라니. 계략을 쓸 필요조차 없다는 뜻이겠지. 이미 이길 길은 없다."

곧 그는 붉어진 눈을 감아버리며 쓸쓸히 중얼거렸다.

"끝났다. 좋은 선례를 남기는 일만이 남았구나."

승리에 대한 기대는 접은 지 오래였다. 도망하지 않고 남은 병력이 얼마 되지도 않는 데다 그마저도 태반이 적의 수장을 살아있는 부처로 모시는 얼빠진 놈들이었다. 마지막을 생각하며 긴 독백을 중얼거린 그는 곧 바닥에 팽개쳐놓았던 창을 집어 들고 성벽을 내려왔다. 전군에 명을 전달해 장수와 병사를 사열시켜놓은 그는 담담한 목소리로 입을 열었다.

"전쟁은 끝났다. 오늘 하루 시간을 줄 터이니 목숨이 아까운 자는 짐을 싸서 성을 버리고 도망하라. 장졸을 불문하고 군율에 묻지 않을 것이다."

하나라도 많은 병사를 붙잡고자 탈영병을 처형하고 본보기를 보이는 여타 장수들과 달리 모용수는 가장 힘든 때에 그리 말했다. 듣는 이들은 입술을 깨물었다. 이미 대가 약하고 겁이 많은 장수와 병사들은 도망한 지 오래였다. 나름 의지와 기개가 있다는 자들만 남았으니 그들은 마지막까지 아름다운 그들의 수장에 감동하고 비참한 판국을 함께 슬퍼했다.

"다만 멀리서라도 마지막 항전은 지켜보아라. 이 연(燕) 장군 모용수와 몇몇 용사들이 어떻게 최후를 맞이했는지, 누가 가장 선두에서 달렸고 누가 가장 큰 고함을 질렀는지 지켜보고 후세에 전해달라."

최후를 생각하는 입은 결국 연(燕)의 이름, 품었던 고국에의 향수를 에둘러 드러내었다. 죽음만을 앞두었음이 분명한 토로에 병사들이 침을 삼키는 가운데 원래도 크지 않았던 그의 목소리가 점차 작아지며 억지 기대를 담아 병사들을 향했다.

"강요하지 않는다. 오늘 나와 함께 죽을 자만 앞으로 나오라."

다만 죽음으로 가는 길. 역시 선뜻 나서는 이가 거의 없었다. 한두 장수가 나서고, 서너 병사가 나섰으며 이어서 수십 병사가 발등을 떨며 갈등한 끝에 앞으로 한 발을 내디뎠다. 마지막 한 명의 병사가 나서고도 한참이나 나머지 병사들을 응시하던 모용수는 마침내 고개를 까딱 숙여 목숨을 버린 이들에게 경의를 표했다. 모용수는 등을 돌려 옆에 매어놓은 말에 올랐다. 곧 성문이 열리고 그는 그리로 향했다. 일만에 가까운 군사 가운데 불과 백 명도 되지 않는 장졸만이 그의 뒤를 따랐다. 개전의 진격이기보다 장례 행렬이었다. 남은 이들은 한없이 고개를 떨어트린 채 부끄러운 낯빛으로 그들을 보냈고 목숨 버린 이들은 용기백배한 함성 대신 조용히 머릿속에 각자 최후의 모습을 그리며 전장으로 향했다.

"고구려, 내 처음이자 마지막 칼을 받으라."

성문의 앞에서 그리 말한 모용수는 가장 선두에서 고구려 진영을 향해 말을 박찼다. 입 다문 일백 군사가 그 뒤를 따라 달렸고 그 뒤로 내버린 생사의 미련과 망설임이 깔렸다. 멀리서 이 광경을 지켜보던 고구려 진영에서 궁사들이 앞으로 나와 당긴 활을 쏘았다. 하늘을 메우며 쏟아지는 화살에 벌써 열댓 병사가 풀썩 쓰러졌지만 모용수는 그저 똑바른 진격을 감행했다. 화살 빗발을 앞질러 바람처럼 달리며 그는 부릅뜬 눈으로 적의 진영을 바라보았다. 티끌만 한 약점이라도 찌르게 해달라, 부디 이 마지막 돌격이 덧없이 산화하게만 두지 말라, 그리 들리지 않는 간절한 외침을 내었다.

하늘이 무심히 조금의 빈틈도 없었다. 이제 고구려군의 선두에서는 궁사들이 물러나고 말 탄 기병들이 앞으로 나오고 있었다. 전군이 물결치듯 움직이며 정연하게 진영을 바꾸는 모습이 정예롭고 정돈된 훌륭한 진법이었다. 수만 고구려 병사의 거대한 장벽이 위용을 과시하며 일백 군사의 눈앞을 가로막았다. 가시처럼 돋친 수천의 창날, 햇살을 받아 눈부시게 빛나는 고구려 기병의 갑주, 터질 것 같은 긴장으로 앙다문 입술, 그 압도적인 적을 마주하여 순간 모용수의 눈빛이 흔들렸다.

"저게. 저게 무엇이란 말인가."

그러나 그것은 두려움에 찬 신음이 아니었다. 그의 입에서 튀어나온 것은 오히려 불신과 의혹이 가득한 의문이었다. 어느 순간 달리던 말을 멈춘 채 적진을 바라보던 그는 손을 들어

뒤따르는 병사들을 멈추게 하였다.

"잠시. 전군, 멈추라. 뒤로."

죽는 그 순간까지 결코 물러서지 않을 것만 같았던 돌격이 멈추었고 곧 그들은 물러섰다. 화살 닿는 거리 밖까지 천천히 물러나니 즉시 고구려 진영에서는 그에 맞추어 다시 기병이 물러나고 궁수들이 앞으로 자리를 바꾸어 나왔다.

"옆으로, 우측으로 달린다."

이 정연한 변화를 미세하게 떨리는 눈으로 지켜보던 모용수는 문득 옆을 가리키며 고구려 군진을 크게 에둘러 바깥으로 달렸다.

"되었다. 반대로."

고구려 군진 역시 군사들을 움직여 그들이 가는 방향을 향해 머리를 돌렸다. 멈춘 모용수는 이번에는 반대로 달렸다. 고구려 군사 또한 또다시 그들을 따라 움직였다. 대군의 움직임에도 큰 혼란이 없었다. 적절한 대응, 잘 짜인 진영과 명확한 지휘 전달의 방증이었고 성실한 용병술의 모범이었다. 이에 맞서 모용수는 마지막으로 한 번 더 아무렇게나 내달린 뒤 또다시 그들을 따라 머리를, 꼭짓점을 움직이는 고구려 군사를 보고 제자리에 우뚝 서버렸다.

"이게 무엇인가."

그는 믿을 수 없다는 듯 중얼거리며 고구려 진영을 응시했다.

"어째서 그런 모습을 보이는가. 고구부, 너는 지금 무엇을 하고 있느냐."

크게 뜬 모용수의 눈이 과시하듯 솟아있는 검게 기름칠된 첨탑으로 향했다. 잘 정돈된 대군, 높이 솟은 첨탑, 제자리에 멈춘 채 칼날 같은 눈빛으로 아군을 경계하고 있는 선두의 정예군. 모용수는 고개를 크게 저었다. 불과 며칠 전까지 그 빌어먹을 목탁 소리가 들릴 적마다 아군 수백 수천의 군사가 겁먹어 엎드려 빌곤 했었다. 소리 내어 울며 부디 살려달라 고함치곤 했었다. 부처의 현신, 그 거대하고 압도적인 부처의 위엄 대신 내민 것이 고작 저 어설픈 활잡이들의 화살촉들이란 말인가.

"고구부, 정말이란 뜰이냐. 정녕 이것이 너의 군사이냐. 고작 일백 군사를 상대로 이만 대군을 힘껏 움직여 늙어 죽은 병가(兵家)의 가르침을 성실하고 충실히 따르는 것이 정말로 너의 병법이란 말이냐."

그 소리를 들은 곁의 부장이 투구를 벗어 들었다. 모용보, 모용수의 장남으로 어려부터 아비를 따라 종군해온 이였다.

"무슨 문제라도 있는 것입니까?"

"저 군사가 잔뜩 긴장하고 겁먹지 않았느냐. 어째서 저리도 약한 모습을 보인다는 말이냐. 내 평생 가장 두려웠던 적이 지금은 금방이라도 바스라질 것 같은 겁쟁이들의 무리가 되어 있지 않느냐."

"예? 저들이 약하다고요?"

"이만 군사를 들고도 일백 군사의 눈치를 살피고 있지 않느냐. 혹시 무슨 계략이라도 있는지, 내 심중이 무엇인지 저들은 두려워 긴장하며 기다리고 있다. 일찍이 듣도 보도 못했던 소름끼치는 귀신의 군사가 지금은 내 평생 일백 번도 넘게 깨트려온 약졸의 모습을 보이고 있다."

"소자의 눈에는 적이 한없이 견고하고 강맹해 보이건만……."

"무엇을 하려 해도 이미 몇 수 앞에서 모든 길을 막아놓았던 그 고구부다. 온 요동을 제 의지대로, 제멋대로 마음껏 휘둘러대던 그 고구부가 지금에서 고작 일백 군사의 눈치를 살피며 저리 휘둘린단 말이냐."

"……."

"이 전장에 그가 느껴지지 않는다."

"예?"

"틀림없다. 고구부, 그 전장의 귀신이 없다. 그간의 편안함을 이제야 알겠다. 그가, 그 지독한 악귀가 이 전장에 없다."

모용수는 그리 중얼거리고는 갑자기 어금니를 꽉 깨물었다. 부서지듯 갈리는 소리와 함께 그는 갑자기 더없이 커다란 목소리로 외쳤다.

　고구부 -!!

　"너는 어디에 있느냐! 이제 네 군사가 글로 배운 전쟁을 하려는데, 너를 흉내 내 종이책을 들고 감히 나와 맞서려는데 너는 어디에 있느냔 말이다!"

　절망과 회한으로만 가득했던 지난 십수 일 끝에 처음으로 내지르는 고함이었다. 그러나 기쁨만으로 가득 찬 고함이 아니었다. 일말의 허무함, 기나긴 고뇌 끝에 모든 것을 포기하고 목숨을 내던졌건만 이미 사라져 있는 두려운 적수에 대한 공허함이 진하게 배어있는 외침이었다.

　'고구부가 없다.'

　그는 이미 고구부의 부재를 확신하고 있었다. 기(氣)와 같은 초자연적인 믿음이 아닌 전장의 경험이었다. 수백 번도 넘게 겪어온 전쟁터의 분위기, 지금의 고구려 군사가 가진 긴장과 불안을 그는 정확하게 읽고 있었다. 그는 이글거리는 눈으로 고구려 진영을 바라보다 바닥에 가래침을 뱉고는 말 머리를 돌려 요동성으로 들었다.

　성에 든 모용수는 고구려인의 시체 하나를 골라 대충 고구려 태왕의 의복을 흉내 내어 입힌 뒤 성벽에 매달았다. 이유를 듣자니 허무맹랑하기 그지없는 계략에 듣는 모두가 고개를 설레설레 저었지만 모용수는 그 매달린 시체 앞에 요동성의 온 군사를 다시 집결시킨 뒤 높은 단상에 올랐다.

"적의 수괴를 잡았다! 매복한 우리 군사가 고구부를 잡아 죽였다!"

그는 턱도 없는 거짓을 온 요동성이 울리도록 쩌렁쩌렁하게 외쳐냈고 병사들은 누구 하나 그 허황된 외침을 믿지 않으면서도 잠시의 침묵 뒤 목이 터져라 환호성을 토해냈다. 바람뿐인 믿음이나 너무나 갖고 싶은 거짓이었다. 오로지 절망뿐인 나날들에 지친 그들은 그 가냘픈 희망에 온 마음을 다해 거짓을 열광했다.

"고구부가 없다! 고구부가 죽었다!"

싸움 한 번 하지 않고 적의 수장을 잡았다니, 그것도 부처의 현신이라는 그 고구부를 잡았다니. 번연한 거짓이고 사기임을 모르는 이가 없음에도 그 소문은 요동성을 뒤흔들었다. 고구부란 단순한 적의 수장이 아니었다. 그의 존재 하나가 지금의 이 전황을 만들어낸 전부였다. 요동군은 오로지 구부에 대한 두려움으로 자멸했으며 고구려는 구부에 대한 믿음으로 달려왔다. 그 고구부가 사라졌다니, 요동군은 주저앉았던 다리를 일으키고 놓았던 창을 붙잡았다. 부디, 부디 모습을 드러내지 말라, 이 소문이 부디 사실이어라, 언제라도 고구부가 다시 모습을 드러내면 몇 배는 더한 허무함으로 주저앉겠지만 그들은 그리 간절히 외치며 환호했다. 그렇게 간절한 바람이 담긴 며칠이 흘렀다. 고구부는 나타나지 않았고 모용수는 매일 성벽에 올라 긴 채찍을 과시하듯 휘둘러 가짜 시체를 매질했다.

"뒷일은 어찌 감당하시려고. 진실이 드러나면 장졸의 믿음을 송두리째 잃게 되실 것입니다. 그때는……."

"뒷일이라. 나에게 뒤가 있는가?"

마침내 결전을 준비한 날, 모용수는 걱정하는 부장에게 눈길조차 주지 않은 채 갑주를 둘러 입고 창을 잡은 채 말에 올랐다.

"기회다. 그 어떤 불운한 사내에게도 단 한 번의 기회는 온다. 티끌만 한 기회일지라도 반드시 온다. 이것이 평생의 악운으로 점철된 내 단 한 번의 기회다."

어금니를 악문 그는 악에 받친 음성을 내어놓고 천천히 말을 몰았다. 그의 뒤를 따라 군사들이 움직였다. 이번엔 일백에 불과한 군사가 아니었다. 일만 군사, 주저앉았던 요동의 일만 군사가 모두 일어서 부서져라 창 자루를 움켜잡고 그의 뒤를 따르고 있었다.

요동의 영웅

구부 평생의 벗, 대장군 우앙은 정말로 우직한 충신이며 또한 깊은 인내심과 조심성을 가진 성실한 인물이었다. 다만 그에게는 작고 작은 하나의 욕심이 있었다. 비어버린 요동성에 제 이름이 적힌 작은 깃발 하나를 꽂으리라, 장군으로 보낸 평생에 작은 마침표 하나를 찍으리라. 그것은 누구도 나무랄 수 없는 소박한 욕심이었다. 틀림없이 태왕의 명은 지킬 것이었다. 구부가 명한 날짜까지 민심만 다독이다 돌아설 것이었다. 다만 이미 바싹 마른 낙엽처럼 바스러진 저 적에게 살짝만 더 겁을 주려는 것뿐이었다. 성을 비우고 도망하도록 조금만 더 강건한 고구려군의 모습을 보여주려는 것뿐이었다.

구부가 요동을 떠나간 후 그는 군진을 가다듬으며 최적의 시간을 기다리고 또한 기다렸다. 적이 가장 약해졌을 때를 노려 가장 강한 군사로 진격하리라, 시간은 우리의 편이다, 조급해지려는 자신과 장수들을 달래며 그는 이 한 구절만을 읊조리며 막사에 앉아 결전의 날을 기다리고 있었다.

모든 준비는 순조롭게 되어가고 있었다. 실상 당장 요동성을 공략했어도 되었을 것이었다. 전력과 사기의 격차는 하늘과 땅이었고 어쩌면 진군의 북소리만 듣고도 적은 지리멸렬해 도망할지도 몰랐다. 단 하나 작은 걱정이 있다면 그것은 역시 태왕의 부재, 매일 높은 단상에서 신나게 목탁을 두드리던 태왕이 보이지 않는다는 진중의 작은 불안이었다. 그러나 우앙은 성실하게 태왕의 명을 지켰고 그 누구에게도 비밀을 밝히지 않았다. 가끔 높은 장수들이 찾아와 태왕의 거취를 물었을 때에도 그는 오늘 아침에도 태왕을 뵈었노라, 나를 제외하고는 일체의 면회를 불허한다는 명이 있으셨다, 거듭 밝힐 뿐이었다. 그는 고집스럽도록 충직했고 당신의 부재를 비밀로 하라는 태왕의 명을 끈덕지게 성실히 지켰다.

조심과 조심으로 점철된 나날들. 그 어느 하루에 일이 터졌다.

"고구부의 목을 베었다!"

요동성에 심었던 간세들은 그런 턱없는 소문을 들어 전해왔고 성벽에는 태왕의 것이라며 시체가 매달렸다. 같잖은 헛소문에 우앙은 한껏 웃어 젖혔지만 다른 이들은 그렇지 못했다. 언제부터인가 보이지 않는 태왕, 그리고 태왕이 죽었다는 소문. 오래 참고 기다렸던 그들은 이제는 태왕의 얼굴을 보아야만 했다. 그러나 이 모든 소문을 그저 일축한 우앙은 헛소문을 퍼트리는 자의 목을 치리라고만 엄포를 놓았으며 그 태도는 도리어 소문을 더욱 키워놓았다.

태왕 폐하를 뵈어야만 하겠다, 결국 시체가 걸린 지 사나흘 만에 태왕의 막사 앞에는 높은 장수 여럿이 모여들어 그리 외쳤다. 가짜 막사 앞에 모여든 그들은 소리 높여 태왕을 부르며 면회를 청했고 막사를 지키는 호위들은 어쩔 줄 모른 채 그들을 막아서다 달려가 우앙에게 그 사실을 고했다.

"이 무슨 짓들인가!"

"폐하를 뵈어야만 하겠소."

"일체의 면회를 허하지 않으신다 하셨는데도!"

"아니, 이제는 대장군을 믿을 수 없소. 이토록 흉흉한 소문이 진동하는데도 막사에만 두문불출하실 이유가 없소. 내 두 눈으로 폐하를 직접 뵌 뒤 벌을 청하겠소."

막무가내로 밀고든 장수들은 호위들을 제치고 거칠게 막사의 문을 걷었다.

"아."

태왕은 없었다. 태왕의 의자에는 이름 모를 병사 하나가 앉아 겁먹은 눈으로 밀려온 장수들을 어쩔 줄 모른 채 바라보고만 있었다. 의심을 확인한 장수들은 이제 어쩔 줄을 모른 채 안절부절못하는 우앙의 거멓게 죽어버린 얼굴에 사나운 눈길을 모았다. 흥분한 숨소리가 커져가는 가운데 우앙은 두 팔을 내저었다.

"사, 사실 이것은."

"어찌된 일이오. 대장군. 사실만 말하시오."

"이것은."

아무 말도 하지 못하는 우앙을 노려보는 장수들 사이에서 한 신중한 표정의 장수가 나섰다. 그는 팔을 벌려 성난 장수들을 제지하며 차분히 말했다.

"잠시 멈추시오. 폐하께서는 원체 알 수 없는 일을 많이 하시는 분이십니다. 지금의 이 상황 또한 폐하의 기행에 따른 것일 수도 있는 터, 지금은 대장군을 믿고 침착해야만 합니다. 다들 아시다시피 대장군은 고구려의 그 누구보다 충직하고 정직한 분이 아닙니까?"

사실이었다. 우앙의 충직함과 정직함이야 의심할 여지가 없는 것이었고 격분했던 여타 장수들은 잠시나마 억지로 마음을 가라앉히고 우앙의 말을 기다렸다. 신중한 장수가 말을 이었다.

"대장군, 지금만큼은 있는 그대로 사실을 말씀해 주십시오. 위기가 아닙니까. 함께 대처합시다. 우리 모두가 고구려의 충성스러운 장수들입니다. 하다못해 비밀이 있다면, 폐하께서 모종의 계략이 있어 떠나신 것이라면, 그저 그렇다고만이라도 말씀해 주십시오."

우앙은 갈등했다. 닥쳐온 위기 앞에 사실을 말할 것인가, 거짓임이 빤히 보일 터에도 태왕의 당부를 끝까지 지킬 것인가. 절충하여 높은 장수들 몇몇에게라도 진실을 터놓았으면 좋으련만 그는 유연하지 못한 인물이었고 또한 미련하리만치 충직한 인물이었다. 한참을 갈등하던 그는 결국 곧이곧대로만 태왕의 명을 따르기로 결심했다. 궁색한 목소리가 이어졌다.

"물러가라. 폐하께서는 잠시 외출하신 것뿐이다. 곧 돌아오실 것이다. 내가 오늘 아침에도 직접 뵈었다."

장수들의 얼굴이 일그러졌다. 누구 하나 믿는 이가 없어 가만히 우앙을 빤히 바라보다 등을 돌려 돌아갔다. 없는 태왕이 돌아올 리가 없었으니 한나절이 지나도록 우앙의 말은 지켜지지 않았고 걷잡을 수 없이 퍼져나간 소문은 장수들마저 사실로 믿게 되었다. 진중에는 태왕이 없었으며 적진에는 태왕의 시신이 걸려있었다. 오로지 우앙만이 사실이 아니라며 앞뒤 맞지 않는 공허한 변명만을 거듭했지만 그는 이미 고구려 진영에서 가장 유명한 거짓말쟁이가 되어있었다.

'태왕이 잡혀 죽었다.'

손에 쥔 창과 칼을 떨어트리며 우두커니 서서 멀리 요동성에 걸린 시신만 바라보는 군사가 태반이었으며 장수들은 군졸을 부리기는커녕 스스로도 어쩔 줄 몰라 헤맬 뿐이니 그리도 굳건했던 고구려 진영은 일순간에 주저앉았다. 어제까지만 해도 승리만 생각하던 군사 모두가 이미 패배한 것과도 같은 삭막함 속에 사기를 잃고 있었다.

"사실, 사실 폐하께서는 평양에 다니러 가셨다."

전군의 기세가 모조리 무너진 꼴을 보고서야 다급해진 우앙이 늦게나마 사실을 토로했으나 비웃음조차 돌아오지 않았다. 가장 가까운 부장조차 믿지 않고 고개를 절레절레 저으며 한숨만 쉴 뿐이었다. 그는 도리어 이 순진한 대장군에게 충고를 건네어왔다.

"대장군, 오로지 대장군밖에 몰랐던 비밀 중의 비밀을 적이 어찌 안단 말입니까?"

"무슨 소린가?"

"폐하의 부재란 좌장군도, 우장군도, 저도 몰랐던 사실입니다. 대장군만 아셨단 말입니다. 한데 적이 어찌 알았겠습니까? 대장군께서 적에게 말씀이라도 해주셨습니까? 그게 아니라면 적이 폐하께서 없다는 사실을 어찌 알고 저리 허위로 선전을 벌인단 말씀입니까? 우리는 다 모르는 걸 적이 어찌 안단 말입니까?"

"뭐라? 너 무슨 말을 하려고."

"마치 우리가 모용수를 잡아 죽였다고 선전하는 꼴이 아닙니까? 그래, 모용수가 얼굴 한 번 내비치면 다 깨어질 일을 계략이랍시고 내겠습니까? 모두가, 전부가 사실이 아니고서는 낼 수 없는 계략이 아닙니까?"

우앙은 일순 얼굴이 하얗게 질린 채 몸을 떨었다. 핏기가 사라진 얼굴로 그는 부장을 노려보며 물었다.

"너, 너 무슨, 지금 무슨 말을 하려는 것이냐."

"정말로 적군이 폐하를 붙잡지 않고서는 꾸밀 수 없는 계략이라는 말입니다. 만약 대장군의 말씀이 사실이라면 혹시 폐하께서는 평양으로 가시는 길에 적에게 붙잡혀……."

갑자기 우앙은 평생의 그 온화하고 부드러운 태도를 일거에 거두고 성난 소리를 외치며 부장의 뺨을 철썩 소리가 나도록 후려쳤다. 그러고는 다리에 힘이 풀려버렸는지 풀썩 주저앉으며 소리쳤다.

"그럴 리가. 설마 그럴 리가."

부장은 붉게 부푼 뺨을 비비며 주저앉은 우앙을 흘깃 쳐다보고는 이내 막사를 나가버렸다. 홀로 남은 우앙은 바닥에 주저앉은 채 그럴 리가 없다며 혼잣말만을 중얼거릴 뿐이었다. 몇 번이나 부장의 말과 그간의 사건을 돌이켜보던 그는 결국 구부를 외쳐 부르며 뜨거운 눈물을 주르륵 쏟아냈다. 부장의 추측은 논리적이었다. 사실이었다. 누구도 알 리 없고 알 수 없는 구부의 부재를 적이 안다면 그것은 적의 말이 사실이기 때문이었다. 그는 오열하며 태왕을 연신 소리쳐 불렀다. 배 속 장기를 다 토해놓듯 울부짖는 소리가 막사 밖까지 온통 밤새도록 울렸다. 소문을 믿지 않았던 최후의 일인이 우앙이었다.

그렇게 태왕의 죽음은 틀림없는 사실이 되어가고 있었다.

요동성의 성문이 열린 것이 그즈음이었다. 열린 성문으로 나선 군사의 선두에서 달려오는 모용수의 말에는 시체가 매여 있었다. 흙바닥에 끌리며 더럽혀지고 헤졌으나 시체에 입혀져 있는 것은 구부가 즐겨 입던 그의 복색이었다. 모용수는 고구려 진영으로 바람처럼 말을 달려오며 크게 외쳤다.

"부처! 부처라 했느냐! 이 모용수가 그 부처를 베었노라!"

검게 칠해진 사슬 투구를 내려쓰고 긴 창을 비껴든 그는 마치 저승사자처럼 전장을 달렸다. 힘없이 쏘아진 화살 몇 대를 비켜나며 달려온 그는 고구려 장수 두세 명을 각기 한 창씩에 찔러 쓰러트렸다. 그를 아는 모두가 입을 모아 외치기로 과거 모용외의 경지에 가장 근접한 무인이라는 그였다. 단지 창 한 번 찌르는 모습에도 격이 다른 무게가 있었고 한순간에 위압감에 질려버린 고구려 장수들은 누구도 그의 앞에 나서지 못했다. 활 잡은 궁사들조차 활을 쏘아낼 마음을 잃은 채 주저앉아만 있었다.

"감히 맞서지 말라. 꿇어 엎드려 목숨을 구하라."

그렇게 모용수와 그의 뒤를 따르는 군사들은 성난 파도처럼 고구려 군진으로 내달렸다. 구부의 죽음, 이미 그 소문만으로 전쟁은 끝나있었다. 아직 활 닿을 거리임에도 화살 한 번 쏘는 군사가 없었으며 창을 쥐고 일어서 마주 달리는 군사, 말에 오르는 군사 하나가 없었다. 그렇게 모두가 의욕을 잃고 최후만을 기다리는 순간, 고구려 군진에서는 말 탄 장수 하나가 모용수를 향해 쏜살처럼 달려 나갔다. 장졸이 공허한 눈을 들어 필사의 돌격을 감행하는 그에게 눈길을 주는데 장수는 모용수의 앞에 다다라 용감히 칼을 휘두르기는커녕 그대로 말에서 뛰어내려 흙먼지를 일으키며 뒹굴었다. 온통 흙투성이가 된 그는 모용수가 아닌 그의 말에 매인 목 없는 시체로 구르듯 기어가 이를 끌어안았다.

"폐하!"

울부짖는 장수는 늙은 우앙이었다. 그는 구부가 아닌 구부의 시신을 안고 사라진 목 언저리를 매만지며 구슬프게 울었다. 굵은 눈물을 하염없이 떨어트리며 육십이 넘은 목으로 마치 아이처럼 애처롭게 울었다.

"마지막 전장이라 하셨잖습니까! 신혼을 떠나신다면서! 유람을 가신다면서! 어째서, 어째서 여기 이렇게, 폐하, 폐하!"

한참 시체를 부여잡고 슬피 울던 그는 모용수를 향해 외쳤다.

"이놈아, 부디 내 목을 거두고 폐하를 돌려다오. 폐하의 시신을 더는 욕보이지 말아다오. 이놈아, 내 항복한다, 나 대장군 우앙이 항복한다. 제발 우리 폐하를 씻길 수 있도록 해다오.”

말을 멈춘 채 그 광경을 물끄러미 바라보고 있던 모용수가 곧 창을 높이 치켜들었다. 슬쩍 날이 번쩍이는가 싶더니 붉은 피가 사방에 뿌려졌다. 우앙은 이내 붉어진 눈을 스르르 감으며 한없이 매만지던 시체의 옆에 나란히 쓰러졌다. 깨끗한 죽음이었다. 그 광경을 마지막으로 더 나서는 이가 없었다. 모든 고구려 군사가 그 자리에 무릎을 꿇었다.

싸움다운 싸움 한 번 없이 전쟁이 끝났다.

고구부. 오로지 고구부의 존재만으로 이겨왔던 전쟁은 고구부의 부재와 함께 허무하게 끝나버리고 말았다. 모용수는 항복한 모든 군사를 병장기만을 빼앗아 고구려로 살려 보냈고 고구려 군사는 그 은혜에 감복하며 서둘러 요동성을 떠났다.

“장안으로 돌아간다.”

모용수와 승전군의 걸음은 당당했다. 결국 그는 또 한 번의 기회를 잡아내고 만 것이었다. 원래도 전장에서는 비할 자가 없던 모용수의 이름은 그 싸움으로 인해 더욱 크게 사방을 떨어 울렸다. 고구부의 고구려를 꺾다, 여태껏 누구도 해내지 못했던 그 위대한 전공이 그의 것이었다. 백제가 낳은 희대의 군신(軍神)이라는 부여수도, 전진(秦) 최후의 보루라던 원위광도 제대로 대적조차 해보지 못한 고구부의 군사였다. 전진 황제 부견은 크게 기뻐하며 아직 그의 개선군이 장안으로 돌아오기도 전에 모용수를 자신의 형제로 대하겠다는 뜻과 함께 수도 장안을 관리하는 벼슬인 경조윤(京兆尹)에 봉하는 교지를 내렸다.

"장군, 장군!"

그리고 요동을 떠나 장안으로 돌아가는 날, 모용수의 군영에는 작은 소동이 있었다. 신분을 나타낼 관모도, 투구도 쓰지 않은 젊은 장수 하나가 반드시 모용수를 보아야겠다며 난동을 부린 것이었다. 몇 차례 밀쳐내다 결국 양 팔을 잡고 끌어내는 병사들의 어깨 사이로 그는 연신 모용수를 외쳐 불렀다.

"저는 고화(高和)의 손자 고운입니다. 조부와의 연을 보아 제 말을 들어주시지요."

고화는 본래 모용황 시절에 끌려왔던 고구려 왕족 출신의 볼모였으나 돌아가기를 스스로 거부해 연(燕)에 뼈를 묻은 이였다. 그리 잦은 왕래가 있던 인연은 아니었지만 모용수는 손을 들어 병사들을 물리치고 그를 가까이 오게 하였다. 그 손자라면 모용수에게도 나름 의미가 있는 인물이었다.

"무엇이냐. 나와 네 조부의 인연을 팔아 나의 군영에 임관하려는 것이냐."

바로 본론을 묻는 모용수에게 고운은 씨익 웃으며 답했다.

"실은 그랬습니다. 본래는 그랬지요. 거기에 더하여 바로 이 전쟁을 풀어 중히 등용되려 했습니다. 하나 장군께서 이미 승전을 거두셨으니 저는 훗날을 기약해야 하게 되었습니다."

뻔뻔하리만치 솔직한 말과 시원시원한 단념에 모용수는 약간의 관심을 두었다.

"하면 어째서 오늘 나를 찾았는가. 다음에는 이처럼 만나지 않을 것인데."

"훗날의 씨를 심기 위해서입니다. 장군, 장군께서 십 년 내에 이 땅에 다시 오게 되시거든, 그리고 동쪽으로도 서쪽으로도 가지 못하게 되시거든 그때는 반드시 소관을 찾아주십시오."

모용수는 툴툴 웃었다. 난세에는 십 년 앞을 아무렇게나 떠들며 온갖 곳에 별의별 씨를 뿌려놓는 소위 재사라는 한량이 고을마다 수십은 되었다. 앞의 이 고운이라는 작자도 사사로운 인맥을 빌어 애매한 말로 씨를 뿌려두려는 부류인 것이었다. 기분이 식은 모용수가 눈길을 거두려는 차에 고운은 한 번 더 강조했다.

"잊지 마십시오, 장군. 동쪽으로도, 서쪽으로도 가지 못하게 되시거든 이 고운을 찾으셔야만 합니다."

더 듣기 싫어진 모용수는 고개를 끄덕이며 고운의 어깨를 두드렸다. 그리고 다소 건성으로 답했다.

"그래. 반드시 찾지. 동과 서, 어디로도 가지 못하게 되면 내 꼭 고운, 너를 찾으마."

"감사합니다. 잊지 말고 반드시 찾아주십시오."

"반드시 찾으마."

몇 번이나 확답을 받고서야 고운은 물러섰고 모용수는 곧 코웃음을 치며 그 우스운 촌극을 털어냈다. 다시 올 일도 없는 땅, 다시 만날 일도 없는 인물일 것이었다. 바야흐로 천하가 주목하는 군벌로 다시 떠오른 그에게는 훨씬 더 가깝고 중요한 문제가 수십 수백 개는 산적해 있었다. 동과 서라, 마지막으로 고개를 휘저어 그 헛소리를 털어낸 모용수는 곧 손을 들어 위풍당당한 승전군을 이끌었다.

사라진 구절

— 오종주(吾從周: 나는 주나라를 따르겠다!).

동진(東晉) 건업(建業)의 깊은 밤, 제 처소에서 논어(論語)를 탁상에 펼쳐놓은 노년(老年)의 선비. 동진의 학식 깊은 학자인 그는 이 위대한 고금의 명저를 낭랑한 음성으로 읽어가다 한 구절의 끄트머리에서 갑자기 멈추었다. 평소 수없이 읽으면서도 한 번 이상하다 느꼈던 적이 없었던 이 구절이 너무도 낯설게 다가오는 것이었다. 아리송한 듯 고개를 갸우뚱거리던 그는 손가락 끝으로 한 구절 한 구절 짚어가면서 다시 한번 그 구절을 읽었다.

"자왈 주감어이대 욱욱호문재 오종주(子曰 周監於二代 郁郁乎文哉 吾從周). 공자가 말씀하시기를 주나라는 앞선 이대를 깊이 살펴 거울로 삼았으니 그 문물이 얼마나 왕성한가, 나는 주나라를 따르겠다."

그의 동공에 작은 파문이 일었다. 이 구절과 정반대 쪽에 서 있는 어떤 한 구절의 기억이 스멀스멀 일어나더니 종내는 비수처럼 날이 선 채 머릿속에서 뱅뱅 돌아다녔기 때문이었다.

'무엇이더라?'

선비는 일어선 채 방 안을 서성이며 기억을 끄집어내려 안간힘을 썼으나 떠오를 듯 떠오르지 않는 한 문장은 시간이 지날수록 더욱 멀어질 뿐이었다. 흘려보낼 수도 있건만 선비란 본래가 그리 하릴없는 것을 붙잡고 평생을 바치는 이들이었다. 다시금 자리에 앉아 몇 번이나 미심쩍은 손짓으로 본래 읽던 논어의 문장을 짚으며 오종주, 오종주, 입으로 되뇌던 그는 동틀 무렵이 되자 탈진하여 머릿속이 하얘져 버렸다. 결국 간밤의 고민을 접어두고 침소에 들어 방바닥에 쓰러지듯 몸을 던지는 찰나 그토록 머릿속을 뱅뱅 돌아다니던 한 책의 제목이 불현듯 떠올랐다.

"아, 사기(史記)! 사기 공자세가(孔子世家)에서 보았구나!"

그의 표정이 잠시 환해졌으나 머잖아 다시 가라앉은 것은 그 기억이 다음 순서로 이어지지 않은 까닭이었다. 원전은 떠올랐으나 찾던 구절은 영 떠오르지 않았다. 기운이 다 빠져버린 상태에서도 그는 잠을 이루지 못하고 밤새 뒤척이다 아침이 되자 이른 조반을 뜨는 둥 마는 둥 의관을 차리고 집을 나섰다.

그의 발길이 향한 곳은 동진에서 가장 유서 깊은 학관의 서각, 천하 명서와 고서를 모두 모았으니 없는 책을 찾아낸다면 큰 상을 주리라며 재상 환온(桓溫)이 자부심으로 공표했던 거대한 서각이었다. 벼슬에 나가지는 않았으나 높은 이름 덕에 서고를 자유자재로 출입할 수 있는 선비는 옛 사서로 가득 찬 서고의 한 자리에서 멈추었다. 사기 전편이 나란히 꽂혀있는 자리에서 그는 기억을 더듬듯 눈에 보이는 세가 각 편의 이름들을 차례로 읊어갔다.

"위강숙세가, 송미자세가, 월왕구천세가, 공자세가……."

눈길이 공자세가에 이르자 화급히 책을 펴들고 선 채로 한 구절 한 구절을 세세히 훑어가던 선비의 손가락이 아연 갈 곳을 잃고 오므라들었다. 그는 고개를 연신 갸웃거리며 그 자리에 못 박힌 듯 서서 중얼거렸다.

"분명 여기 있었던 것 같은데."

자신의 기억이 잘못되지는 않았나 하는 의심에 몇 번이나 눈을 감고 머릿속을 더듬던 그는 종내 머리를 세차게 흔들고는 다시 손가락으로 공자세가의 구구절절을 꾹꾹 눌러가며 읽어나갔다. 하지만 어디에서도 오종주와 연관되어 기억에 남겨진 문장을 찾지 못하자 그는 서각을 관리하는 젊은 유생을 불러 물었다.

"공자세가를 읽어보셨는가?"

"저는 아직 경을 다 마치지 못했습니다."

"하여 사기는 읽지 않았다는 말씀이신가?"

"그렇습니다."

"배움이 지나치게 경으로만 흐르면 헛되이 명분에만 빠지게 되니 반드시 사(史)를 읽어 현실을 느껴야 하네. 이런 거대한 서각을 지키면서 아직 공자세가를 읽지 않았다면 크게 돌아볼 점이 있을 것이야."

선비는 유생을 점잖게 타이르며 서각을 나섰다. 그는 학문을 사랑하는 동진의 여러 스승 가운데서도 향학열로는 둘째가라면 서러운 이였다. 이치에 닿지 않는 문장을 대하면 끼니를 거르고서라도 반드시 근본을 가리고야 마는 성정이라 선비는 눈길 한 번 돌리지 않고 총총히 궁의 서고로 발길을 옮겼다. 그러나 그는 궁서각에 비치된 공자세가에서도 자신이 원하는 아련한 한 구절을 찾을 수 없었다.

"괴이한 일이로다. 분명 공자세가에서 보았던 것 같은데."

선비는 궁서각의 여러 관리들을 불렀다.

"공자세가를 읽었는가?"

"서책을 다루는 이가 어찌 사기를 읽지 않았겠습니까."

"논어는 읽었는가?"

"논어를 읽지 않은 자를 어이 선비라 할 수 있겠습니까."

"하면 논어에서 오종주의 구절을 기억하시는가?"

"욱욱호문재 오종주의 구절 말씀입니까?"

"맞네. 내 간밤에 오종주를 대하니 그와 대치되는 한 구절이 기억 속에서 꿈틀거리더란 말일세. 분명 공자세가에서 본 것 같은데 여태 찾지를 못하고 있네. 젊은 선생들은 혹시 짐작 가는 바가 없으신가?"

그러나 젊은 문관들은 서로의 얼굴을 한 번씩 바라보고는 고개를 저었다. 오종주, 나는 주나라를 따르겠다. 너무나 유명하고 모두가 아는 공자의 그 선언에 대치되는 구절이 있다면 분명 기억에 짚이고 걸리는 바가 있어야 하거늘 그런 것은 없었다.

"허허. 내가 이제 학문을 놓아야 할 정도로 나이가 든 것인가. 나의 기억으로는 분명, 분명 공자세가에 오종주와 연관된 어떤 구절이 있다. 그러나 나라에서 가장 큰 두 서각에서 살핀 공자세가가 모두 내가 틀렸다고 말하고 있으니 이것이야말로 노망이 아닌가. 망령 난 늙은이의 고집이 아닌가."

긴 자책에 늙은 선비를 측은히 여긴 여러 관리가 함께 공자세가를 한 장 한 장 넘기며 샅샅이 모든 구절을 살폈으나 오종주와 관련되었다 할 만한 문장은 찾아지지 않았다.

"허허!"

선비는 두어 번 눈을 깜박거리다가 이내 허탈한 웃음을 터트리며 궁서각을 나섰다. 그러나 노망을 운운하던 말과 달리 그는 고집스레 옷깃을 여미고는 다시 발걸음을 옮겼다. 그가 아는 한 가장 많은 책을 가진 문인의 장원이 마침 근방에 있었다.

"자경(子敬) 선생 계시는가."

그가 이른 곳은 위대한 서예가이자 문장가, 깊고 깊은 학식
으로 온 나라 서생들의 흠모를 한몸에 받는 왕헌지의 사택이
었다. 왕헌지는 옛 조상의 지혜를 남긴 서책이 어찌 개인의 소
유가 될 수 있냐며 아비 왕희지로부터 이어져오는 가문의 서
고를 밤낮없이 만인을 향해 열어놓은 터였다.

"왕 대가께서는 출타 중이십니다."

하인의 안내를 받아 수많은 책이 보관된 서고로 발을 옮긴
선비는 다시 한번 그곳에서 서책들을 훑어나갔다.

"서책의 품이 죽지 않았고 비뚤어짐이 없다. 귀퉁이를 덧씌
우고 표지를 덧대며 매듭을 새로 묶었으니 참으로 서책을 섬
기듯 대하는구나. 역시 왕씨의 학풍이다!"

왕헌지의 서고에서 공자세가를 찾은 선비의 얼굴이 기대감
에 차올랐다. 천하에서 가장 소중히 책을 대하는 서각을 꼽자
면 반드시 한 손 안에 들리라. 더군다나 나라에서 만든 궁서각
이나 환온의 서각은 관의 필사인이 맡은지라 일괄된 오기(誤
記)가 있을 수 있었으나 왕헌지의 서고란 민간에서 필사된 것
이라 답습될 리 없었다.

"아아. 정녕 노망이란 말인가."

그러나 선비는 더욱 얼굴을 찌푸렸다. 왕헌지의 서고에서

끄집어낸 공자세가에서조차 여전히 머릿속에 남아있는 아련한 한 구절의 자취는 찾아지지 않았다. 환온의 서각에도, 궁성의 서고에도, 왕씨 가문의 서고에도 공자세가는 정연하게 꽂혀있었지만 자신이 보았던 한 구절은 전혀 자취가 없는 것이었다. 틀린 것은 선비였다. 너무나 확실했지만 평생 읽고 외는 것만을 전부로 생각하며 살아온 선비의 고집은 그러고서도 온전히 물러나질 못했다.

"자경께선 언제쯤 돌아오겠는가?"

서각을 지키며 밤새 공부하는 왕헌지의 제자들 중 하나가 공손히 고개를 숙이고 대답했다.

"말씀이 없으셨습니다. 돌아오시면 뭐라 여쭐는지요."

본래는 앉아 기다리려 했으나 슬쩍 제자의 위아래를 훑어보자니 몸가짐이 정갈하고 눈빛이 총명하여 고개를 몇 번 끄덕인 선비는 붓을 가져오도록 하여 전할 말을 받아 적게 하였다.

"논어 팔일(八佾) 편의 오종주와 서로 어긋나는 구절을 내분명 공자세가에서 읽은 기억이 있다. 그러나 도성 세 개 서고를 다 뒤져서도 그 구절을 발견하지 못했으니 나의 기억이 잘못된 것이 아니겠느냐. 그럼에도 나는 내가 틀렸다는 생각이들질 않는다. 도리어 세 권 책의 필사(筆寫)가 공교롭게도 모두 함께 틀렸다는 아집이 생기니 이제 고집 심한 늙은이로 놀림받을 일만 남았구나. 하여 학문이 높고 헤아림이 깊은 자경을 찾아 청하건대 부디 이 늙은이에게 올바른 가르침을 내려 달라. 오종주의 반대편에 있는 어떤 구절, 공자세가에 있어야만 하는 그 구절을 혹 자경께서는 읽고 외는 바가 없으신지 알려달라."

"그리 전하겠습니다."

선비가 왕헌지의 집을 나설 즈음에는 이미 어둠이 깔리고 있었다. 선비는 지친 발길을 옮겨 학관의 유생들이 토론을 나누는 자리나 저잣거리의 책방까지도 찾아 돌아다녔으나 어디에서도 소득은 없었다.

"귀신에 홀렸나, 아니면 이제 정말 죽을 때가 되었단 말이냐. 내 분명 읽은 기억이 있거늘."

어둠이 깔리고서야 귀가한 선비의 호소를 듣고 부인이 물었다.

"혹 사기가 아니라 다른 서책에서 읽은 것은 아니겠습니까?"

"나도 그리 생각하고 기억을 더듬었으나 분명 공자세가요. 처음에는 긴가민가했으나 생각하고 생각하니 이제는 오히려 확신이 드는구려."

그리 말한 선비는 서재에 들어서 붓을 들고 서한을 쓰기 시작했다. 나이 든 선비들, 손작(孫綽), 허순(許詢), 사안(謝安) 등 쟁쟁한 위명의 대학들로부터 은거하여 서책에 묻혀 사는 심산유곡의 선비에 이르기까지 서두에 그들의 이름을 적어 놓고 쓰는 글이란 오종주, 라는 크게 써내린 세 글자와 더불어 그와 어긋나는 구절을 찾는다는 내용이었다. 분명한 기억으로 공자세가에 있었던 구절이었으나 아무리 찾아도 없으니 가르침을 청한다는 토로. 말미에 늙음을 한탄하는 감상 한 줄기를 첨언한 그는 오랜 시간 공들여 쓴 십여 장의 서한을 들고 방을 나섰다.

"내 서한을 좀 보내고 오리다."

이미 밤이 어두워지는 가운데 선비는 하인 하나 거느리지 않은 채 역관(驛館)을 향해 발을 옮겼다. 혹 기억이 크게 잘못되어 천하의 웃음거리는 되지 않을는지 근심하면서도 선비는 한편으로 자신을 굳게 믿었다. 평소 문장을 외는 데에는 왕헌지뿐 아니라 사안까지도 능가한다고 자부하던 그였다. 설사 틀린들 어떠랴, 그 또한 선비가 배움을 쌓아가는 과정이리라. 틀린 것을 찾지 않는 것보다는 틀리는 것이 수백 배 나은 것이었다. 온통 그런 생각에 정신없이 바빠 걸음을 옮기던 노선비는 한 어두운 골목길 귀퉁이에 이르러 갑자기 제자리에 쿵 자빠졌다. 곧 흩어진 서한들을 챙겨 일어서려던 선비는 제 발을 걸어 넘어트린 것이 사람의 그림자였음을 알고 손을 멈추었다.

"어느 누가 이리 무례한가?"

어둠 속에서 슥 나타난 얼굴은 백동이었다. 구부가 이련에게 나라를 맡기고 궁궐을 떠난 직후 고구려에 사직의 뜻을 밝히고 물러난 그는 건업에 돌아와 있었다. 그리고 지금 선비를 내려다보는 백동은 온몸을 사시나무처럼 떨고 있었다. 그 떨림이 하도 심하여 선비조차 무슨 일이 있는 것은 아닌지 염려하는 눈으로 쳐다볼 지경이었다.

"무슨 일이냐. 어디 몸이 좋지 않은 것인가?"

"선, 선생께서 성현을 폄훼하는 까닭이 무엇입니까."

너무나 이상한 모습과 질문에 잠시 백동을 빤히 쳐다보던 선비는 곧 침착히 답했다.

"무슨 말을 하는 게냐?"

"어이 공자세가를 온통 헤집으면서 있지도 않은 성현의 흠을 만들려 하시느냔 말입니다."

백동은 입으로는 우악스레 다그치면서도 제 스스로 양 팔을 잡으며 떨림을 멈추려 애쓰고 있었다. 이상스러운 모습에 필시 무슨 사정이 있으리라 여긴 선비는 고개를 저으면서도 천천히 답해주었다.

"오해가 있구나. 글 읽는 선비가 어찌 성현의 흠을 만들겠느냐. 다만 내 논어를 읽던 중 욱욱호문재 오종주의 구절을 보니 그와 지극히 배치되는 어느 한 구절을 본 것만 같았다. 필시 공자세가에서 본 기억이라 그를 찾아보고 있었을 뿐이니라."

선비는 친절한 말로 일러주었으나 백동의 떨리는 목소리엔 오히려 가시가 돋쳤다.

"배치된다니요. 그것이 무슨 뜻입니까? 설마 성현께서 서로 다른 두 말씀을 하셨단 뜻입니까?"

"그럴 리가 있겠느냐. 다만 학문이란 의문과 의심에서 시작하는 것이니 올바름을 찾아 따져보려던 것이다. 하나 내가 늙고 기억이 쇠퇴하였는지 영 찾을 수 없어 천하 동학들에게 서신을 보내 여쭈어보려던 참이다. 그런데 별스럽구나. 너는 그런 것을 어찌 알고 나를 찾았느냐? 혹시 누군가……."

순간 백동은 이를 꽉 악물었다. 그리고는 선비의 말이 채 끝나기도 전 품속에 손을 넣어 날 선 비수를 꺼내고는 넘어진 선비에게 와락 달려들어 그의 목을 사정없이 내리찍었다. 칼질이 익숙하지 않은지 제 손까지 베일 정도로 거칠게 몇 번이나 발악하듯 칼을 찔러댄 그는 한참 몸부림치던 선비가 눈을 까뒤집으며 절명하자 황급히 비수를 던져버리고는 피 묻은 손으로 제 얼굴을 감싸 쥐었다.

"읍. 으으읍."

터져나오려는 비명을 가까스로 틀어막으며 거세게 몸을 떨던 그는 한참이 지나서야 겨우 진정하고는 선비가 들고 있던 서한들을 모두 챙긴 뒤 자리를 떠났다.

"역시 그가 성현을 들먹이던가?"

"……예."

"나라가 안팎으로 모두 어지럽거늘 난신적자가 출몰하여 성현의 과와 흠을 거짓으로 퍼트리니 애석하기만 하구나. 백학사의 공이 참으로 크다. 심한 일을 부탁해 미안하다만 그대 밖에는 믿을 선비가 없었어."

온통 피범벅이 된 백동을 앞에 세워둔 왕헌지는 얼굴을 붉히며 그를 다독였다. 평생 처음 사람을, 그것도 선비를 죽여본 백동은 아무 말도 하지 못한 채 우두커니 서서 몸을 떨고만 있을 뿐이었다.

"살아서는 안 될 사람을 죽인 것이야. 괘념치 말게."

"비록 잘못된 길을 갔으나 목숨을 잃는 순간까지도 학문을 추구하던 모습이 마음에 걸립니다. 날붙이를 내고 피를 보기보다 길가에 마주앉아 학문을 논하며 잘못을 일러주고 싶었습니다."

왕헌지의 눈에 잠시 이채가 스쳤다. 그러나 그는 곧 눈을 내리깔며 미미하게 고개를 끄덕였다.

"본시 세상의 화는 작은 오해로부터 시작되는 법이지. 옛적 진(秦)의 시황제가 분서갱유의 화를 저지른 것도 사소한 오해에서 비롯된 것이 아닌가. 학문의 작은 옳고 그름이 세상에 나가면 거대한 복과 화가 되네. 그러니 학문하는 선비란 작은 주장 하나에도 목숨을 걸어 옳음을 좇아야만 해."

"그렇기는 하지만."

"진(秦)이 눈앞에서 붉은 혀를 날름거리건만 황실은 무력하고 유가가 예와 학에 기대어 겨우 나라를 지탱하고 있는 때일세. 학난(學亂)이 일어나기라도 한다면 그것이야말로 망국의 전조야. 자네는 학문을 구하고 나라를 구한 것이네. 작은 것에 더는 신경 쓰지 마시게."

백동의 얼굴 위로 어지러운 와중에도 한 줄기 빛이 슬쩍 스쳤고 이를 놓치지 않은 왕헌지는 미소를 머금은 채 그만 물러나도 좋다는 손짓을 보였다. 그러나 백동은 바로 떠나지 않고 머뭇거리다 작게 입술을 움직였다.

"그 깊은 사정이 무엇인지 제자가 알 수는 없는 일인지요?"

"음?"

"그가 어찌 성현을 폄훼하려 했는지, 그가 그리 찾던 오종주에 어떤 그릇됨이 있는지 그 상세한 사정을 알려주실 수는 없겠습니까?"

왕헌지는 빤히 백동을 바라보았다. 백동이 곧 그 눈빛이 어렵고 두려워 고개를 숙이고 그저 물러나려는데 왕헌지는 입가에 웃음을 떠올리고는 찬찬히 고개를 끄덕이며 입을 열었다. 어느새 백동을 대하는 그의 어투도 바뀌었다.

"훌륭한 선비네. 참된 학자야. 백 선생, 자네는 역시 대학께서 친히 거두신 제자라 할 만하네. 자네는 나를 그토록 어려워하면서도 진실과 이치를 끝까지 따져 묻는구먼. 과연 대학께서 눈여겨보실 만한 그릇이네. 아름다운 자세야."

왕헌지의 이 말에 백동은 몸을 떨었다. 대학. 사안. 누군가 그를 가리켜 말할 때마다 백동은 사무쳐오는 열락에 몸을 떨어야만 했다. 학문의 근본인 한(漢)의 정점에 있다는 그 위대한 유자의 이름은 백동이 평생 가져본 그 무엇보다 소중하고 가치 있는 것이었다. 그의 높은 이름이야말로 백동 자신을 증명하는 것에 다름 아니었다. 사안의 제자. 천하제일의 대학이 직접 거둔 제자.

"그래, 백 선생. 잘 생각해 보시게. 오늘 그자가 무어라 말했는가? 오종주와 어긋나는 구절을 찾는다지 않았는가? 오종주란 무엇인가. 주나라를 따르겠다, 즉 성현의 삶을 관통하는 천명일세. 주나라가 곧 성현이고 성현이 곧 주나라이거늘 그와 배치되는 구절을 어디서 어떻게 찾는다는 말인가? 성현께서 보이신 결단을 감히 그가 무슨 근거로 폄훼한단 말인가?"

사실이었다. 오종주의 대구란 게 정확히 무엇을 말하는지 알 수 없었지만 선비는 분명 성현의 말씀인 오종주와 배치되는 글귀를 찾는다 하였다. 천하에 서한을 날리면서까지 성현과 배치되는 글귀를 찾음이란 분명 쓸데없는 분란을 조장하고 성현을 욕되게 하는 일임이 틀림없었다. 백동은 저도 모르게 고개를 끄덕였고 왕헌지의 능란한 달변은 그 위에 또 한 겹 내려앉았다.

"찾아지지 않는 게 당연하지. 난신적자들의 주장이란 게 대체로 그러하네. 의심이 간다, 본 적이 있는 것 같다. 그런 헛된 토대 위에 켜켜이 주장만 쌓아갈 뿐이네. 그것으로 말학을 현혹하고 설득하여 저희와 한목소리를 내도록 홀려내지."

"아."

"어떤가. 백 선생, 자네는 학문을 닦는 선비로서 그러한 이들을 용서할 수 있겠나? 성현을 모독하고 학문을 어지럽히며 그 정연하고 엄숙한 세계를 파기하는 자들을?"

"없습니다. 결코 용서할 수 없습니다."

"그래, 자네가 거둔 목숨이 바로 그 불온한 세력의 거두일세."

긴 이야기를 듣는 동안 백동은 점차 떨림을 멈추고 있는 스스로를 발견했다. 피 묻은 손바닥을 들여다보는 그는 아까까지의 괴롭고 두려운 얼굴 대신 슬쩍 뿌듯한 한 조각 미소까지 희미하게 떠올렸다. 왕헌지도 그런 그의 변화를 보고 마주 웃으며 말을 맺었다.

"잘하신 것이네. 선비란 본시 칼 든 무사보다 치열하게 싸워야 하는 법일세."

화하만맥(華夏蠻貊) 망불솔비(罔不率婢)

며칠 뒤, 사안의 자택에서는 난정 문인들 가운데도 특히 높은 이들의 모임이 있었다. 스스로를 한(漢)의 정수라 말하는 그들 대학들이 사안을 가운데 두고 길게 늘어앉은 가운데 사안은 말석의 백동에게만 시선을 두고 있었다. 일평생 남 앞에서 감정의 동요를 보인 적 없는 그의 얼굴에는 노기와 더불어 일말의 괴로운 안색이 얽혀들고 있었다. 백동은 어렵지 않게 그 감정을 짐작할 수 있었다. 그 어느 누구에게도 사사로운 감정이나 총애의 기색을 보인 적이 없는 사안은 오로지 백동에 관해서만은 끝없는 사랑을 주어온 터였다. 사안은 백동에게 눈길을 둔 채 왕헌지에게 물었다.

"자경, 그대의 뜻이었는가."

"백 선생 외에는 믿을 사람이 없었습니다."

"하여 군자에게 칼 쓰는 일을 맡겼더란 말인가."

왕헌지는 고개를 떨어트렸고 사안은 손을 들어 백동을 불렀다. 백동이 다가오자 그는 백동의 다친 손을 부여잡고 쓰다듬었다.

"동아, 내가 너의 심신을 다치게 하였구나!"

침통한 목소리로 중얼거린 사안은 곧 백동의 손에 제 뺨을 대고 비볐다. 이에 백동은 소스라치듯 놀라 몸 둘 바를 모른 채 한 발짝 뒤로 물러섰다. 제 스승이었으나 워낙이 큰 인물인지라 높기만 하고 어렵기만 한 사안이었다. 사람 수백만이 눈앞에서 죽어 엎어져도 눈 한 번 깜박하지 않을 것만 같은 그 거목이 제 손에 뺨을 비비다니. 모여든 좌중의 눈길 또한 흔들렸다.

"자경. 내 그대를 이해하지 못하는 것이 아니다. 그러나 동이는 심산에 소복 내려앉은 미답(未踏)의 눈발과도 같은 아이니라. 심성만으로 이미 순수하고 아름다운 군자라는 말이다. 속세의 험한 일에 함부로 더럽혀서는 안 되는 고고한 인성의 아이임을 왜 모르느냐."

"송구합니다, 어른."

"차후로는 정 사람이 없거든 그대의 손을 쓰라. 그대의 손을 더럽히기 싫거든 차라리 나를 부리고 시키라. 그러나 동이에게는 일을 알리지도, 일을 시켜서도 아니 될 것이다."

"명심하겠습니다."

백동은 감동하고 감동한 와중에도 입술을 깨물었다. 그것은 왕헌지가 심한 질책을 들어서도, 제 스승의 과한 사랑에 몸 둘 바를 몰라서도 아니었다. 제게 모여든 눈길을 느끼며 그는 잘

근잘근 입술을 깨물다 결국 용기를 내어 입을 열었다.

"스승님."

물끄러미 다가오는 사안의 눈을 어렵게 마주 보며 백동은 겨우 속내를 꺼내었다.

"앞으로도 제자가 그 일을 할 수 있게 해주십시오."

"……."

"제자는 스승님과 여러 선생께 하해와 같은 은혜를 입어 드높은 공부를 접했으면서도 배운 바를 실천할 길을 찾지 못하였습니다. 고구려 태왕을 감화시키도록 명을 받고 떠났음에도 오히려 그의 언변에 눌려 야만에 대항치 못하고 스승님의 이름을 더럽혔습니다."

"……."

"차마 얼굴을 들지 못하고 살던 중에 제자는 어제 비로소 보람을 느꼈습니다. 학문을 더럽히고 역사를 거짓으로 비틀려는 자들이 있음을 알았고 그 적도를 척결하는 데에 미력이나마 보탤 수 있었음이 기뻤습니다."

거기까지 듣던 사안은 고개를 가로저어 백동의 말을 끊었다.

"장하다. 허나 칼을 듦이란 군자의 길이 아니다. 불온한 세력이 있거든 학문으로 그들을 타파하고, 민중이 거짓에 호도당하거든 가르침으로 올바른 길을 알림이 바로 너와 같은 참된 군자의 길이니라."

"하나 스승님. 군자의 길만으로 어찌 야만의 도적을 모두 몰아낼 수 있겠습니까?"

사안은 잠시 입을 다물고 백동을 깊이 들여다보았다. 백동은 사뭇 당당함을 보이며 사안을 정면으로 마주 보고 있었고 이를 가만히 지켜보던 사안은 고개를 천천히 끄덕거리며 말했다.

"네 정히 그리 생각한다면 오히려 그 칼을 속 깊이 간직해두어라. 사람은 각자의 길이 있는 법, 너는 그릇이 큰 아이이니 네 칼은 큰일에 쓰여야만 한다."

"큰일이라 하셨습니까."

"그렇다. 혹여 네 칼이 필요하다면 그것은 반드시 천하 대사의 첫 손에 꼽히는 일이어야만 하리라."

백동은 주먹을 꼭 쥐었다. 본인이 그토록 큰 사랑을, 그것도 저 사안에게서 받아도 되는 그릇인가, 하는 기쁨과 더불어 아까까지 은근한 비웃음이 담긴 것만 같았던 좌중의 눈길이 이제는 감탄과 기대로 바뀌어있는 뿌듯함을 그는 느끼고 있었다. 큰일에 쓰이는 칼, 언제고 때가 오면 반드시 해내리라, 그리 중얼거리며 백동은 자리로 물러났다.

곧이어 본래의 엄숙하고 냉랭한 얼굴로 돌아온 사안은 뭇 학자들을 한 번 죽 훑어본 뒤 천천히 입을 열었다.

"오늘 여러 선생과 하고자 하는 일은 시문(詩文)을 논함이 아니다."

그의 딱딱 끊어지는 말투가 그의 분노를 표현하고 있었다. 근 석 달이 넘도록 자리를 만들지 않고 홀로 사방팔방에 전서를 주고받으며 두문불출하던 그의 근황이 무엇 때문인지 모인 이들은 정확히 알고 있었다.

고구부.

그자가 장난처럼 일으킨 파문이란 어마어마한 것이었다. 동맹을 깨트린 고구려의 공격을 받은 전진(秦)은 그야말로 맹수의 포효를 시작했다. 온 천하를 상대로 전쟁을 일으킨 그들은 연일 폭풍 같은 정벌을 이어가고 있었다. 주변국 제후들의 자치(自治)를 인정치 않고 모두 강제로 복속시켰으며 전량(涼)이나 탁발부의 대(代)나라 등 규모가 있는 외적들을 순식간에 토벌했다. 수십 년의 장구한 대계를 통해 보다 온건하게 천하를 통일하려던 그들은 이제 모든 힘을 불살라 삽시간에 천하를 집어삼키려 하고 있었다. 그리고 그 전화(戰火)는 바야흐로 동진의 코앞에서 일렁이는 것이었다.

"그는 양면의 싸움을 모두 걸어왔다. 군(軍)으로도, 문(文)으로도."

자리에 모인 이들은 모두 사안의 말뜻을 이해하고 있었다. 그들의 눈이 난정의 장원 안채 높은 곳에 걸린 복조리로 향했다. 백동이 구부의 대답이라며 얻어온 그 복조리를 사안은 문인들의 눈에 가장 잘 띄는 곳에 걸어놓은 터였다. 진정한 적을 잊지 않고 적의가 무뎌지지 않도록 매번 가다듬으라는 뜻이었다.

"오랜 숙고 끝에, 나는 창과 칼의 전쟁을 피하기로 결심했다."

황제도 그토록 쉽게 선언할 수는 없는 말이 사안의 입에서 흘렀다. 그러나 모두가 고개를 끄덕였다. 사실상 사안이야말로 동진의 우두머리, 그의 뜻이 곧 동진의 뜻임을 모두가 알고 있었다.

"황제에게 자세를 낮추어 진(秦)에 친서를 보내도록 권고할 것이다. 공녀 삼천을 보내고 열 개 성을 양도하리라. 예전 조나라에 했던 다섯 배의 조공을 바치도록 할 것이다. 진(秦)이 정히 원한다면 그들의 제후가 되는 것도 불사해야지. 엎드리라면 더욱 납작이 엎드릴 것이며 기라면 네 발로 길 것이다."

이에는 침 삼키는 소리가 들렸다. 지나치게 심했다. 고금의 온 역사를 돌이켜보아도 그렇게까지 낮게 몸을 숙인 적은 없었다. 모두가 입술을 깨물며 고개를 떨어트리는 가운데 사안의 말이 이어졌다.

"다툼에는 외력의 다툼과 내력의 다툼이 있는 법이다. 진(秦)은 내력을 볼 수 있는 눈이 없는바, 우리가 외력을 스스로 허물어뜨리면 우리와의 경계를 풀고 오히려 고구려를 견제할 것이다."

"하나."

"한때의 풍파에 불과하다. 언제고 잊힐 한때 창궐한 역병으로만 생각하면 될 일. 지금 한(漢)은 그보다 열 배 무서운 적을 맞았으니 작은 일에 신경 쓸 겨를이 없다."

무엇을 가리키는지 모인 이들은 알고 있었다. 내력의 다툼. 구부와의 보이지 않는 전쟁. 이제껏 은밀히 행해온 갖가지 모략이 수면 위에 떠오른 것이 그 전초이리라. 그간 수도 없이 기록을 찢어내고 서책을 불태웠지만 책을 찾는 선비를 살해한 것은 처음 있는 일이었다. 불과 한 달 사이 알게 모르게 죽은 전국의 선비가 스물이 넘었고 그들은 모두 사안이 금서로 지정한 서책들을 찾던 이들이었다. 그러나 그런 작은 일들이 사안의 전쟁일 리 없었다. 무언가 큰 계획을 갖고 있으리라, 하는 기대로 기다리던 그들은 사안의 입에 눈길을 모았다. 무엇을 발표하려는가. 비로소 반격이, 사안의 대계가 드러나는 순간이었다.

"천도(遷都)하리라. 호남(湖南)의 대룡(大庸)에 새 터를 정했다."

천도라는 말에, 또 이어진 대룡이라는 지명에 좌중은 두 번 거듭 고개를 갸웃거렸다. 대룡이란 깎아지른 고산이 사방에 펼쳐진 낙후한 지방이었다. 천하절경이라는 말이 붙을 만치 험준한 산세와 큰 강이 가로질렀으니 성터를 잡을 평야라고는 비좁기 그지없었고 사방으로 통하는 길 역시 구절양장 험로였다. 모로 보아도 새 수도로 잡을 땅이 아니었다.

"땅은 다지면 되고 길은 새로이 닦으면 되기는 합니다만, 어른, 이 어려운 시국에 굳이 오지로 천도해야 하는 까닭이 무엇이온지요. 대룡이란 깎아지른 절벽이 사방을 가로막은 고립된 땅입니다."

"바로 그 때문이다. 대룡의 가장 큰 절벽을 깎아 거기에 진리를 새기리라."

"예?"

"먼저 온 나라의 거유와 대학을 모아놓고 천하고금의 역사를 집대성할 것이다. 다음에는 큰 맥락만을 짚어 그 정수로써 몇 구절을 만들리라. 어린아이까지 줄줄 읊을 수 있는 간단하고 짧은 구절, 밭을 갈 적에도 술을 마실 적에도 즐겨 노래로 부를 만한 쉬운 구절을. 그러나 온 한(漢)의 역사를 모두 관통하는 구절을."

좌중이 쥐 죽은 듯 조용해졌다.

"첫 구절은 이미 정했다. 화하만맥 망불솔비(華夏蠻貊 罔不率婢: 주나라가 은나라를 멸망시키니 화하족과 동이족 모두 즐겨 따르지 않는 이가 없었다)! 이어서 일백 글자. 대룡의 절벽을 편평히 깎아 거기에 그 구절을 새기리라. 한 자마다 좌우 스무 척의 너비로, 다섯 척의 깊이로 삼백 자를 새길 것이다.

향후 수천 년이 지나도 십 리 밖에서 똑똑히 볼 수 있는 거대한 절벽의 병풍을 그곳에 만들 것이다.”

누군가의 침 삼키는 소리가 모두의 귀에 똑똑히 들렸다. 그런 고요 속에 사안의 다음 말이 이어졌다. 마치 허공에 빛으로 글씨를 써내려가듯 사안의 목소리는 한 자 한 자 그려지며 모두의 머리에 선명히 박혔다.

“그 거대한 병풍, 절벽의 병풍 한 중심에 도성을 새로 세우는 것이다.”

“……!”

“억겁의 세월이 흘러도 잊히지 않도록, 주(周)로부터 지금 진(晉)에 이르기까지 천하의 주인이 바로 우리 한(漢)이었음을 똑똑히 기록하는 것이다. 한의 역사가 곧 천하의 역사가 되는 것이다. 하늘이 열리고 닫힌 이래 가장 위대한 유적이 태어나리라. 그 어느 서책이 감히 이 기록을 따라올 것이며 그 어느 학자가 감히 이 기록을 의심하겠는가? 그 어느 외적이 감히 그 기록을 훼손할 수 있을 것이며 그 어느 나라가 감히 그 기록의 정통성을 넘어설 수 있겠는가? 백 년, 천 년 후의 천하에는 과연 무엇이 남겠는가?”

사안의 크지 않은 목소리가 천둥처럼 학자들의 귀를 때렸다.

“어마어마한 물자와 인력이 들리라. 온 나라의 힘을 모조리 쏟아부어야 할 것이다. 국정은 가난에 허덕이고 백성은 지치겠지. 이 격동의 시기에 우리 동진은 힘없는 약소국으로 전락할 것이다. 황제는 사상 최악의 우군(愚君)으로 기록될 것이며 나는 황제를 속여 나라를 망친 간신으로 기록되리라. 그러나 한(漢)은 확고부동한 천하의 지배자로서, 모든 문명의 창생을 일구어낸 주인으로서 남을 것이다. 바로 이 천도로 인해. 알겠느냐. 이것이 나의 대계이다. 천하 문명을 놓고 벌이는 전쟁의 종지부이다!"

"으아."

평생 도도한 체면을 지켜오며 살아온 한 학자가 신음을 내며 숨을 크게 토해냈다. 그는 양 팔로 바닥을 짚은 채 입을 크게 벌리고 중얼거렸다.

"이 무슨, 이."

그러고는 사안을 향해 무어라 외치는데 무슨 소리인지 알아들을 수 있는 이가 없었다. 그리고 그의 말을 관심 깊게 듣는 이 또한 없었다. 너무나 엄청난 이야기에 모두가 혼이 달아나고 정신이 흔들려 들은 이야기를 몇 번이나 되새길 뿐이었다.

격이 다른 계획이었다. 도성을 둘러싼 절벽, 어마어마한 크기의 절벽에 어마어마한 폭으로 새겨진 역사. 수억의 세월이 지나고도 천하제일의 명승으로 남을 그 위대한 최고(最古)이자 최고(最高)인 유적에 도대체 그 누가 의문을 제기하고 의심할 수 있을까. 그토록 두려웠던 고구부 따위는 이미 모두의 머리에서 지워져 있었다. 일개 왕 따위가 어찌할 수 있는 수준이 아니었다. 설령 온 천하의 모든 사람이 한 뜻으로 반대한대도 어그러질 수 없는 틀림없는 불멸의 진리가 그곳에 남을 것이었다. 전쟁은 끝이었다. 무엇을 어떻게 해도 무엇도 할 수 없었다. 감히 무엇으로 대항할 수 있을까. 그 위대함에 맞서서는 창칼 쥔 수백만의 군대도, 수만 학자들의 붓끝도 모래알처럼 바스러지고 말 것이었다. 그것이 사안, 천하제일인이라는 그 위대한 스승의 격이 다른 그릇이었다.

"백성은 하루의 안위를 걱정하고 관(官)은 한 달의 일을 생각하며 임금은 한 해의 살림을 고민한다. 그러나 학자는 천 년을 꿈꾸고 생각한다. 눈을 들어 천 년 뒤를 보라. 너희에게는 무엇이 보이는가? 천 년 뒤의 백성은 무엇을 보겠는가? 한때 강성했던 오랑캐들의 칼 휘두르는 장난질을 기억하겠는가? 문명을 낳아 퍼트린 한(漢)인의 거룩함을 기억하겠는가?"

사안은 온통 혼이 빠진 좌중을 묵묵히 바라보다 한 가닥 미소를 떠올렸다. 그리고 말석의 백동은 황망한 중에도 슬쩍 고개를 들어 그런 스승을 바라보았다. 위업, 그 위대한 스승이 꿈꾸는 위업에 그 무슨 미천한 일이라도 맡을 수 있다면 당장 죽어도 아무 여한이 없으리라. 할 수 있는 무엇이라도 반드시 하리라, 백동은 그리 다짐하고 다짐하며 한 줄기 굵은 눈물을 흘려냈다.

옛것의 흔적

고구려 북쪽 국경 밖 어느 이름 모를 지방.

이미 인적이 없는 깊은 밤, 구부는 짙은 어둠이 내려앉은 산 깊은 구석을 유령처럼 거닐고 있었다. 무엇을 털어내는지 가끔씩 고개를 흔들며 걷다 한 절벽 끄트머리 너른 바위를 찾은 그는 천 길 낭떠러지 아래로 발끝을 내민 채 묵묵히 생각에 잠겼다. 시간이 얼마나 흘렀을까, 점차 새벽이 밝아오며 고요한 야산에 일찍 일어난 새소리가 흘러올 즈음, 그는 품을 뒤적거려 작고 희끄무레한 조각 하나를 꺼내들고는 밝아오는 하늘에 대었다.

'서문 밖에서 제사를 지낼까요, 동문 밖에서 제사를 지낼까요.'

이리저리 새겨진 흠을 따라 눈길을 옮겨가던 그는 이내 숨을 한 번 고르고는 크지 않으나 단단한 음성을 토해냈다.

"묻혀버린 제국."

그 조각이 무엇인지, 그 조각을 스친 눈길이 하늘에 무슨 그림을 그리는지, 그는 길게 심호흡을 하며 밝아오는 하늘에 긴 시간 상상의 눈길을 던져두었다. 한참이 지나고 그리 하늘을 향했던 눈길이 점차 미끄러져 짙은 안개 속으로 향했다. 마치 그곳에 누가 서있기라도 한 듯, 구부는 허공에 대화를 던졌다.

"그래, 서책으로는 일만 권을 뒤져도 한 줄 찾기가 쉽지 않았다. 그야말로 실체 없는 설화 속 나라가 되었지. 대단해. 은(殷)의 자식, 주(周)의 아비, 구(丘). 우연인지 그대의 이름도 나와 같은 구(丘)로군."

누구를 가리키는지 새벽의 희뿌연 안개 속에 마치 그가 살아있기라도 한 듯 구부는 서글서글한 웃음을 지어 보이며 인사를 건넸다.

"의심스럽고, 억지스럽다. 사람 손이 스친 흔적이 자꾸만 보인다. 그러나 증거는 완벽해. 그대가 짜 맞춘 천하는 이미 너무나 견고하다. 주(周)는 만물의 근본이고 한(漢)은 그 주인이야. 수만 사서(史書)와 기록이 완벽하게 맞추어져 있어. 온 학자들이 그대를 지지하지. 철옹성이야."

구부는 양손을 들어 가볍게 박수를 쳤다.

"그토록 완벽하면 믿어야 해. 아무리 시답잖고 아무리 수상해도 세상 모든 사람이 모든 기록이 입을 모아 그대가 옳다며 기리고 따르는데. 거기에 시비를 거는 내가 미친 게 맞지. 맞기는 한데, 그런데 내게 묘한 물건이 하나 있단 말이야."

그리 중얼거리던 구부는 아까의 희끄무레한 조각을 마치 상대에게 보여주기라도 하듯 앞으로 내밀었다.

"이것. 이게 무언지 알겠는가?"

대답이 들려올 리 없으니 구부는 곧 이어서 말했다.

"주술(呪術)이다. 그대가 평생 경계하고 미워한 미신(迷信). 그대가 야만이라 이름붙인 귀신의 힘. 사라진 나라의 유산."

주술이라는 단어의 묘한 분위기 탓일까. 이번에는 마치 대답이라도 하듯 잔잔하기만 하던 산중에 거친 바람이 불어오며 구부의 머리칼을 날렸다. 구부는 바람을 맞으며 이에 화답하듯 말했다.

"우스운가? 허나 만만히 여기지 말라. 아마 내 생각으로는 온 천하 서책과 학자들의 변설을 모두 합해도 이 주술 하나를 당하지 못할 테니까. 그토록 자랑하는 글자로 남은 모든 기록이, 타성에 젖어 떠드는 모든 주장이 거짓말이 되어버릴지도 모른다. 그대와 그대 후예들이 쌓아온 천 년의 더께를 한순간에 걷어낼지도 모른단 말이야."

바람과 안개 속에서 구부의 나직한 목소리가 맴도는 가운데 어디선가 폐하, 하고 부르는 경박한 목소리가 섞여 들려왔다. 막 양팔을 벌린 채 정말로 주술을 부리기라도 하듯 묘한 자세로 손을 휘적거리던 구부는 멋쩍은 듯 손을 거두고는 씩 웃으며 등을 돌렸다.

"내 장수들이다. 나와 함께 그대의 철옹성을 짓밟고 무너트릴 이들이지. 기대하며 기다리라. 이 고구부, 평생 싸움에 져본 적이 없어."

이윽고 구부는 안개 속을 향해 손을 흔들어 일별을 보내고는 등을 돌려 소리가 난 곳으로 향했다. 산중턱에는 검은 옷을 입고 복면까지 뒤집어쓴 수상하기 그지없는 모습의 사내 셋이 그를 찾아 헤매고 있었다. 새벽빛을 타고 구부가 모습을 드러내자 그들은 반색을 띠며 달려와서는 감격에 찬 목소리를 토해냈다.

"아아! 폐하, 두 해 만에 뵙습니다! 그간 강녕하셨나이까!"

산 아래 고을 어귀의 한적한 초가에는 구부를 찾아온 세 사내, 선비와 풍수사와 도굴꾼이 구부와 종득과 함께 둥글게 마주 앉아있었다.

"논(論), 집 안에 사람 여럿이 말을 하는 모양!"

선비가 그림을 그리며 외치는 가운데 구부는 모여 앉은 이들을 하나씩 바라보았다.

"현찬아, 우상아, 편달아. 모두 두 해간 고생이 많았다. 그래, 삼백 개를 다 채우고 온 것이냐? 어서 말해보거라. 내 너희 이야기가 듣고 싶어 벌써 몸이 달았다."

삼백 개라는 말에 모인 이들이 웃으면서도 한편으로는 혀를 찼다. 삼백 개란 기막히게도 무덤을 뜻하는 말이었다. 두 해 전, 태왕 구부는 대뜸 천하 사방의 아무 백 개 고을에서 세 개씩, 모두 삼백 개의 무덤을 찾아 파보고 오라는 명을 내렸었다.

─ 널찍한 짐승 뼈가 묻힌 무덤을 찾으라.
─ 태우거나 일부러 깨트린 뼈가 있는 무덤도 찾으라.
─ 뼈에 무언가 새긴 것이 있는 흔적 또한 찾으라.

이유도 자세히 말해주지 않고 명하니 그리 떠난 이들은 매일 낯선 고을에 찾아들어 돌을 뽑고 흙을 파는 고된 노동을 마다하지 않으며 누구의 것인지도 모르는 백골을 캐어다 더듬고 살피는 밤을 보내야만 했다. 소문이 날세라 숨어 다니며 걷고 찾고 파기를 두 해, 그러나 헛된 세월만을 보낸 것은 아닌지 모인 이들은 밝은 표정이었다. 할 말이 많았는지 서로 누가 먼저 나서 말할까 다투다 도굴하는 편달이 먼저 나섰다.

"무덤하면 역시 이 편달이지요. 소인들은 세 갈래 길로 흩어져 각자 백 개씩 파보기로 했습니다만 이 편달이 어찌 놈들과 같겠습니까? 소인은 마흔다섯 고을에서 백 하고도 쉰다섯 개 무덤을 파보았나이다."

편달은 자랑스레 제 가슴을 두드리며 무릎걸음으로 구부에 가까이 다가갔다.

"닥치는 대로 파고 찾고 또 파다 보니 폐하께서 말씀하신 짐승의 뼈가 묻힌 무덤을 찾았는데 그 숫자가 스무 개도 넘사옵니다. 틀림없이 이 편달의 공이 다른 자들보다 클 것이옵니다."

"오호, 그러냐. 네가 특히 고생이 많았구나."

"예, 폐하. 특히 예서 동북향 오백 리쯤 있는 어느 촌락에서 말입니다, 그 고을 무덤들에서 항아리를 찾았는데 항아리마다 모두 돼지의 기름과 뼈가 있었으니 너무나 이상한 일이 아니겠습니까? 사람의 뼈는 그냥 묻었으되 돼지의 뼈는 항아리에 고이 두었으니 사람보다 돼지를 높이 모시는 참으로 괴상한 놈들입니다. 바로 이것이다 싶어 내친김에 고을의 무덤이란 무덤은 모조리 찾아 파보니 개중에는 높은 이를 묻었는지 나무로 짠 관을 쓴 무덤도 있었사온데."

"그 목관 안에 초피(貂皮: 족제비 가죽)가 있었더란 말이지?"

"예. 예? 아, 예, 폐하가 어찌 그것을."

편달은 정말로 놀랐는지 입을 떡 벌리며 물었다.

"아마 목단강(牧丹江) 어느 즈음의 고을이었겠구나. 편달아, 네 떠난 지 얼마 되지 않아 그 고을에 닿았을 것인데 거기서 만족하고 혹 나머지를 덜 살피지는 않았느냐?"

"아, 아니옵니다, 폐하. 그랬다면 어찌 백쉰다섯이나 파보았 겠나이까."

구부는 빙긋 웃으며 편달의 어깨를 툭 쳐주었다.

"그래. 내 너를 놀렸다. 달리 또 발견한 것은 없느냐?"

"예, 예. 폐하. 그 후로 다니며 찾은 고을에는 별달리 괴상한 무덤은 없었사온데, 하온데 어찌 초피며, 목단강이며 그런 것 들을 아셨는지. 그것이."

"읍루(邑婁)."

"예?"

"네가 항아리에 돼지기름을 두었다 하지 않았느냐. 몸에 돼 지기름을 발라 겨울을 나는 것은 읍루의 풍습이다. 그들은 망 자가 저승길을 따뜻이 가기를 바라며 무덤에도 돼지를 순장 했지. 그들이 부여에 올린 진상품 중 가장 귀하고 값진 것이 초피이니 높은 이의 무덤에는 초피를 두었을 것이고. 그들이 모여 살던 땅이 바로 목단강 유역이다. 여하튼 장하구나. 역시 네가 도굴은 천하제일이다. 봉분을 만들지 않는 이들이라 무 덤을 찾기 쉽지가 않았을 것인데."

편달은 입을 떡 벌렸다. 그러고는 풀이 죽고 기가 꺾여 고개 를 숙인 채 뒤로 물러날 뿐이었다. 구부는 웃으며 다음으로 풍 수 보는 우상에게 눈길을 주었고 눈을 빛내고 있던 우상은 기 다렸다는 듯 입을 열었다.

"폐하, 소인은 첫 한 해는 하릴없이 무덤만 파고 다녔지마는 두 해가 되던 때에는 생각을 조금 해보았나이다. 외람되오나 폐하께서 이런 괴이한 일을 명한 까닭이 무엇일지, 대체 왜 옛 기이한 무덤인지, 그리 생각을 해보고 해보다 결국 답을 찾고 말았지요."

"호오."

"짐승의 뼈, 불에 태우고 깨트린 뼈, 무언가를 새긴 뼈라면 주술이지요. 폐하께서는 옛 부족이 행했던 영험한 주술의 흔적을 찾고 계신 것이옵니다. 천하에 사람의 일이라고는 모르는 것이 없으신 폐하께서 이제 귀신의 일까지 모두 섭렵하시겠다는 뜻이 아니겠사옵니까?"

맞는 말인지 진정 소리 내어 감탄한 구부는 눈을 빛내며 물었다.

"해서?"

"풍수를 보고 점을 치는 것이 소인의 업이옵니다. 누군가 소인에게 무엇으로 점술을 배웠느냐 물으면 소인은 항시 주역(周易)이라 대답하온데, 실은 이 주역이라는 것이 세상사의 이치와 흐름을 담았을 뿐 실지 신통한 일을 다루는 것이 아닙니다. 그런 일을 다루는 역경(易經)은 주(周)나라 주역이 아니라 따로 있습지요."

"그것은 나도 처음 듣는 이야기로구나. 무엇일까?"

"은(殷)나라 귀장역(歸藏易)이지요. 귀신을 부리고 앞일을 내다보며 신통력을 행사하는 일은 이 귀장역에 담겨있습니다. 주나라는 주술을 미워하고 멀리했으니 주나라의 것에는 아무래도 효험이 없지요. 귀장역마냥 신통력이 있는 것은 죄 은나라이옵니다. 폐하께서는 바로 이 은나라의 무덤을 찾아 신통력을 배우고 요술을 다루며 귀신을 부리시려는 것이 아니시옵니까? 그 찾으시는 괴상한 무덤이란 바로 은나라의 무덤이 아닌지요?"

우상은 시원시원하게 단언했고 구부는 정말로 놀란 듯 눈을 크게 뜨고 손뼉을 쳤다.

"하하. 네가 정말로 신통한 무엇이 있기는 있는가 보다. 한데 우상아, 네가 대단히 멀리 살피기는 하였다만 내 아직 무덤의 이야기는 듣지 못했구나?"

"아, 예. 폐하. 하여 소인은 은나라 무덤을 찾았사온데 그것이 옛 은의 영토가 어디서부터 어디까지였는지, 어느 고을에 그 후손이 살았는지 도무지 알 도리가 없었사옵니다. 서책을 뒤지고 사람을 찾아 물어도 어디 적힌 것도 무얼 아는 사람도 없더군요. 하여 소인은 은(殷)이라는 글자가 들어가는 기록은 다 찾기 시작했었사옵니다."

기특한 일이었다. 이 풍수사 우상은 정말로 남달리 지혜로운 데가 있어 일을 생각하고 해나가는 데에 판단과 순서가 뚜

렸했다. 듣는 이들이 모두 슬쩍 고개를 끄덕이며 귀를 열어두는데 문득 구부가 한마디를 툭 얹었다.

"그렇다면 너는 저 멀리 하남(河南)의 상구현(商丘縣)으로 갔겠구나."

"예. 예? 아, 아니. 폐하. 그것을 어떻게. 아."

청산유수처럼 말을 쏟아내던 우상의 입이 졸지에 닫혀버렸다. 앞뒤 다 자르고 던져진 구부의 말은 이번에는 굳이 구부의 입으로 설명해낼 필요가 없었다. 고개를 흔들어 정신을 차린 우상이 한숨을 푹 쉬며 구부가 했을 생각을 넋두리처럼 풀어낸 탓이었다.

"하아. 한 가지 일을 들으면 만 가지 일을 엮어내시니 소인이 무어 길게 말하겠사옵니까. 예. 은(殷)이라는 글자가 들어간 지명이 없으니 은의 옛 이름인 상(商)을 찾았고 상(商)이라는 글자가 들어간 지명을 찾으니 그것이 천하에 오직 상구현뿐이라. 예, 맞습니다, 폐하. 그렇사옵니다. 그리 생각하고 상구현으로 갔사옵니다. 그것이 소인이 석 달을 걸려 생각한 일이었사온데."

"사람은 각기 제 잘하는 일이 있는 법이다. 그래, 우상아. 상구현에는 무엇이 있었느냐? 무덤은 찾아보았느냐?"

"그것이, 송구하옵니다, 폐하. 온 고을을 샅샅이 뒤졌으나 특별한 무덤을 찾지는 못하였사옵니다. 몇 개 무덤을 찾아 파보기는 했으나 별달리 볼 것 없는 유골만 나왔을 뿐이옵니다."

구부는 고개를 끄덕이면서도 아쉽다는 듯 얼굴을 찌푸렸다.

"괜찮다. 해서 상구현에서 바로 돌아온 것이냐?"

"아닙니다, 폐하. 상구현에서 찾은 것이 없으니 남쪽으로 더 내려가서."

"그것은 네가 잘못 생각했구나."

영문을 몰라 눈을 껌벅거리는 우상에게 구부가 간단한 설명을 이었다.

"상구현의 서쪽에는 기현(淇縣)이 있고 기현은 목야(牧野)와 닿은 땅이다. 주나라가 은나라를 정벌할 적에 목야 땅에서 마지막 결전을 치렀으니 기현이야말로 은나라의 땅이 확실한 것이다. 즉 은나라 땅을 찾는다면 남쪽이 아닌 서쪽으로 갔어야 했던 것이지."

결국 우상은 아무것도 얻은 것이 없이 돌아온 꼴이었다. 당장 기이한 무덤을 찾지는 못했어도 이 괴상한 태왕의 구미에 딱 맞는 이야기를 듣고 왔다 자신했었기에 그는 더욱 크게 실망하여 고개를 떨어트렸고 이에 구부는 미미하게 웃으며 듣기 좋은 말을 건넸다.

"장하다. 다음번에는 무덤 잘 찾는 편달과 함께 기현 근방을 살피면 분명 성과가 있지 않겠느냐? 망망대해에서 헤엄만 치던 중에 발 디딜 땅을 찾은 격이야. 참으로 고생했다."

이제 구부와 좌중의 눈길이 모두 선비 현찬에게로 옮겨갔다. 바닥에 손가락으로 무언가를 그리며 딴청을 부리던 현찬은 모두가 자신을 바라보는 것을 알고 그제야 의뭉스레 자세를 고치며 입을 열었다.

"그, 음, 저는 무덤을 찾을 줄도 모르고 팔 줄도 몰라서."

현찬은 손가락으로 우상을 가리켰다.

"우상을 따라다녔사옵니다."

당당한 선언에 좌중의 입이 떡 벌어지자 우상이 한숨을 푹 쉬며 말을 이어갔다.

"저 팔자 좋은 놈은 거진 유람을 다녔나이다. 저 멀리 상구현까지 가서도 고을 집집마다 편액이나 살피며 다니고, 사당이나 절간이 없나 찾으러 다니고, 저 좋아하는 글씨만 구경을 다녔지요. 서원이나 화방, 약방 하다못해 저잣거리 시전에 기방까지 돌아다니며 하명하신 무덤은 한 번 찾질 않고 저 좋아하는 짓만 하였사옵니다."

줄줄이 늘어놓는 고자질에도 현찬은 전연 상관하지 않은 채 싱글벙글하는 낯으로 고개를 주억거리고 있었다. 유람의 좋았던 기억을 하나하나 떠올리는지 눈까지 게슴츠레 뜬 채 양손을 품에 찌르고 있던 그는 곧 작고 손때 묻어 꾀죄죄한 보따리를 꺼내 자랑스레 흔들었다.

"그 동네 쓰는 물건까지 제법 챙겨왔지요."

"하하. 그래, 현찬아. 무덤 찾는 길에 무덤은 살피지 않았으니 무어 다른 것을 보았겠구나."

"이를 말이옵니까. 개씨, 어금씨, 누씨 하는 이상한 성씨부터 오랜 고서나 잡문, 산해경(山海經)에나 실릴 법한 토속 잡귀 잡신의 이름, 하다못해 오랜 약방문, 제멋대로 이름 붙인 가짜 탕약이나 고약의 이름까지 샅샅이 찾고 뒤져보았나이다."

"하여 눈여겨본 것이 있었느냐?"

"물론이옵니다. 하나하나 다 눈에 새기고 익혀두었나이다."

"하면 별난 것은 없었느냐? 네가 모를 만한 옛 글자라든가."

"그런 것은 없었사옵니다. 폐하, 그 땅에 있는 모든 물건과 글자는 이미 이 현찬의 머릿속에 다 있는 것들이었나이다."

현찬은 단호히 고개를 저었다. 본래 현찬과 같이 한길에만 눈과 정신이 팔린 이들은 제가 좋아 찾는 것을 놓치는 법이 없었다. 아는 것을 잊는 일도 없었으며 모르는 것을 모르고 넘어가는 일도 없었다.

"하하하."

한참 물어가던 구부는 거기서 그만 웃어버렸다. 그러나 앉은 이들은 따라 웃지 못했다. 우습고 즐거워 웃는 것이 아니라 얻은 것이 없음에 짓는 헛헛한 웃음임을 짐작한 까닭이었다. 특히 한 것 없는 현찬이 그제야 죄지은 기분에 미안하여 슬금

슬금 제자리로 물러가며 제 보따리를 슬며시 잡다 그만 매듭을 풀어버리고 말았다. 보따리가 펼쳐지며 와르르 온갖 잡동사니가, 놋쇠 수저니 도기 조각이니 알 수 없는 고약이니 하는 것들이 이리저리 흩어져 굴렀다.

"뭐 이리 쓸잘머리 없는 것들을."

나머지들이 혀를 차며 흩어진 물건들을 함께 주섬주섬 챙겼다. 하나씩 주워 담던 현찬은 개중 하나가 태왕의 바로 앞으로 굴러간 것을 보고 눈치를 살피는데 태왕은 문득 그것을 잡아들고 눈을 모으고 있었다. 누런 천으로 대충 감긴, 어디 약재로 쓰일 법한 딱딱한 회색 덩어리였다.

"그것은 귀갑(龜甲: 거북이 등껍질)이옵니다. 약방에서 약재로 쓰이는데 별달리……."

약재를 감싼 누런 천을 풀어낸 구부는 말 한마디 없이 그 어느 때보다 진중한 얼굴로 등딱지를 살피고 있었다. 얼마나 오랜 세월을 삭았는지 회색으로 변해버린 그 등딱지는 이상한 각도로 깨지고 뒤틀려 있었다. 갑작스럽고 이상스러운 적막에 모두가 귀갑에 눈길을 모은 가운데 구부의 낮고 마른 목소리가 신음처럼 흘렀다.

"태웠구나!"

"예?"

"일부러, 틀림없이 일부러 태워 갈라지게 만들었다. 그래서 이런 색과 파형(破形)이 나온 것이지. 그래, 내가 어째서 이 생각을 못했을까. 어째서 짐승의 뼈만 생각했을까. 이 등껍질이야말로 참으로 적당하지 않겠는가. 삼백 년 사는 짐승이 이토록 기묘한 껍질을 둘러메고 있거늘. 당연하다. 너무도 당연하지 않은가."

알 수 없는 말을 읊어대곤 다시 더없는 보화를 대하듯 조심스레 등딱지를 이리저리 후후 불고 쓰다듬으며 살핀 구부는 몇 번이나 등딱지를 내려놓으려다 다시 들어 살폈다. 티끌만한 무언가라도 없는지 살피고 살피던 구부는 한참을 그리고서야 천천히 입을 열었다.

"너희가 찾은 것 같구나."

"예? 찾다니요. 무엇을 말입니까?"

"귀신의 물건."

"귀신이요?"

한참 목석처럼 굳어있던 구부는 천천히 일어나 방문을 열었다. 어두운 방으로 슬슬 동이 터오는 바깥 빛이 들어오고 구부는 홀린 듯 걸어 마당으로 나섰다. 하나둘씩 사내들이 따라나서는데 우뚝 서서 새벽 공기를 훅 들이마신 태왕은 또렷한 목소리를 토해냈다.

"파사현정(破邪顯正)."

큰 소리를 내는 법이 없던 조용조용한 태왕의 목에서 창랑하고 청명한 목소리가 하늘을 메울 듯 솟아 퍼졌다. 무슨 영문인지 무슨 까닭인지 아무것도 모르는 사내들이 저희들끼리 눈길을 주고받다 다시 구부를 바라보았다. 그리고 그들은 눈을 비볐다. 문득 구부가 수십 배는 커진 것 같은 기분을 느낀 탓이었다. 갑자기 솟아올라 마치 하늘을 찌를 듯 우뚝 서 세상을 내려다보고 있는 것만 같은 기분. 그들의 귀에 까마득히 높은 곳에서 떨어져 내려오는 것만 같은 음성이 울려 퍼졌다.

"비로소 진실이 올바로 서리라!"

태워진 등딱지, 그리고 예의 그 허연 조각을 꺼내어 양손에 쥔 그는 숨을 고르며 눈을 꾹 눌러 감았다.

"천년 세월 켜켜이 쌓인 거짓을 걷어낼 힘이다. 누구도 찾지 않는 천 길 땅속에 오롯이 남은 진실이다. 천년 조상의 흔적. 귀신의 힘. 잊히고 묻혀 영영 세상에 나오지 못할 것만 같던 힘이 역시 그곳에 있었다. 가자. 가서 내 그것을 얻어야만 하겠다. 내 그것을 빌어다 천하를 뒤집어 바로 세워야만 하겠다."

귀신의 힘을 얻는다. 조상의 힘을 빌어다가 천하를 뒤집는다. 저잣거리를 헤매는 백치조차 웃을 소리가 알 수 없게도 신비한 기백과 위엄을 타고 떨어져 흘렀다. 동시에 무덤 파는 이, 풍수 보는 이야 그렇다손 치더라도 글 외는 선비조차 함께 한쪽 무릎을 꿇고 앉으며 손을 모으고 고개를 숙였다. 기묘함 때문일까, 외경심 때문일까, 왜인지 반드시 그래야 할 것만 같은 자세로 누구도 천만 가지 궁금한 것에 무엇 하나 입을 열지 않은 채 따르겠다는 결심만을 그리 표했다.

이튿날 세 사람은 겨우 하루 머무른 고을을 벗어나 또다시 길을 떠났다. 이번에는 태왕과 종득도 함께였다. 깨어진 귀갑을 얻은 땅, 상구현을 향한 여로였으나 본래의 소임에는 소홀하지 않았다. 도굴. 나라에 대한 염려와 근심이라곤 모조리 접어둔 이상한 태왕이 이끄는 그 무리는 낮에는 요리와 술과 경치를 즐겼고 밤에는 사방의 무덤이란 무덤은 꼭 하나씩 찾아들쑤셨다. 이곳저곳에서 낯선 이들의 기행에 대한 수군거림이 퍼지고 있었으나 구부는 매일 제 하는 일에 더없이 열중할 뿐이었다.

"왜 하필 무덤에서 옛것을 찾는단 말씀이옵니까?"

"땅속 무덤은 사람도 세월도 피해 가니까."

"태반이 썩고 문드러져 형체도 알기 힘드옵니다. 어차피 멀리 상구현에 찾으시는 것이 있다 하셨으면서……."

"봐라. 참으로 동그란 해골이다. 생전에 대단한 미인이었을 법하지 않으냐."

하늘이 열린 이래 가장 많은 관을 열었을 터이니 그 식견이란 나날이 발전할 수밖에 없는 것이었다.

태왕이 없는 고구려

이련은 텅 빈 대전에서 태왕의 의자를 바라보고 있었다.

그의 치국이 시작된 지 한 해, 구부는 정말로 모든 권력을 이양한 뒤 아무 지침도 없이 거짓말처럼 자취를 감추어버렸고 그것은 구부 한 사람이 아닌 고구려 전체의 공백을 가져왔다. 오로지 구부의 명만을 따라 구부만을 바라보며 일해오던 관리들은 무엇을 해야 할지 아무것도 알지 못한 채 멍하니 새로운 명을 기다렸으며 이련 또한 갈피를 잡지 못한 채 산더미 같은 장계와 결재에 치여 정신없는 시간만 흘려보냈다. 서너 달이 지날 무렵에서야 비로소 국정을 파악하기 시작한 이련은 경악했다. 고구려 조정의 신하들이란 그야말로 아무것도 하지 않는 위인들이었다. 그저 주어진 일상의 소임만을 겨우 수행할 뿐, 나라의 크고 작은 일이 일어날 적마다 그들은 망부석처럼 이련의 얼굴만 쳐다보았다. 간혹 비루한 의견이나마 내놓는 자가 있거든 다른 자들은 그를 비난하고 깎아내리는 데에만 급급했다. 어쩔 수 없는 일이었다. 그간의 국정은 구부가 홀로 이끌어오던 것이었고 누구의 어떠한 의견인들 그와 비교하면 초라할 수밖에 없는 것이었다.

'어째서 이토록 엉망진창인가.'

고구려는 그렇게 멈추어있었다. 다 이긴 줄만 알았던 요동의 싸움이 참패하고 우앙이 전사했다는 소식이 들려왔을 때에도, 백제의 부여수가 변방의 성을 침략했다는 급보가 전해졌을 때에도 고구려 조정은 아무것도 하지 않았다. 놀라 토끼 눈을 뜨고 소리 높여 탄식만 하는 것이 그들이었다. 이런은 비로소 구부의 뜻을 실감할 수 있었다. 일견 대국으로 다시 부상하는 것만 같았던 고구려는 실상 빈껍데기와도 같은 나라였다. 모든 것은 구부 혼자만의 힘이었고 그 무섭도록 탁월한 능력은 오히려 후대의 고구려를 좀먹는 것이었다.

"혹, 그래서 떠나셨습니까."

보통 사람들의 나라. 구부의 뜻이란 그런 것이었는가. 나락까지 떨어졌던 나라를 억지로 받쳐 올렸으니 이제는 고구려를 스스로 움직일 내실 있는 나라, 건강한 나라로 만들라. 더불어 구부는 그에게 특별한 부탁을 했었다. 나와, 아버지와는 다른 길을 걸어라. 민생을 보살피고 가르치는 일은 후대에 양보하라. 먼저 칼을 들어 천하의 중심에 고구려를 세우고 그 자부심 속에 살게 하여라.

경륜이 짧고 헤아림이 깊지 않은 이런이었지만 그 모든 숙제를 오직 하나의 길로 풀어낼 수 있음을 알고 있었다.

전쟁!

전쟁의 치열함에 휩쓸린 나라는 국정의 혼란을 겪지 않는 법이었다. 온 나라가 한 덩어리로 뭉치게 마련이었으며 짧은 시간 안에 나라 안의 모든 것은 급성장하게 마련이었다. 외적과 화해하고 민생을 살피며 선정을 베풀어야 할 시대는 따로 있었다. 해마다 새로운 세력이 일어나고 지는 이 혼란의 때에 전쟁을 피해서는 결코 일어설 수 없었다. 그리고 고구려 안에서 전쟁을 가장 잘할 사람이란 틀림없는 이련 본인이었다.

— 네가 배우고 본받을 자는 내가 아니다. 저 부여수야.

이련은 가만히 고개를 끄덕였다. 이미 구부는 지난 세월을 통해 모든 답과 길을 알려주었다. 지금처럼 국정에 매이고 치여 세월을 허비하라며 그를 대신 세워놓은 것이 아니었다. 구부가 그에게 원한 길은 분명했다. 먼저 칼을 들어라. 천하의 중심에 고구려를 세워라. 영리한 외교나 상대를 속이는 계략을 통해서가 아니었다. 다만 강한 고구려로써.

새로운 역사를 써내려갈 주인공은 이련 본인이었다. 그는 그간 한 해 내내 그토록 앉기를 꺼려했던 빈 태왕의 왕좌로 천천히 걸어가 걸터앉았다. 그러고는 시종을 불러 명했다.

"문무백관을 모두 모이라 하여라."

언행이 구부와 정반대인 탓에 오히려 장점이 있었다. 그것은 끝없는 겸허함과 솔직함. 이런은 스스로의 한계를 잘 알고 있었고 그 덕에 오히려 너무나 순수한 말을 던져낼 수 있었다.

"나는 국정을 모르오. 세상사의 이치 또한 모르오. 그러나 내가 해야 할 일만은 알고 있소. 동서남북 사방에 감히 고구려를 눈 아래로 보는 자가 없도록 고구려를 우뚝 세울 것, 숙적을 하나하나 쳐내어 무릎을 꿇릴 것. 그 길을 걷자면 저 간적 백제가 바로 첫 번째 순서요."

호기 어린 선언이었으나 신하들은 눈만 끔뻑거렸다.

"그러니 먼저 나를 대신하고 도와줄 중신이 필요하오. 내 선언컨대 모든 전장의 한가운데 설 것이오. 그럴 때마다 나를 대신해 국정을 이끌어줄, 고구려를 잘 보살펴줄 선생이 필요하다는 말이오."

"지당하신 말씀이옵니다."

"하여 내 간곡히 청하는 바요. 내 불행히도 여러분 가운데 진정 큰 그릇을 가진 이를 가려낼 눈이 없소. 하니 한 몸과 제일파의 사욕(私慾)에 얽매이지 않고, 고구려를 위해 진정 올바른 길을 먼저 생각할 줄 아는, 그러면서도 멀리, 큰 것을 볼 줄 아는 선생께서는 스스로 앞으로 나서주시오. 부탁하오. 부디 출세의 영욕이 아니라 나라를 위해 몸 바칠 각오가 된 분이기를 빌겠소."

그토록 진심을 담아 말하니 오히려 평소 출세를 간절히 원하며 권모술수를 부려오던 이들조차 마음 한구석이 불편하여 선뜻 나서는 이가 없었다. 서로를 번갈아 쳐다보며 슬쩍 고개만 떨어트릴 뿐이었다. 그리 오랜 시간이 지나는데 말석에 있던 한 신하가 슬그머니 몇 발짝 걸어 앞으로 나섰다. 온 대신들의 눈길이 그에게로 향했다. 그는 몸이 불편하여 사지를 우스꽝스럽게 뒤흔들며 걷는 이였다. 허, 이곳저곳에서 헛기침들이 터지는 가운데 그는 몸을 비틀며 한가운데로 나서 입을 열었다.

"소신은 본래 몸이 불편하여 초옥에서 글만 읽는 서생이었사옵니다. 은거하여 십만 권 천하 명저를 모조리 읽으리라는 마음만으로 살던 가운데 태왕 폐하의 법치(法治), 폐하께서 편찬하신 법전을 읽고서는 크게 마음이 동함을 견디지 못해 세상에 나왔습니다."

입술마저 제 뜻대로 움직이지 않는 듯 그는 쉬어가며 비뚤어진 입술로 말을 계속했다.

"왕제 전하께서는 무엇을 걱정하십니까? 여기 모자란 신하들에게 지혜를 구할 까닭이 무엇입니까? 이미 영명하신 폐하께서 한 권 법전을 창제하시어 치국(治國)의 도리를 모두 적어놓으셨거늘 그를 따르면 될 일이지 어째서 믿지 못할 자들의 사견을 구하십니까?"

이어서 그는 품속에서 서책을 꺼내 들었다.

"본래 스무 권도 넘던 법전을 폐하께서는 다섯 권으로, 다시 한 권으로 줄이셨습니다. 한 개의 법이 생겨나면 한 개의 죄가 늘어난다, 그리 말씀하시며 나라를 지탱하고 천하를 야만에서 벗어나게 할 최소한의 법만을 추리고 추리시어 여기 적어놓았습니다. 이 한 권 책만을 엄격하고 충실하게 따르신다면 무엇 하나 어긋나는 일 없이 국정을 챙기실 수 있을 것입니다."

흘겨보는 신하들의 눈초리 가운데에서도 그의 말은 당당하기만 했다. 구부의 법전이란 틀림없이 세상의 온갖 논리를 관통하는 사려 깊은 것이라, 구구절절 무엇 하나 틀린 데가 없었다. 잠자코 듣던 이련이 곧 크게 기뻐하며 그를 향해 물었다.

"선생의 말을 듣고 보니 깨달음이 있소. 허나 법전이 있어도 그 법을 올바로 수행할 신하가 필요한 것이오. 혹 선생이 나를 도와줄 수 있겠소?"

"소신 변국(便局)이라 합니다. 오로지 올바로 법을 수행토록 이 한평생 바치겠나이다."

"내 앞으로 선생에게 나라의 모든 것을 물어 행하겠소."

그리 말하고 곧 변국의 손을 잡아 앞자리로 이끌었다. 그러고는 새로이 정비된 관제 가운데 두 번째에 속하는 대로(對盧)의 관등을 즉시 부여하니 처음으로 고구려 5대 부족에 속하지 않는 외인 출신의 고위 문관이 탄생한 셈이었다.

"폐하께서는 법의(法意)는 단단하나 법은 유연해야 한다 하셨습니다. 말씀인즉 법전에 세상만사를 모두 담을 수는 없으니 원리는 정확히 따지되, 이를 수행하는 데에는 여러 가지 고려가 따로 있어야 한다는 뜻입니다. 소신이 이를 독단으로 해석하지 않도록 여러 신하를 다시 뽑아 함께 따져 묻도록 해주십시오."

그 또한 맞는 말이라 이련은 변국의 조언에 따라 삼분지 일은 태학에서, 삼분지 일은 민간에서, 삼분지 일은 기존의 관리들 가운데서 사람을 가려 뽑아 법리(法吏)의 기관을 만들고 그들의 수장으로 변국을 앉혔다. 이로써 변국이 강력한 권력을 점하게 된 것은 당연한 수순이었다. 법이 신분 위에 존재하였으니 이전까지의 우악스러운 주먹구구식 행정, 관리들의 독단과 부정 등이 지탄받기 시작했으며 권력의 강약에 의해 조변석개로 잘잘못이 가려지던 사건들은 이제 하나의 원리 위에서 일관적으로 판단되었다. 변국을 미워하고 싫어하는 이들이 한둘이 아니었지만 변국이 휘두르고 있는 칼이란 그의 것도, 이련의 것도 아닌 구부의 법전에서 나온 것이었다. 구부는 찬란한 태양과도 같은 태왕이었고 변국의 정치란 구부의 법치를 실천하는 것에 다름 아니었다. 불편한 마음을 속으로만 추스를 뿐 누구도 감히 구부의 법전에 맞서지 못했다.

그렇게 국정이 다져지니 이련은 온전히 정사에서 눈을 뗄 수 있었다.

그는 오로지 백제와의 전쟁만을 그리고 생각하며 스스로의 공부와 군사의 훈련에 매진하였다. 옛날의 고을불을 공부하였고 창조리와 여노 등 당대의 책사와 장군을 읽고 읽었으며 이를 마치자 모용외와 최비를 또한 공부하고 익혔다. 백제의 부여구와 부여수에 이르기까지 이름난 명장과 치열했던 전장을 모두 읽고 배우면서도 그는 또한 군사의 훈련을 게을리하지 않았다. 웅변과 달변으로 사람을 사로잡는 데에 별다른 재능이 없는 그는 모든 훈련을 몸소 병사들과 함께 했다. 군진의 의자에 앉아서 진법과 전술을 호령하는 대신 직접 병사의 대열 사이에 껴서 낮은 장수의 구령을 따라 함께 진흙을 뒹굴며 각 훈련이 유의미하고 적절한지를 스스로 겪고 판단했다.

"모든 일에 진심을 다하겠다. 그럼에도 모자람이 있다면 어디의 어느 누구라도 좋다, 부디 내게 직언을 해달라. 무슨 말이든 감사하며 듣겠다."

성실함, 그리고 솔직함이 그의 힘이었다. 깊은 인내의 힘이 없어 쉬이 흥분하고 포기할 적도 많았지만 금세 하던 일로 돌아오곤 했으며 그릇된 판단과 실수를 수도 없이 저질렀지만 지적을 받거든 이내 그 잘못을 인정하고 개전(改悛)의 미덕을 보였다. 그 담백함 가운데에 빛나는 것이 또한 그의 무용이었다. 이미 최정상의 무장으로 손꼽히는 부여수를 패퇴시켰다는 소문이 가득한 터, 그가 가끔 대련이나 시범으로 무예를 선보일 적에는 온 연무장이 발 디딜 틈 없이 가득 차곤 했다. 여노에서 고무로 이어지던 갖가지 수식어는 그대로 그의 것이 되었으며 무예와 기마를 숭상하는 고구려인들은 너무나 인간적인 이 당대제일의 무인을 차츰 사랑하게 되었다. 지혜로 비할 자가 없다는 태왕에 이어 무예로 겨룰 자가 없다는 왕제. 고구려인들은 금세라도 천하 사방을 제패할 것만 같은 기대감을 감추지 못하고 매일 흥분하여 다가오는 전쟁의 이야기를 나누었다.

마침내 있은 백제와의 전쟁, 그러나 이련은 패했다.

소수림왕 7년 정월. 마침내 백제로 진격했던 사기 백배한 고구려군은 소기의 목적을 달성하지 못한 채 많은 사상자를 내고 돌아와야만 했다. 많은 차이가 있지는 않았다. 비슷한 군세, 대동소이한 진법, 같은 전술로 맞섰고 소규모 교전마다 비슷한 숫자의 승리를 거두었다. 두 나라의 군사 사이에는 아주 작은 차이가 있었다.

"경험. 경험의 차이다. 적은 숫자를 잃을수록 치열해지고 우리는 숫자를 잃을수록 겁을 먹는구나."

구부가 이미 옛적 수곡성에서 했던 이야기를 이련은 비로소 실감하고 있었다. 전쟁이 길어지고 전사자가 생겨날수록 백제군은 악에 받친 채 달려들었고 고구려군은 부상과 죽음을 두려워하며 사기를 잃었다. 경험의 차이였다. 이미 많은 전우를 잃어본 백제군은 죽는 이가 생기거든 복수를 생각했고 그 감정에 처음 대면한 고구려군은 오만 상념에 사로잡히는 것이었다.

"다음 싸움에는 이 차이가 좁혀질 것이다. 또 그다음 싸움에는 차이가 없으리라."

이련은 예전처럼 실의에 빠지지도, 격분하여 이를 갈지도 않았다.

도성으로 돌아온 그는 왕실의 사재를 탕탕 털어 이 패전한 군사 모두에게 마치 승전군인 양 두둑한 상을 내렸다. 또한 국고를 열어 전사자를 위해 성대한 국장을 치르고 그 유가족을 충분히 챙기는 일을 무엇보다 우선하도록 명을 내렸다. 지나친 소비라며 불만을 토로하는 대신들이 있었으나 이련은 한마디로 일축했다.

"전통을 만드는 것이다. 전쟁에 나가 죽는 것에 두려움이 없는 고구려의 전통을."

구부가 튼실하게 쌓아올린 고구려의 내정은 아직 견고했고 변국과 그의 관리들은 부정을 척결하고 흐르는 돈을 막아 재정을 지켜내고 있었다. 아직 몇 번의 전쟁을 치르고도 남을 만큼 고구려의 물자는 풍부했다.

"슬퍼하지 말라. 눈물을 보이지 말라. 오십 년 죽음을 두려워하며 사는 것에 무슨 의미가 있느냐. 일 년을 살아도 기백을 떨치고 영광스럽게 죽어라. 걱정할 것이 무어냐. 영웅의 유족은 너희의 나라, 너희의 고구려가 따듯이 품어줄 것이다."

전사자들의 국장에서 이련은 슬픔을 보이는 대신 무덤에 술을 뿌리며 직접 기쁨의 노래를 부르고 춤을 추었다. 참석한 장졸과 유족들 모두 그를 따라 장례의 자리를 오히려 축제의 자리로 만들었다. 죽은 자들을 영웅이라 외치며 각기 그들의 이름을 부르고 죽은 자에게 힘차게 건배를 외치며 술잔을 나누었다. 분위기는 전염되게 마련이고 감정은 쉬이 움직이는 것이었다. 구부의 치세 내내 겪어보지 못한 패전에 많은 전사자를 내고서도 고구려 백성들은 한(恨)과 슬픔을 토로하는 대신 전장과 영웅의 풍운을 노래했다.

머지않아 다시 백제와의 전쟁이 있었다.

한 해도 지나지 않아 있은 전쟁에서 고구려군은 또다시 승리를 거두지 못했다. 그러나 패배로 규정하기에도 애매한, 양편 모두 크지 않은 피해를 입고 회군한 전쟁이었다.

비겼다, 그 사실에 고구려군은 열광했다.

"한 걸음 나아갔다."

오직 그 한마디에 온 고구려가 온통 들끓었다. 나아가고 있다, 고구려가 드디어 스스로의 힘으로 백제를 따라잡고 있는 것이었다. 다음에는 이기리라, 그다음, 그다음에는 완전히 백제를 무릎 꿇리고 당당히 일어서리라.

전쟁은 또 있었고 또 있었다. 백제의 부여수도, 고구려의 이련도 화해할 생각이 없었다. 각 지방의 성마다 명을 내려 언제든 국경을 넘어 전투를 벌일 수 있도록 각기 자율 권한을 주었고 승리를 거둘 때마다 큰 상을 내렸다. 끝도 없는 소규모 전쟁이 꼬리에 꼬리를 물고 거듭 이어졌으며 두 나라의 수장은 때가 머지않았음을 예상하고 있었다. 곧 대규모 전면전, 국운을 건 필사의 전쟁이 있으리라.

어느 순간 두 나라는 약속이라도 한 듯 작은 전쟁들을 중지했고 국경에는 수도 없는 첩자들이 하루에도 수십 수백 명씩 건너다니기 시작했다. 소수림왕 7년의 여름부터 가을이 끝날 무렵까지, 추수철 동안 아주 짧은 평화가 두 나라 사이에 있었다. 금세라도 터질 것 같은 긴장 속에 추수가 끝나자마자 두 나라는 조금씩 전국의 군사들을 한군데 모으기 시작했다. 각기 수만의 군사를 편제하여 전면전을 준비하고 있었고 그들이 서로 만나게 되는 최단거리란 바로 그 유명한 수곡성, 벌써 몇 번이나 뺏기고 뺏겨온 숙명의 전장이었다.

"수곡성을 최후의 격전지로 한다."

당시 수곡성은 고구려의 지배하에 있었고 수곡성의 령(令: 성주)은 이련의 명에 따라 온 힘을 기울여 수성의 준비를 시작했다. 성벽을 크게 증축하여 대규모 군사를 주둔할 수 있게 만들고 근방의 날붙이란 날붙이는 모조리 거두어 병장기를 제작하였다. 장기전에 대비하여 여자와 노인을 다른 성으로 모조리 피난 보내기까지 하였으며 적이 주둔할 곳을 없애고 보급로를 끊기 위해 근방의 작은 성들과 요새들을 철거하였다.

개전!

이련은 백제 군사가 움직이기 시작했다는 첩자의 보고를 듣자마자 온 나라 전역의 군사를 모두 수곡성으로 모이라는 명을 내렸다. 고구려에서 편제된 군사만으로 무려 삼만이었다. 국경의 경비병을 제하고는 전국의 훈련된 병사란 병사는 모조리 모아들인 숫자였다. 마침내는 이련마저 평양을 떠나 직접 도성의 군사를 이끌고 수곡성으로 향할 준비를 마쳤다.

그간 일방적인 백제의 승리만을 점쳐오던 세간의 평가가 이제는 갈리고 있었다. 오히려 오랜 역사 속에 강국으로 군림해온 고구려에 후한 점수를 주는 이들이 많았다. 이련의 고구려는 분명 성장해 있었고 이제 백제에 결코 모자라지 않았다.

때는 소수림왕 7년의 가을, 바야흐로 운명을 건 싸움이 열리고 있었다.

앞으로 한 걸음

백제왕 부여수에게는 우치라 불리는 둘째 아들이 있었다. 생김새와 성격이 아비를 꼭 닮았다는 첫째와 달리 어려부터 만사에 게으르고 산만해 일찌감치 부여수의 눈 밖에 난 터, 한 번은 화를 참지 못한 부여수가 그를 우치(愚癡: 어리석고 어리석다)라 부른 것을 듣고는 도리어 매우 좋아하며 스스로 호로 삼고 그리 불러 달라 청했으니 이후로 모두가 그를 우치라 불렀다. 그는 왕자라는 신분에도 불구하고 한직(閑職)의 수군(水軍)을 맡아 빈둥거리며 세월만 흘려보내고 있었는데, 이제 백제와 고구려의 전 군사가 수곡성에 모인다는 소식을 듣자 제 임지를 떠나 부랴부랴 한산으로 올라와 부여수를 찾았다.

"우치야, 네가 어째서 한산에 왔느냐?"

"아버님, 소자가 낡은 폐선(廢船)을 좀 버려야겠는데 버릴 곳이 없어 여쭈러 왔습니다."

"그걸 왜 내게 묻느냐? 그 정도도 네가 판단하지 못한다는 말이냐?"

우치는 히죽 웃으며 고개를 끄덕였다.

"그럼 소자의 마음대로 버려도 되겠습니까?"

"그리하여라."

며칠 밤을 새며 이어진 군무로 지친 부여수는 손을 휘저으며 그 얼토당토않은 방문을 물리치곤 다시 회의가 열리는 군막으로 들어가 버렸다. 그러나 우치는 부왕의 홀대에 전연 개의치 않고 신을 내어 휘파람까지 불며 돌아갔다. 제 임지에 되돌아간 그는 정박해 있는 수십 척의 낡은 범선, 전국에서 모아들인 폐기 직전의 큰 범선들을 바라보며 기분 좋게 웃었다.

"어디 한번 이 험한 판국에 끼어볼까?"

오랜 세월 어로(漁撈)와 해상무역에 힘써온 백제는 수백 수천 척의 크고 작은 배를 갖고 있었지만 사실 수군 병력이란 전쟁에서 유명무실한 존재였다. 해상전은 풍향이나 기후 등에 너무나 큰 영향을 받게 마련이었고 당시의 빈약한 항해술로는 연안이 아닌 원양(遠洋)에서 적과 조우하여 요격하기 힘든 까닭이었다. 때문에 수군이란 실상 바닷길을 통해 군사를 적지로 수송하는 정도의 임무가 전부였고 그마저도 정확한 장소와 날짜를 맞추기 힘들었으니 전쟁에서 큰 역할을 하기가 힘들었다. 부관은 고개를 갸웃거리며 물었다.

"아니, 저기, 왕자님. 우리 수군이 전쟁에 낀단 말입니까?"

"그래. 아주 경험 많은 삼백 명의 선원을 뽑아라. 고기잡이에도 쓰지 못할 가장 낡은 폐선 서른 척을 또한 가려 뽑아라.

기왕이면 큰 놈으로."

이미 운항을 나가지 않은 지 오래인, 그저 연안에 정박한 채 썩어가던 낡은 폐선 서른 척이 간단한 수리 끝에 준비되었고 거기에 각기 열 명씩의 선원이 승선했다. 무엇을 하려는 심산인지 모두가 고개를 갸웃거리는 와중에 우치는 대뜸 출항의 명령을 내렸다.

"가자. 몽땅 고구려에다가 버려버릴 테다."

"아니, 버리자고요? 그게 어찌 전쟁에 끼는 것입니까?"

연이은 질문을 히죽거리며 얼버무린 우치는 가장 먼저 폐선에 올랐다. 돛은 해질 대로 해진 데다 선체는 부서지고 썩은 목재가 대부분이라 움직이는 것조차 버거운 형편이었으나 백제의 능숙하고 노련한 선원들은 고구려 땅까지 가까스로 도달할 수는 있을 것 같다는 대답을 내놓았다.

"이 썩어빠진 배들론 멀리 못 갑니다. 어찌어찌 살수(薩水) 하구(河口)까지는 갈 수 있을 것도 같습니다."

"그럼 거기로 가지."

이 알 수 없는 서른 척 폐선 투기(投棄)의 대함대가 곧 바닷길을 떠났다. 가장 가까운 해안으로 국경을 가로질러 살수 하구로 들어서는 길. 풍랑이라도 만났다가는 그대로 물고기 밥이 될 형편없이 낡은 함대였으나 맨 앞에서 선수에 오른 우치는 시종일관 히죽 웃고만 있었다.

그리고 수곡성.

고구려 전역의 삼만 군사가 터질 듯 성내에 꽉 들어찬 가운데 이련은 드디어 성문을 열었다. 불과 십여 리 밖에는 역시 백제의 대군이 몰려와 있었고 수송병이나 공병 등을 제외한 군사의 숫자는 대략 고구려군과 비슷할 것이라는 첩자와 첩병의 관측이 있었다. 이련은 피땀으로 키워낸 군사들의 선두에서 담담히 말을 몰았다. 과거 분노와 호기만으로 내지르던 뜨거운 웅변 대신 이제 이련은 차갑게 담금질된 가슴으로 침착한 군령을 내렸다. 그와 그의 군사들은 성장해 있었다. 굳이 과장된 외침으로 군사를 고양시킬 필요도, 엄한 군령으로 해이한 군기를 단속할 이유도 없었다. 그들은 이미 경험 많은 능숙한 군대였다.

두 군대가 조우했다.

최후의 결전이라 생각해서일까, 서로 오백 보가량의 거리를 두고 진군을 멈춘 군대에서 이련과 부여수는 누가 먼저랄 것도 없이 각기 부장 한 명씩만을 거느린 채 말을 몰아 앞으로 나왔다. 눈을 아래로 내려뜨며 무시하듯 이련을 바라보는 부여수를 향해 이련은 뜨거운 가슴을 눌러 담은 채 묵묵히 입을 열었다.

"명예로운 싸움을 할 것이다."

"세 번을 싸워 세 번을 지고도 아직 명예랄 것이 남았나."

"결코 투항하지 말라. 반드시 그대의 머리를 잘라 이 긴 악연을 끝낼 것이니."

"끝내 나라를 망치려는가. 좋은 형을 두었으면 그 보살핌 속에 숨어 사는 편이 좋았을 것을."

부여수가 먼저 말 머리를 돌렸다. 곧 이런도 불타는 가슴을 꾹 눌러 담고 입술을 깨물며 말을 돌려 돌아가니 잠시 후 양편 군진에서는 북과 함성 소리가 울렸다. 그것으로 이 대에 걸친 세 번째의 수곡성 전투가 시작되었다. 고구려와 백제 두 나라 모두 모든 국력을 쏟아부은 필사의 결전이었다.

"가자."

두 수장은 각기 손을 들어 적을 가리켰다. 정연하게 일렬로 늘어서 있던 양군 선두의 대열이 울렁거리는가 싶더니 곧 세차게 요동쳤다. 도합 육만가량의 군사가 한꺼번에 전쟁으로, 죽음으로 몸을 던져갔다. 서로의 살을 찢고 뼈를 부수러, 할수 있는 가장 잔인한 폭력을 휘두르기 위해 그들은 정신을 놓은 채 맹렬히 달렸다. 두려움이든, 적에 대한 증오든, 모종의 각오든, 달리는 군사들의 정신은 마비되어 있었고 그 감정적 고양이 바로 강군의 첫 번째 조건인 사기였다.

"고구려 도적놈들을 잡아다 재갈을 물려 밭을 갈리라!"

"백제의 수만 과부를 모조리 겁탈해야겠다!"

양편 모두 겁냄과 물러섬이 없었다. 두 군사의 가장 앞에서 달리는 선봉장은 누구보다 빠르게 죽겠다는 듯 양팔을 벌리며 달려와 상대의 몸뚱이에 창과 도끼를 들이박았다. 고구려 선봉장은 가슴이 꿰뚫리고도 백제장의 머리통을 박살 냈으며 백제장은 뇌수를 쏟아내면서도 상대의 심장을 헤집었다. 뒤따르는 군사들도 별반 다르지 않았다. 제 목숨을 아끼지 않고 오직 상대를 죽이겠다는 일념으로 몸을 던져갔다. 하루가 지나고, 무엇 하나 다를 것 없는 이틀, 사나흘이 지나도록 그들은 매일을 나가서 싸웠고 한 순간 한 순간 묵직하기 이를 데 없는 충돌을 감행해가며 닷새가 넘어갈 무렵, 양 군사는 이미 서로 삼분지 일에 가까운 손실을 입고 있었다.

"꺾이지 말라. 이제 비로소 우리가 우위를 점했다."

"한 걸음, 이제 단 한 걸음이면 승리가 가깝다."

절치부심 승리의 순간만을 기다려온 이련, 패배란 생각해본 적도 없었던 부여수, 두 진영의 수장은 조금씩 지쳐가는 병졸의 앞에서 서로 같은 소리를 외쳤다. 실상 차이는 없었다. 하루는 어느 편이 조금 더, 하루는 다른 편이 조금 더 많은 군사를 잃었다. 부여수가 조금 더 노련했지만 이련이 조금 더 젊었고 백제가 조금 더 침착했으나 고구려가 조금 더 난폭했다. 마주친 전선에서 양편 모두 물러나지 않았다. 도망하는 이 하나 없이 전장에 자빠져 죽는 것이야말로 소원이라는 듯 서로를 죽이고 죽였다. 전투는 날을 거듭할수록 치열해져 하루 종일 끼니를 거른 채 날이 어두워 피아의 구분이 불가능할 때까지도 싸웠다. 피로는 급격히 쌓였고 마지막 순간은 빠르게 다가오고 있었다. 터질 듯 팽창한 전장의 결착이 바야흐로 아주 작은 한 점에 모여있었다.

"오늘이다. 오늘 나는 부여수를 잡는다!"

결국 어느 하루, 새벽같이 일어난 이련은 등에 창 네 자루를 메고 양손에 다시 한 자루씩을 쥔 채 말 위에 올랐다. 그는 여느 때 해왔던 것처럼 선봉 군사들의 앞을 말로 달리며 그들의 용기를 북돋는 대신 그 한중간 가장 앞선 자리에 멈추어 섰다. 틀림없이 가장 먼저 죽음을 맞이할 수밖에 없는 꼭짓점, 최첨단 선봉의 자리, 여태껏 가장 용맹한 장수들이 번갈아 명예로운 첫 번째 죽음을 맞이했던 그 자리에 버티고 서서 이련은 천둥 같은 외침을 토해냈다.

"천하제일장의 이름이 무엇이더냐!"

두 해 만이었다. 서어산 전투 이후로, 고구려의 수장이 된 이후로 성숙해진 이련은 본진에 머물러 군왕다운 자세로 가슴에 이는 불꽃을 눌러 담고만 있었다. 이제 두 해 만에 그는 그 뜨거운 불길을 토해내는 것이었다. 모든 고구려 군사가 그 외침을 똑똑히 들었고 또한 한 명도 빠짐없이 같은 답을 마주 외쳤다.

고이련 -

온 사방이 진동되는 외침과 말발굽 소리 속에서 이련은 화살처럼 쏘아졌다. 선봉장과 선봉군이 젖 먹던 힘을 다해 그 뒤를 쫓았으나 이련은 그들의 눈에 이미 점이 되어가고 있었다. 백제군 궁수가 미처 활을 재어보기도 전, 눕혔던 방책을 들어 올리기도 전, 하다못해 기수가 말에 오르기도 전에 이련의 거대한 그림자가 백제군 진영을 덮었다.

사열을 시키고 진영을 정돈하려던 장수들 몇몇이 기겁하여 황급히 창을 들었으나 이미 닥쳐든 이련의 날 기다란 창은 하늘과 땅을 통째로 베어가고 있었다. 수천 개의 눈이 그 압도적인 모습을 새기며 같은 생각을 떠올렸다. 당대제일의 무장은 누구인가! 무인이라면 누구나 한 번씩 던져보는 그 질문은 그저 헛되기만 했다. 단기필마의 승부에서 져본 적이 없다는 백전의 모용수나, 십팔반병기의 전술에 모조리 달인이라는 부여수는 몇 번을 죽었다 깨어나도 지금의 이련과 같은 모습을 보일 수 없었다. 신체의 건강함이나 기술의 숙련 같은 문제가 아니었다. 타고나는 혈통, 오랜 세월 대를 거듭하며 얽혀진 정신과 혼의 영역에 가까웠다. 고구려라는 온 백성이 무예에 미친 나라에서 수십 대를 이어 정점 중의 정점으로 군림해온 왕가의 핏줄, 고구려 태왕이라는 이름에 덧씌워지고 덧씌워진 이름의 힘. 그 수백 년 세월 정수의 정수를 이어받은 이련은 그야말로 창 한 자루로 한 번에 온 백제군의 사기를 반으로 베었다.

삼만 대군의 적은 그 자리에 얼어붙었다. 원을 그리며 휘둘러진 창은 한 번에 세 장수를 베었고 돌아오는 다음 창이 다시 두 장수를 베었다. 다음 도는 창이 다시 서넛 병사를 베었고 그다음 창이 또 네다섯 병사를 베었다. 적아(敵我)의 구분 없이 발악하듯 쏘아낸 백제의 화살은 두꺼운 찰갑에 미끄러져 떨어지고 허우적거리며 질러진 백제의 창은 그의 철창에 맞아 자루째로 맥없이 부러졌다. 썩은 고목에 천둥벼락이 떨어지듯 그는 백제의 한중간을 갈라버렸다. 수만 군사의 진영이 통째로 흔들렸다. 그가 주춤하며 물러서는 순간이 반전과 반격의 때였으나 그는 멈출 줄을 몰랐다. 쐐기를 박아 넣는 그의 뒤로 얼굴이 터질 듯 숨을 몰아쉬며 달려온 고구려 기병들이 따라서 쑤셔 박혔다.

그것은 이련이 평생 처음으로 써보는 책략 아닌 책략이었다. 사력을 다한 전면전으로 싸우고 싸워내다 어느 한 날, 몸소 맨 앞에서 달리리라, 그것이 이련이 세운 전술의 전부였고 그 단순하고 무식한 전술은 정통으로 먹혀들었다.

고이련 ─

그 이름을 기합처럼 외치는 고구려군, 혼비백산하여 비명처럼 외치는 백제군, 얼이 빠져 신음처럼 흘려내는 양군의 장수들. 전장은 이련의 이름으로 가득 뒤덮였다. 천하에서 오직 이련만이 보여줄 수 있는 광경이었다. 여태껏 동수를 이루며 싸워오던 양군의 승부는 그 한 번의 돌격에 너무나 허망하게 비틀거리다 풀썩 기울어버렸다.

중군(中軍) 한가운데서 멀찍이 전장을 바라보던 부여수의 표정이 변해가고 있었다. 여태 몇 번을 당하고서도 또다시 철없이 선두에 나선 이련을 확인하고 지긋이 지어 보였던 미소는 이미 한참 전에 사라진 터였다.

"결국 스스로 나설 줄은 알았지만."

그는 준비해두었던 깃발을 들지 못하고 있었다. 모두 예상했던 것이었다. 출정하기 전부터 언제고 이련이 맨 앞에서 날뛰는 때가 올 것임을 알고 있었다. 그러나 이 순간에 이르러 그는 생각했던 양상과 너무도 다른 전황에 주저하고 있었다.

"저자가 성장한 것인가, 고구려가 성장한 것인가."

부여수의 날카로운 눈은 적에게서 과거와 다른 모습을 발견하고 있었다. 겉보기로 제 한 몸의 강건함을 믿고 설쳐대던 과거와 꼭 같았지만 뛰어난 군략가의 눈에 비친 모습은 사뭇 달랐다. 이련과 이련을 따르는 고구려군 사이에 유기적인 움직임이 있었다. 그가 베어낸 곳에 연달아 천 명 병사의 칼이 박혔고 그의 손끝이 가리키는 곳에 천 명 병사의 창이 길을 뚫었다. 고구려의 군사가 그의 갑주가, 병장기가 되고 있었다.

"장수의 역량이란 제 수족처럼 부리는 군사의 숫자에 달렸지. 저자는 이제 고작 천여 명 군사를 부리기 시작했지만."

부여수는 짧은 한숨을 쉬었다.

"저자에게 부림을 받는 군사가 모두 일당백이 되어버리는구나."

그는 손에 들고 있던 작은 깃발을 흙바닥에 툭 던져버렸다. 거짓 후퇴를 통해 적을 깊이 끌어들여 포위하리라던 약속의 깃발이었다. 부여수는 고개를 젓고 있었다. 지금의 이련과 그의 군사란 생전 겪어본 적 없는 압도적인 강병이었다. 자칫 그런 군사를 유인했다가는 미끼와 본진이 함께 거덜 날 판이었다.

"어떤 멍청한 짓도 극에 달하면 도에 이른다더니 딱 그 꼴이구나."

그가 일평생 배우고 펼쳐낸 병법은 지금 이련이 벌이는 짓, 대군의 수장이 직접 혼전에 뛰어드는 행위야말로 가장 해서는 안 되는 짓으로 명확히 규정하고 있었다. 물론 그 또한 선두에서 말을 달릴 때가 있었지만 경우가 달랐다. 그때는 반드시 안전이 보장되어야만 했다. 목숨이 아까워서가 아니었다. 수장이 죽으면 그 전쟁은 끝나는 것이었다. 당장의 이득 따위보다 수백 배는 큰 손해가 오는 것이었다. 그런데도 적의 철없는 수장은 전선 한가운데에 뛰어들어 있었고 그 얼토당토않은 도박에 백제군은 지리멸렬하고 있었다.

"어쩔 수 없지. 저 놈음에 어울려주는 수밖에."

시시한 계략이 통할 판국이 아니었다. 전장은 이미 정직한 힘과 혈기로 미친 듯 요동치고 있었다. 대등한 힘으로 대등한 사기를 끌어내지 않고서는 도무지 맞설 길이 없었다. 어쭙잖은 장수를 보내서는 더욱 짙은 패색을 드리낼 뿐이리라, 최소한 적장과 같은 이름의 무게를, 같은 믿음의 무게를 가진 이가 나서야만 막아설 수 있으리라. 부여수는 눈을 들어 사방의 제 진중을 한 번 둘러보았다. 나서라, 백제의 가장 날래고 용맹한 장수가 누구인가!

"없구나."

없었다. 이름 있는 명장이 없는 것이 아니었다. 부여구의 시대에서부터 전장을 달려온 노장들은 잔뜩 있었다. 강대한, 잘 훈련된 병사들의 병권을 쥐고 노련한 경험과 전술을 쌓아온 무게 있는 노장들이 열 손가락으로 다 세지 못할 만큼 있었으나 그들은 지금 하나같이 전장을 찬찬히 관조하고 있을 뿐이었다. 경솔하지 않았고 호들갑을 떨지 않았으나 그들은 무엇도 하지 않고 또한 무엇도 하지 못하고 있었다. 정작 싸워내야 할 젊고 피 끓는, 싱싱하게 펄떡대는 장수가 없었다.

"왜 없는가. 어째서 백제가 늙어버렸는가."

그리 홀로 물었으나 이내 스스로 그 답을 깨달았다. 부여구의 시대에 자라난 젊은 장수. 새 시대의 영웅이란 지금 왕이 되어버린 오직 부여수 본인뿐인 까닭이었다. 무예와 지략이 타의 추종을 불허했고 왕가의 혈통을 지녔으며 신체가 크고 용모까지 훌륭했던 그와 견줄 다른 장수가 있을 리 없었다. 백제 전장의 주역이란 항상 부여수였고 그는 나라의 모든 신망을 누구에게도 나누지 않은 채 독차지해 왔다. 그는 다시 한번 군진을 둘러보았다. 아까까지 보이지 않던 눈길이 이제 보이고 있었다. 본인이었다. 장졸이 모두 그에게 묻고 있었다. 왜 나가서 싸우지 않는가. 고구려의 영웅이 저리 날뛰는데 백제의 전설은, 그들의 위대한 영웅은 무엇을 하는가.

"그렇군."

부여수는 생각을 마치고 창을 붙잡았다. 그 역시 과거 수백 개의 전장을 넘으며 패배해 본 적이 없는 무인이었다. 지난번과 같이 자루 짧은 단창이 아니었다. 어린 날 셀 수 없이 휘둘렀던 길고 무거운 창을 잡아들며 그는 각오를 다졌다. 그로서도 이 도박에는 목숨을 걸어야만 했다. 적장 이련의 무위란 평생 접해본 적 없는 생소하고 압도적인 폭력이었다.

"난폭하구나. 하여도 전장에는 변수가 많은 법이다."

간단한 심호흡을 툭 끊어내며 허공에 창을 휘둘러 유려한 원을 그려 보였다. 동시에 경쾌하게 말을 달리려는 찰나, 부여수는 가하던 박차를 멈추었다. 재차 힘차게 발을 들었던 그는 또다시 박차를 가하지 않고 멈추었다. 당혹스러움이 그의 눈에 물들었다. 그는 한 번 더 숨을 들이켰으나 또다시 말을 달리지 못했다. 움직여지지 않았다. 마지막 순간, 그는 죽음의 냄새가 진하게 풍겨오는 낭떠러지에 발을 올려놓지 못했다. 언제부터였는지 모를 그의 발목에 채워진 왕좌라는 족쇄가 지금 그를 꽉 옭아매고 있었다.

"아."

그를 향했던 수백 수천 개의 눈길에도 당혹이 물들었다. 바로 전 성난 호랑이처럼 창을 붙잡아 들 때만도 반가움과 기대로 가득 찼던 눈길에 순식간에 불신과 의문이 깃들었다. 부여수는 그들과 눈을 마주치지 못하고 동공을 떨었다. 도무지 움직이지 않는 허벅지를 부서져라 주먹으로 내려치며 그는 말 위에 앉은 채 이러지도 저러지도 못하고 아까운 시간만 흘려보냈다.

"어째서. 어째서."

부여수가 망설이는 사이 전장의 이련은 더욱더 무시무시한 기세를 떨쳐내고 있었다. 삽시간에 백제 전(前)군을 모조리 박살 낸 그는 직접 전군장의 목을 한 창에 꿰뚫고 벽력처럼 괴성을 지르고 있었다. 백제군은 허수아비처럼 목숨을 내놓을 뿐 이렇다 할 저항조차 하지 못했다. 등을 돌려 도망하지 않는 것만도 대단한 용기라 칭찬할 만한 형국이었다. 그와 고구려 군사가 지나는 곳마다 허망한 길이 열렸고 시체가 쌓였다. 이 대로는, 이대로는, 부여수는 도저히 나오지 않는 말을 목구멍에서 끌어내야만 했다.

"퇴."

가까스로 꺼내려던 말을 도로 삼켰으나 그 작은 목소리에 수천의 귀가 떨리고 수천의 눈이 흔들렸다. 퇴각이라니. 고작 단 한 명의 적이 두려워 저리 허벅지를 떨다 후퇴라니. 그것이 진정 백제의 영웅이더냐, 비난과 질책과 회한이 모조리 섞여 그로 향하고 있었다. 부여수는 눈을 감아버렸다. 평생 쌓아온 업적과 공훈이 송두리째 부서져 흩어지는 것을 느끼며 그는 퇴각이라는 소리를 힘겹게 다시 한번 입 밖으로 내밀며 눈을 떴다.

그러나 그 순간 그는 입을 꾹 다물어버렸다. 그의 눈에 비친 전황에 미묘한 움직임이 보인 탓이었다. 아주 약간의 소란, 불과 몇 명의 고구려 전령이 깃발을 달고 급히 달리는 모습, 전장 한가운데의 이련에게로 미친 듯 달려가는 모습, 그런 것을 부여수는 발견하였고 그것은 너무나 내기 싫었던 소리에 훌륭한 변명거리가 되었다.

부여수는 풍이라도 맞은 듯 눈꺼풀을 떨며 기다렸다.

그리고 그것은 천운이 되었다. 무슨 일인지 무슨 까닭인지 알 수도 짐작할 수도 없었지만 전령의 이야기를 들은 이련은 말과 창을 멈추었고 따라 달리던 고구려군도 제자리에 멈추었다. 곧 이련은 무어라 알아듣지도 못할 괴성을 온 사방이 터지도록 지른 뒤 제 철창을 꺾어 바닥에 내팽개쳤다. 무시무시한 눈으로 백제군을 노려보던 그는 곧 기수의 깃발을 빼앗아 들었다가 팽개치듯 등 뒤를 가리켰다.

후퇴. 이어서 고구려 본진에 후퇴를 알리는 봉화가 올랐다. 곧 이련은 말을 돌려 본진으로 돌아가기 시작했고 고구려군도 그 뒤를 따라 저벅저벅 돌아갔다. 백제군 누구도 감히 그들을 추격하지 못했다. 지치고 허망한 얼굴로 안도의 한숨을 내쉴 뿐이었다.

"대체 무슨 까닭으로?"

부여수는 물론 백제군의 그 누구도 그 이유를 알지 못했다. 다만 그들이 아는 것은 그들의 영웅인 부여수가 끝끝내 적장의 앞에 나서지 못했다는 사실, 두려움에 질린 채 후퇴의 명을 내리려 했다는 사실, 절망과 파멸의 순간 직전까지 갔었다는 사실이었다. 그러나 그들은 그 치욕을 잠시 밀어두고 안도했다. 이날 하루의 전황은 전쟁 전체의 승패를 가를 것이었고 이 전쟁의 승패란 향후 긴 세월 양국의 위치를 결정지을 것이었다. 고구려가 이기면 한산이, 백제가 이기면 평양이 불타리라. 이미 모두가 알고 있는 당연한 수순에서 그들은 겨우 벗어난 것이었다. 누구도 이유는 몰랐지만 모두가 안도의 한숨을 내쉬며 가슴을 쓸어내렸다.

그리고 백제인 가운데는 그 기이한 현상의 이유를 정확히 아는 이가 있었다.

며칠 전의 살수, 바닷길에서 이어지는 하구에 어스름한 새벽의 안개를 헤치며 나타난 서른 척의 함대, 그 맨 앞의 범선에서 안개가 자욱한 사방을 살피던 우치는 비로소 눈에 강어귀가 들어오자 당당히도 한마디를 외쳤었다.

"이것으로 전쟁이 끝났다. 오늘 백제는 승리했도다."

그 뜬소리를 듣는 둥 마는 둥 나머지 선원들은 불평과 투정만 늘어놓았다.

"하마터면 물귀신이 될 뻔했습니다."

폐선의 썩은 나무판자 사이로 새어 든 바닷물이 이제 발목까지 차올라 있었고 돛대는 부서져 쓰러진 지 오래였다. 이제껏 가라앉지 않은 것이 신통할 지경이었다. 툴툴거리며 젖은 발을 털어대는 선원들과 달리 싱글싱글 웃던 우치는 적당한 기슭을 골라 정박할 곳을 명한 뒤 배마다 커다란 백제의 깃발을 높이 매달 것을 명했다. 곧 서른 척의 배를 모두 매어놓고 함선에서 내린 그는 이마께에 손을 대고 주위를 한 번 훑었다.

"여기가 고구려구나."

"예. 고구려입니다."

"참 황량하고 멋없는 땅이군. 그럼 이제 돌아가야지."

우치는 힘차게 소변을 한 번 보고는 볼일을 다 보았다는 듯 개중 가장 멀쩡한 배 한 척을 골라 선원들을 이끌고 도로 승선했다. 그러고는 나머지 스물아홉 척의 배를 그대로 버려둔 채 다시 백제로의 귀환을 시작했다. 그는 정말로 그 고된 여로의 끝에 폐선의 투기 이외에는 다른 아무 짓도 하지 않았다. 무어라도 다른 뜻이 있겠거니 하고 생각하던 부관은 눈을 잔뜩 찌푸리며 그런 우치를 바라보다 물었다.

"이게 대체 무슨 의미가 있습니까?"

"조금 더 정중하게 묻는 게 좋겠다."

"예?"

"이 일로 나는 백제의 영웅이 되었으니까."

"예?"

"됐다. 네가 뭘 알겠느냐. 돌아가거든 술상이나 준비해라. 큰 공을 세웠으니 잔치를 벌여야지."

그것이 우치가 고구려에서 보인 마지막 행적이었다. 그는 올 때보다 더욱 빠르게 배를 타고 돌아가 버렸고 그가 남기고 간 스물아홉 척의 폐선은 그대로 정박해 있다가 날이 밝고서 근방 고구려 백성들의 눈에 발견되었다. 그리고 이유를 알 수 없던 그 무의미한 행위는 누구도 예상치 못했던 어마어마한 의미를 가지며 고구려에 돌연 폭풍을 일으켰다.

백제의 기치가 높이 오른 수십 척의 함대.

하룻밤 사이 유령처럼 드러난 이 모습에 소스라치게 놀란 근방의 백성들은 혼이 달아난 채 도망쳤다. 기습, 백제의 함대가 상륙했다, 소문을 전해들은 근처의 작은 군영에서 파견된 군졸들은 소문이 사실임을 확인하고 기겁하여 상부에 급보를 올렸으며 부랴부랴 뛰어나온 관리들은 이미 백제의 범선에 아무도 남아있지 않다는 사실을 알고서 더욱 경악했다.

'모든 배가 비어있다. 이미 백제군이 고구려 땅 어디론가 들어왔다.'

그들이 타고 온 배가 다 낡아빠진 폐선이라는 사실은 아무런 의심을 주지 않았다. 오히려 그 괴이하고 을씨년스러운 풍경에서 오는 두려움, 그리고 되돌아갈 생각 없는 결사의 군사들이라는 상상만을 줄 뿐이었다. 한 척당 삼사백 명은 쉬이 태울 만한 크기의 배였다. 어림잡아 일만은 되는 군사가 이미 고구려 땅 어딘가에 흘러들어 진군하고 있다는 소문이 온 고구려를 진동시켰다.

"대체 어디로 향했단 말인가. 어째서 고구려 전역에 그들을 보았다는 자들이 없어!"

"그런 군사가 갑자기 어디서 났다는 말이오. 수년간 백제 전역을 샅샅이 감시했건만 어떠한 첩보도 없었는데."

"찾아! 반드시 찾아야 해!"

평양성에 남아 군무를 맡아보던 장수들은 머리를 쥐어뜯으며 상대의 행방과 의도를 따지고 따졌지만 무엇 하나 잡히는 것이 없었다. 그만한 군사가 어떻게 하늘에서 뚝 떨어질 수 있었는지, 그들이 이제 어디에서 무엇을 하고 있는지 아무것도 알 수가 없었다. 수색꾼이란 수색꾼은 모조리 풀어 나라 전역을 뒤지게 하였으나 어디에서도 백제군은 찾아지지 않았다. 찾기만, 찾아내기만 하면 방법이 없는 것도 아니었다. 그러나 그들은 결코 찾아지지 않았다.

일만 백제군이 상륙했다!

절체절명의 위기였다. 이미 온 나라의 여력을 모조리 짜내어 수곡성으로 보낸 지 오래였다. 멀리 국경을 지키는 군영들을 제하면 수도 평양성을 지키는 고작해야 일천 남짓한 군사가 지금 그들이 가진 전부였다. 만약 그 하늘에서 뚝 떨어진 군사가 어디선가 평양성으로 직진하고 있다면. 그렇다면 막아낼 관문도 군사도 없는 고구려는 그대로 멸망이었다. 평양성에는 온 왕족과 나라의 가장 높은 관리들이, 수만 백성이 무방비인 채로 맨몸을 드러내고 있었다. 얼굴이 하얗게 질린 관리들은 가능한 모든 인력을 풀어 적의 행방을 찾았지만 어디에도 없었다. 어딘가에 있어야만 하는 그들이 어디에도 없었다. 언제, 어디에서 어떻게 나타날지 고구려의 누구도 알 수가 없었다.

도무지 방법을 찾아내지 못한 채 호들갑을 떨며 발을 구르던 수도의 관리들은 결국 수곡성의 이련에게 전문을 보내야만 했다.

'백제군에 허를 찔렸다. 고구려의 심장이, 평양성이 위험하다!'

'험산을 넘었던 옛 모용황의 기습과 꼭 같은 꼴이다. 이대로면 고구려는 곧 무너지고 말리라!'

전령은 몇 날 며칠 가슴이 터지도록 필사적으로 달려 수곡성에 전문을 전했고 급한 신호에 군사를 물려 돌아온 이련은 전문을 손에 받아 들자마자 알아들을 수 없는 외침을 지르며 피를 토해냈다. 모든 것을 다 바쳐 그토록 열정적으로, 그토록 끈기 있게 준비해 온 세월이 산산이 부서지는 순간이었다. 온 고구려가 기울여온 노력이 일거에 물거품이 되고 있었다. 백제가 숨긴 비수는 이미 고구려의 심장에 비껴들고 있었다. 또 한 번 백제의 속임수에 당하고 만 것이었다.

"돌아간다. 무슨 일이 있더라도 평양성은 구해내야 한다."

이련은 제 얼굴을 피가 나도록 쥐어뜯으며 괴로운 음성을 토해냈고 그것으로 고구려는 수곡성을 포기하고 물러서야 했다. 한 발짝, 한 발짝만 더 내디디면 잡힐 것만 같던 승리는 이미 사라져 있었다. 거대한 역전이 일어났다. 고구려의 대패였다. 후퇴하는 고구려군을 향해 다 죽어가던 부여수의 백제군은 되살아나 악착같은 추격을 시작했으며 고구려군은 매일 수백의 군사를 방패막이로 미끼로 던지면서 도주해야 했다. 십 리를 도주하면 십 리를 쫓아왔고 백 리를 도주하면 백 리를 쫓아왔다. 평양성까지 물러나는 내내 고구려군은 무방비로 온 살을 물어 뜯겨야 했다. 그래도, 그래도 도성은 구해내야만 한다. 피눈물을 흘리며 고구려군은 후퇴했다.

마침내 평양성에 다다른 고구려군은 문을 굳게 걸어 잠근 채 각 관문의 성벽을 지키는 데에만 온 힘을 기울였다. 평양으로 이르는 관문들은 높고 두꺼웠으니 쉽사리 무너질 일은 아니었으나 수곡성에서부터 평양성 근방에 이르기까지 그 넓은 땅과 많은 성은 이미 백제의 발에 짓밟혀 있었다. 잃은 군사와 물자 또한 헤아릴 도리가 없을 만큼 어마어마한 양이었다. 그만한 참패도 드물었다. 선왕 사유의 대에 겪었던 수치가 또다시 반복된 셈이었다. 고구려는 또 한 번 평양성 앞까지 적을 들였고 도성을 유린당해야만 했다.

"그 적은, 평양성을 찌른다던 적은 어디에 있느냐."

없었다. 칼을 맞대고 싸우던 백제의 본군이 모두 평양성에 닿았을 때까지도 그 군사는 보이지를 않았다. 지원을 요청해 오는 지방의 성주도 없었고 하물며 그들을 보았다는 초병조차도 없었다. 처음부터 없는 군사였음을 그제야 고구려는 알 수 있었다.

"으아아아아아아!"

수년을 절치부심 다져왔던 이련의 마음이 꺾이고 있었다.

"나는 어찌 이다지도 쓸모없는 인간이더냐! 어째서 무엇을 해도 실패만 한단 말이냐! 형님, 형님은 어째서 이 무능한 인간에게 이런 중책을 맡기신 것이오! 단 한 번을 이기지를 못하지 않소! 그토록 많은 기대와 믿음을 온 고구려에서 빌어왔건만 결국 모조리 내던진 셈이 아니오!"

이련은 짐승처럼 울부짖으며 제 창칼 열댓 자루를 등에 짊어지고 달려 나가 성문을 열라, 적을 모조리 죽이고 나도 죽겠노라며 장수들과 신하들의 만류 속에 피거품을 물고 매일 종일을 외쳤다.

"아버님! 내가 아버님을 죽였소! 평생 전쟁을 모른다고, 비겁하다고 매도하여 죽음으로 몰아세웠소! 그 연약한 뼈와 마른 가죽으로 저 도적놈들 한가운데를 뛰어가게 한 것이 바로 나요! 그런데 나는 무엇을 하고 있느냥 말이오! 칠십 노인보다 못한 배짱으로 숨어 적이 돌아가기만을 벌벌 떨며 기도하고 있소! 아아아! 용서하시오! 아니 용서하지 마시오! 이놈들아! 문을 열어라! 나는 죽어야만 한다! 내 어찌 살란 말이냐! 대체 무슨 낯으로 살으란 말이더냐!"

사실 더 이상의 싸움은 없을 것이었다. 전쟁은 이미 끝난 셈이었다. 비록 고구려가 수십 배는 큰 손해를 보았지만 한번 크게 짓밟혔던 백제군에게 평양성마저 함락시킬 만큼의 군사적 우위가 있지는 않았고 그 시간을 버텨낼 물자가 남아있지도 않았다. 설령 점령한들 백제에게 그만큼의 땅을 경영할 만한 여력이 있지도 않았다. 그럼에도 굳이 부여수가 평양까지 진군한 것은 일종의 상징, 백제와 고구려 사이에 그만한 격차가 있음을 공고하게 선언한 셈이었다.

"돌아가자. 다만 서어산의 복수는 하고 가야겠다."

핏발 선 눈으로 평양성을 노려보던 부여수는 그리 말하며 근방의 모든 고을을 전소(全燒)시키라는 명을 내렸다. 수십 개 고을을 온통 불태운 검은 연기가 평양의 하늘을 가득 메웠고 평양성 성벽 밖으로 넘어가지 못한 채 이련을 포함한 고구려 장졸들은 그 광경을 보며 끝도 없는 피눈물을 흘렸다. 고구려는 또 한 번 패배했고 또 한 번 견딜 수 없는 치욕을 얻은 셈이었다. 해볼 만한 싸움이다, 다시 한번 천하 사방을 호령하는 강국이 되자, 그리 외치던 이련의 입은 이제 공허한 기억이 된채 잊혀가고 있었으며 불과 두 해도 지나기 전 그들을 오직 승리로만 이끌어주던 구부에 대한 그리움은 이제 절실하다 못해 원망으로 변해가고 있었다. 무능한 이련 대신 태왕 구부를 찾아오라, 무책임하게 그들을 버리고 떠나버린 태왕은 어디에서 무엇을 하고 있다는 말인가.

"네 계략이었구나."

부여수는 한산으로 돌아가서야 이 싸움의 승패를 가른 전공에 따로 주인공이 있음을 알았다. 영문을 알 수 없던 고구려군의 급박한 후퇴는 아들 우치의 작품이었고 그 덕에 백제군은 그날 패배에서 벗어난 뿐 아니라 승리까지 거둔 셈이었다. 부여수는 그를 도성으로 불러들였다. 여전 실실 웃고만 있는 아들을 대면하여 부여수는 칭찬하기에 앞서 그를 한참 뜯어보다 이윽고 눈을 가늘게 떴다. 흐릿해진 시야로 그는 엉뚱하게도 우치의 위에 다른 얼굴 하나를 겹쳤다. 고구부. 생각지도 못한, 말도 안 되는 방법으로 승리를 거두어내는 그 이질적인 부류의 인간상을 제 아들에게서도 본 순간, 그는 제 아버지의 최후를 떠올렸다. 구부의 요설에 속은 채 헛소리만을 내뱉다 죽은 백제의 영웅. 위대한 영웅이 일구어낸 나라에 자꾸만 요사스러운 작당이 얽히는구나. 위대한 백제의 승리를 저 요사한 자가 가로챘구나. 부여수는 칭찬을 기다리고 있는 우치에게 저도 모르게 독한 비난을 뱉어냈다.

"간교하구나. 비록 공을 세웠다지만 그런 비열한 속임수는 백제의 방법이 아니다."

그리 말하면서도 부여수는 제 무릎을 움켜쥐었다. 열등감의 소치였다. 구부에게 그리 당하고, 이제 또 이런에게 당하려던 찰나 저를 구해낸 것은 공교롭게도 적인 구부를 꼭 닮은 우치였다. 눈을 크게 뜬 우치가 무어라 항변하려는데 부여수는 손을 들어 그의 말문을 막았다. 그리고 스스로도 떳떳지 못한지 피하듯 아들에게서 서둘러 시선을 떼며 주위를 향해 명했다.

"상으로 금 열 냥을 내려라. 동시에 벌을 내려 파직하라. 모범을 보여야 할 왕족의 자격이 없으니 신분 또한 박탈하라."

이어진 말에 우치는 잠시 벌어졌던 입을 곧 다물었다. 그러고는 굳어져가는 얼굴에 찰나 미소를 떠올리는가 싶더니 금세 지워버리고는 부여수의 앞으로 한 발짝 더 나아가 더없이 무거운 낯빛으로 고개를 숙였다.

"송구합니다. 반성하겠나이다. 다만 모자라고 무지한 소자가 나라에 보탬이 되고자 저지른 일이었으니 신분만은 보전해 주소서."

자리한 신하들은 물론 부여수 본인조차 왕의 처사가 과하고 잘못됨을 알고 있는 터였다. 그럼에도 우치가 그리 물러서서 간청하니 그 청조차 물리칠 만큼 부여수가 뻔뻔하지는 못했다. 그는 마지못해 고개를 끄덕이고는 더 꼴도 보기 싫다는 듯 자리에서 일어섰다. 과장된 몸짓으로 세차게 옷자락을 펄럭거리며 떠나간 자리에 우치는 남아있었다. 그는 부여수가 자취를 감추길 기다렸다가 남은 신하들을 향해 한 명씩 일일이 고개를 숙이며 사과했다.

"제가 미욱하여 군왕의 분노를 샀으니 그저 제신들께 미안할 뿐입니다."

신하들은 그 일등 전공을 세운 공신에게 무어라 답해야 할지 몰라 그저 함께 고개를 숙이며 그의 손을 한 번씩 꼭 맞잡을 뿐이었다.

구부의 칼과 방패

아직 해가 넘어가지 않은 겨울, 고구려 서쪽 국경 근방의 어느 이름 모를 고을.

젊은이는 무엇이 그리도 즐거운지 휘파람을 불며 솥뚜껑을 열었다. 뜨거운 김이 확 오르고 곡물 익는 냄새가 풍겨나며 보리떡 수십 개가 먹음직스러운 모습을 드러냈다. 보따리와 광주리에 보리떡을 옮겨 담는 내내 다리를 떨며 콧노래를 부르던 젊은이는 꽉 찬 광주리를 들고 집을 나섰다. 그의 앞으로는 한 여인이 귓불을 넘지 않게 짧은 머리를 바람에 살랑 날리며 먼저 광주리를 품에 안고 길을 나서있었다. 두 남녀는 한갓진 정취의 마을길을 걸으며 지나는 사람들과 하나하나 인사를 나누었다.

"젊은이, 오늘도 하는 게야?"

"예. 한가하면 오세요."

"꼭 가야지. 벌써 사흘쨀가? 그 놀이 참 재미지다니깐."

무엇인지 젊은 남녀가 벌이는 일을 무척이나 좋아하는 듯 사람들은 고개를 크게 끄덕이며 그들의 뒤를 따라 나섰다. 아이와 노인들이 특히 빠짐없이 뒤따르며 행렬을 이었다. 남녀는 고을 어귀 한길에 이르러 멍석을 펼치고 앉았다. 미리 와서 기다리고 있던 사람들과 뒤따라온 사람들이 그들의 주위로 몰려들었고 그들은 광주리의 보따리를 풀어 보리떡을 내 놓았다. 사람들이 제각기 자리를 잡아 모두가 둥그렇게 모여 앉자 그들 가운데 몇몇이 깔아놓은 보리떡을 들고 돌아다니며 앉은 사람들에게 나누어주었다.

"시작할까."

모두에게 하나씩 보리떡이 돌아가는 광경을 희미한 미소를 지은 채 바라보고 있던 젊은이가 징을 들어 쨍 소리가 나도록 치고, 조심조심 조용하기만 하던 여인의 얼굴이 슬쩍 변했다. 웃음을 머금은 입이 열리고 그 작은 입과 어울리지 않게도 청산유수의 입담이 쏟아졌다.

"온 천지의 이인, 기인, 재주꾼, 이야기꾼을 위한 자리요! 죽은 사람도 벌떡 일어나 따라 부를 명창, 절간 골방의 노승도 덩실 따라 춤출 춤꾼, 하루 열 끼를 먹고 두 끼를 더 먹는 사람, 눈 뜬 채 잠을 자는 사람, 깽깽이발로 십 리를 가는 사람! 여하튼 뭐가 어쨌든 뭐든 좋소! 신기하고 이상한 게 있거든 나와서 함께 놀아봅시다!"

동시에 우레와 같은 박수가 일며 몇 명의 사람들이 가운데로 나와 앉았다. 곧 그중 한 사내가 먼저 일어서며 입을 열었다.

"아, 안녕들 하시오. 나는 저 아랫마을 사는 사람인데."

그는 잠시 머뭇거리다 한 손으로 제 뒤통수를 픽 소리가 나도록 때렸다. 동시에 비명소리가 여기저기서 일었다. 그의 한쪽 눈알이 반쯤 불룩하니 눈 밖으로 튀어나온 것이었다. 이어 한 바퀴 돌며 그 해괴한 몰골을 보여준 그는 눈알을 도로 손으로 밀어 넣고는 씩 웃었다.

"이렇게 눈알이 나오는 재주가 있소."

왁자지껄한 웃음 뒤에 야유와 박수가 함께 한바탕 일었다. 곧 젊은이의 징 소리가 이어지고 두 손으로 턱을 괴고 이를 재미나게 지켜보던 여인이 외쳤다.

"합(合)! 보리떡 한 개면 족하겠소!"

"아닛! 겨우 한 개라니!"

그러고는 보리떡 하나를 건네주니 사내는 상이 만족스럽지 못한지 오만상을 찌푸리면서도 떡을 받아 제자리로 돌아갔다. 그렇게 사내가 물러나자 이어서 무리 가운데 다음 사람이 나섰다. 행색이 바랜 여인과 중년 사내 한 쌍이 모두 북을 들었는데 중년은 북을 끼고 앉았으며 여인은 앞으로 한 발짝 더 나와 맵시를 가다듬었다. 곧이어 여인과 사내가 함께 북을 치기 시작하며 여인은 춤을, 사내는 노래를 부르기 시작했다.

하늘 하늘님, 해 하늘님, 달 하늘님,

땅 하늘님, 산 하늘님, 강 하늘님,

새 하늘님, 나무 하늘님, 풀 하늘님,

누리, 각다귀, 여치 하늘님……

이 몸이 등신이라 미처 다 못 모신 하늘님이 있거든

부디 용서하고 용서하옵고……

두 남녀는 세상 온갖 사물에 다 하늘님을 갖다 붙이는 노래를 부르며 사지를 벌벌 떠는 춤으로 그들을 두려워하는 모양새를 묘사하였다. 노래와 북소리는 투박하였고 춤이란 시종일관 몸을 떨어대는 것이 전부라 금세 구경하던 사람들이 흥미를 잃었으나 자리를 벌린 두 사람만은 어느새 두 손을 내려놓은 채 세상 더없이 진지한 눈으로 이를 지켜보고 있었다. 춤과 노래가 한창 이어지는 내내 그들을 바라보던 사내는 여인의 어깨를 톡 건드리며 중얼거렸다.

"저거 참 재미있구나."

"흔히 볼 수 없는 놀음이긴 합니다."

"저건 온갖 사물에 귀신이 들었다 믿은 때의 노래다. 얼마나 되었는지 짐작할 수조차 없어."

춤과 노래가 그쯤에서 끝나고 젊은이는 힘차게 징을 치며 외쳤다.

"합! 보리떡 삼만 팔천 개요!"

"에이!"

여자가 피식 웃고 구경하던 이들이 손을 내저으며 야유를 내었다. 방금 남녀가 벌인 가무란 모로 보아도 대단찮은 재주인 데다 심심하고 지루한 것이었다. 그러나 징 든 사내는 정말로 좋은지 함박웃음을 지으며 연신 박수를 치고 있었고 머리 짧은 여인은 보따리 하나를 통째로 들어서 몽땅 남녀에게 내주었다.

"대단히 귀한 재주입니다."

"어, 글쎄 그리 귀한 재주는 아닌데……."

"참으로 감명 깊게 보았습니다. 어디서 그리 귀한 것을 배우셨는지요."

"그게 세상 떠난 내 아비에게 배웠는데, 아비도 평생 천지사방 떠돌며 사셨는지라 아비가 어디서 배웠는지는 모르오."

"혹, 출신이 어디인지는 아시는지요?"

"거 떡이나 빨리 줄 것이지 귀찮게 무어 그런 것을 계속 묻소? 잘 몰라요. 저어기 서랍목륭 근처 어디라는 말은 듣기는 했는데."

귀 기울여 듣던 여인은 곧 품 안을 뒤적거려서는 목패를 하나 꺼내어 보따리 위에 올려주었다.

"꼭 흘리지 말고 간직하세요. 훗날 큰 복이 되어 돌아올 터."

"참 예쁘게 잘 깎았소. 헌데 이것이 무엇이오?"

"고구려 태왕의 표(票)입니다. 지니고 평양에 가서도 될 터이고."

뜬금없는 허튼소리에 남녀는 눈을 둥그렇게 뜨고 지켜보던 관객 가운데에 수군거림이 퍼져 나왔다. 그러나 대다수의 관객은 익숙한 일이라는 듯 킥킥거리며 웃을 뿐이었다.

"뭔데, 뭔데, 고구려 태왕이라고? 저들이 무엇이기에?"

"쉿, 남자는 고구려 태왕이고, 여자는 장차 태왕비가 될 사람이래."

질문받은 이가 싱글거리며 답하고는 둘이 함께 자지러지며 웃었다. 누구도 그들에 얽힌 해괴한 소리를 믿지는 않았다. 다만 벌이는 놀이판이 재미있었고 여자가 나눠주는 보리떡이 맛났기에 매번 나와서 함께 즐기는 것뿐이었다.

이어서 몇 차례의 사람들이 나와서 각기 재주를 보였고 그럴 때마다 자리 벌린 남녀는 징을 치며 떡을 내주었다. 모두 웃고 떠드는 가운데 그날의 놀이가 끝이 나고 관객이 흩어지자 마지막까지 자리를 지키던 그들은 바지춤을 털고 일어섰다.

"민을아, 이거 나름 재미있구나."

보리떡을 나눠주던 젊은이, 민을이라는 이름을 부르는 그는 정말로 고구려의 태왕 구부였다. 그는 이제 귓불까지 머리카

락이 자라난 단청의 손목을 잡아 일으키며 즐거운 목소리를 내었다.

"오늘은 큰 소득이 있었다. 세상천지에 얻을 것이 이리도 많다."

"오직 폐하만이 얻으시려는 것이기에 그렇지요."

알 수 없는 말을 한두 마디 주고받으며 주섬주섬 짐을 싼 그들은 예의 마을길을 다시 걸어 돌아가기 시작했다. 올 적에는 꽉 찬 광주리를 받치느라 바빴던 단청의 손이 슬그머니 구부의 소맷귀를 잡았다. 나란히 걷는 정다움이 이제는 익숙할 만도 하건만 스무 해 불자의 삶은 아직도 수줍음을 남겼는지 그녀는 딴 데 시선을 둔 채 괜스레 던질 물음을 찾았다.

"서랍목륜이라 함은 지금은 거란의 땅이지요?"

"그렇지. 그 땅에 무엇이 있기는 있는 모양이다. 벌써 몇 번을 들었구나."

"하면 폐하께서는 그 땅으로 가시겠군요."

"그래. 어차피 상구현을 가려면 들러야 할 길이지."

갑자기 둘 사이의 대화가 끊겼다. 실은 요 나흘 남짓 두 사람의 어울림이란 거의 한 해 만에 있는 것이었다. 편달 등의 세 사내에게 일을 명했듯 구부는 단청에게도 일을 맡겼고 두 해가 흐르도록 단 한 번 그녀를 찾았던 구부는 이제 또 만나자 마자 떠날 것이라 말하고 있는 것이었다.

"태학(太學)이니, 경당(扃堂)이니, 이미 사학을 많이도 세우셨으면서 이제는 잡학을 이리 모으시는군요. 폐하께서는 정말로 만백성의 스승이 되시려나봅니다."

그것은 슬그머니 구부의 양심을 찌르는 말이었다. 함께 떠나자고 데리고 나와서는 한 해에 고작 사나흘 만나는 것이 전부였으니. 단청은 그간 놀이판을 벌이고 재주꾼을 모으라는 구부의 말을 따라 홀로 사방을 방랑하다시피 떠돌고 있었다. 이유를 묻는 그녀에게 구부는 백성에게 진정한 공부를 가르치기 위함이라 답했었다.

'학문이란 몇몇 사람만 익히면 되는 것이야. 실상 백성에게 필요한 것들은 재주지. 농사를 잘 짓는 법, 소와 돼지를 잘 기르는 법, 짐승 몰이를 잘하는 법, 물질을 잘하는 법, 노래를 잘하는 법. 맛있는 요리를 하는 법. 그런 것들이 진정 나라와 백성을 풍요롭게 만드는 공부야.'

그리 말하며 독특한 재주를 익힌 자들을 만날 때마다 목패를 내어주고 도성으로 오거나 부름을 기다리라는 말을 남기게 하였다. 차후 그들을 모아다 선생으로 두고 백성에 재주를 가르치게 하리라, 그것이 그 놀음의 이유였다.

"아까 그건 틀림없는 우리 고유의 옛 노래였다. 세상 온갖 귀신을 모두 섬기며 두려워하는 것은 옛적 은(殷)에서 전래된 풍습이니까. 그런 것들이야말로 꼭 지켜서 후대로 이어야 해."

"한(漢)의 바다를 퍼내어 말리리라, 말씀하신 그 꿈에 이르는 길이겠지요."

그러나 그 어마어마한 꿈의 크기에 비해 지금 하고 있는 것은 작고 느리기만 한 일이었다. 온갖 비보가 줄지어 전해지고 나라가 이리도 가라앉았을진대. 뜻은 바를지언정 너무나 미약하고 기약 없는 일이었다. 묵묵히 다른 생각에 잠긴 단청을 물끄러미 바라보던 구부는 그 염려를 다 알겠다는 듯 씩 웃었다.

"작지 않아. 노래 한 구절이 중요한 것이 아니라 그런 것들을 지키려는 노력, 노력을 하고 있다는 자체가 중요하니까. 쌓이고 쌓이는 세월이 그 저변을 크게 확대시킬 것이야. 그대가 말했지 않아. 내일에는 내가 걸어간 길을 따르는 이들이 있을 것이라고."

"그런 것을 생각하고 있지는 않았사옵니다."

"음? 하면?"

"천하에서 가장 날카로운 창과 가장 단단한 방패를 생각하고 있었습니다."

구부는 걷던 걸음을 멈추었다.

"옛 재주를 모아다 가르침이란 뭇 백성의 삶과 뿌리를 묶어 방패를 만듦이지요. 같은 음식을 먹고, 같은 술을 마시며 같은 노래를 부르고 같은 춤을 추는 이들이 서로 어우러지면 그것이야말로 천하에서 가장 튼튼한 매듭이고 단단한 방패겠지요."

"창은?"

"삶과 뿌리를 엮은 것이 방패라면 창은 그 매듭을 끊는 것이겠지요. 거짓으로 엮은 뿌리를 끊어내는 진실. 폐하께서 무덤 너머로 찾는 것이 정확히 무엇인지는 모르오나 그것이 적이 엮은 매듭을 끊어낼 무기임은 알고 있사옵니다. 아마 천하 만민이 당연하게 믿는 어느 거짓의 참모습이겠지요."

구부의 얼굴이 기막히고 질린 표정이 되었다가 다시 허허로운 웃음을 지었다. 수백의 충신이 있고 수백만 군사가 있은들 무얼 할까. 이토록 까마득히 멀고 먼 제 꿈을 더불어 알아주고 그려줄 이가 이외에 또 있을까. 홀릴 만큼 신비한 현명함에, 그것이 제 반려라는 감격에 한껏 기분이 동한 구부는 고개를 뒤로 젖혔다.

"아름답다. 옛 산상왕께서 명림답부를 자랑하고 조부님께서 창조리를 자랑했건만 어찌 내 자랑거리에 비할까. 고금에 또 누가 있어 이리 아름다운 인연에 견줄까. 어느 드높고 이름난 인연이 이보다 귀할까."

"굳이 그리 드높고 이름난 인연을 찾지 않으셔도 좋습니다. 서로를 알아주고 서로를 위해 죽는 인연이 사실 드물지는 않습니다."

"그럴 리 없다. 나는 평생 너 외에 그러한 이를 만나본 적도, 들어본 적도."

"세상은 그 흔한 인연을 지아비와 지어미라 부릅니다."

순간 왜인지 모르게 말문이 막힌 구부는 걸음을 멈춘 채 아무 말도 없이 단청의 얼굴을 바라보았다. 어떻게 반박하지도, 무어라 맞장구치지도 않은 채 그냥 그리 서서 눈만 몇 번 깜박일 뿐이었다. 무엇을 해야 할지 모른 채 한참 서있는데 단청이 제 머리칼을 내보이듯 만지작거리며 입을 열었다.

"부처를 떠나 폐하께로 온 지 이만큼이 되었습니다."

"그렇지. 그렇구나."

"훗날 허리에 닿거들랑 그때는 여느 아낙처럼 촌부의 정성스러운 연정도 얻을 수 있을까."

어째서 이런 말을 해올까. 무슨 까닭인지 어릴 적 부모에게 야단맞을 때처럼 움츠러든 구부는 고개를 끄덕일 뿐이었다. 그리고 그 쭈뼛거리는 모습을 단청은 어느새 여느 때와 같은 얼굴이 되어 미소를 지은 채 바라보고 있었다.

"걱정 말고 가소서. 목적하신 곳으로 가 목적하신 것을 얻으소서. 이 땅의 방패는 소녀가 만들겠사오니 적을 찌를 창을 만들어 오소서."

무어라 답하지 못하는 구부의 옷매무새를 다듬어주며 단청은 나직한 목소리를 이어갔다.

"제 할 일은 어려울 것 없지요. 여태 해온 그대로 하면 될 터인데. 놀음판을 벌여 온갖 재주를 가진 자들을 다 찾아다 떡도 먹이고 목패도 주고 하면 되겠지요. 춤과 노래를 잘하는 자, 맛있는 술을 빚는 자, 돼지를 잘 키우는 자, 돼지를 잘 잡는 자, 뭐가 되었든 좋으니 우리의 것이든 남의 것이든 새것이든 옛것이든 세상을 더 풍요롭고 즐겁게 살 수 있는 재주를 몽땅 모아두면 되는 것이 아닌지요."

구부는 제 제일의, 아니 유일의 조력자를 바라보았다. 걱정이든 고마움이든 그런 작은 감정들은 쭉 밀어낸 채 그는 눈 가득히 그녀의 찰랑거리는 검은 머리칼을 채웠다. 지아비와 지어미라고. 내게로 온 지 이만큼이 되었다고. 무언지 모를 뿌듯함이 온몸으로 퍼지는 기분을 따라 그는 손끝을 뻗었다. 손끝으로 그녀의 머리칼을 살짝 매만지며 그는 중얼거렸다.

"당장 여느 촌부가 되지 못할 것이 무얼까. 고구려와 너 중 하나를 택해야만 한다면 만 번을 묻는대도 너를 택할 것을."

단청은 미소를 지었다. 여느 시원한 미인처럼 또렷한 이목구비나 화려히 치장한 기다란 머리칼이 아니었다. 하늘하늘 휘어질 듯 가녀린 체구도 아니었으며 재기로 번뜩이는 눈빛도, 능수능란한 몸짓도 아니었다. 언제나 반 발짝 뒤로 물러난 수줍은 배려와 한 치만큼 더 내민 묘한 선의에서 오는 신비. 항상 반쯤은 투명하게 머물러있던 그것이 진하게 차올라 있었다. 구부는 저도 모르게 그녀를 붙잡아 당기며 천천히 이마에 입술을 대었다.

"부디 몸조심하여라."

"강녕하소서. 동향으로 돌고 돌아 숙신 땅에서 부름을 기다리겠나이다."

또 일어서리라, 또 나아가리라

개선(凱旋).

평양의 성문으로 개선의 북을 울리며 고구려 군사가 들어섰다. 그러나 백성들은 그들을 환호하며 반기는 대신 곁눈질을 슬쩍 주었다가 거둘 뿐이었다. 냉랭한 무관심 속에 곳곳에는 무어 저리 요란하게라든가 벌써 몇 번째야 등등의 푸념 소리까지 남몰래 오갔다. 불과 한 해 전 온 나라가 한마음으로 승전을 노래하던 고구려와는 판이하게 다른 모습이었다.

이유는 간단했다. 지금 고구려가 승리를 거두고 돌아온 것은 저 숙적 백제라든가, 대국 전진이라든가 하는 두렵고 무서운 적이 아니었다. 그들은 고작 변방의 거란, 그것도 거란의 작은 한 갈래를 토벌하고 돌아오는 길이었다.

한풀 꺾인 고구려에게 당장 피부에 와닿는 적은 여느 대국이 아닌 국경 근처 부락을 침탈하는 유목민들이었다. 이름도 없는 작은 부족들조차 시시때때로 국경을 넘어 고구려를 유린하기를 거듭하니 이련은 군사를 일으켜 일거에 변방의 모든 오랑캐를 모조리 토벌할 것을 종용했다. 그러나 고구려는 침묵했다. 격문을 보내고 징집령을 내릴 때마다 지방의 성주들과 토호세력들은 온갖 핑계를 대며 참전을 미루었으며 평양의 고관대작은 눈 감고 귀 닫은 채 고개만 숙이고 있을 뿐이었다. 고구려는 침잠했고 소리치는 것은 오직 이련뿐이었다.

그럼에도 이련은 포기하지 않았다. 불과 일이천 남짓 남은 휘하의 군사만 가지고 그는 직접 변방으로 향했다. 국경을 따라 돌며 외적을 토벌하고, 토벌한 곳에서 먹을 것을 충당하고, 항복하는 적을 거두고, 저항하는 이들을 포로로 잡아 회유하고, 그는 그리 토벌을 계속했다. 집념과 끈기에 감탄할 법도 하건만 끝내 고구려는 그에게 박수를 보내지 않았다. 불과 한두 해 전까지 어깨를 견주었던 타국에서 들려오는 소문들에 비하면 너무나 초라한 모습인 까닭이었다.

"진(秦)의 모용수가 이십만, 무려 이십만의 군세로 탁발선비의 대(代)나라를 정벌했습니다. 완승을 거두고 탁발씨들을 사로잡아 장안에서 처형했다 합니다."

"부여수의 생일에 신라를 비롯한 남쪽의 왕들이 직접 그를 알현하고 엎드려 보물을 바쳤다 합니다. 그들은 부여수를 남방(南方)의 하늘이라 부릅니다."

들려오는 소식들은 하나같이 드높고 당당한 것들이었다. 고작 일천여 군사를 이끌고 도끼나 사냥 창 따위를 든 유목민과 진흙탕 싸움을 벌이는 초라한 고구려와는 머나먼 이야기였다. 이련은 그런 소식을 들을 때마다 스스로를 더욱 가혹히 전쟁으로 몰아갔다. 조금씩 더 큰 적 세력을 찾아가며 싸움을 걸었고 종내는 부여의 잔존세력이라든가, 숙신이나 거란의 한 갈래라든가 하는 나름 큰 세력과도 전투를 벌였다. 그러나 그 모두가 나라 꼴조차 갖추지 못한 부스러기들. 불과 한 해 전만도 당당히 수만 군사로 백제의 부여수를 벼랑 끝까지 몰아냈던 이련과 고구려군은 이제 그리도 초라한 모습이 되어있었다.

"군사를 쉬게 하여라. 다음 원정은 닷새 후에 있을 것이다."

냉랭한 평양성의 분위기 속에 개선한 이련은 군사를 쉬도록 명한 뒤 홀로 떨어져 말을 몰았다. 그의 말 머리는 궁성이 아닌 성곽 변두리를 향했고 장수들은 벌써 몇 번 거듭된 일에 별 신경을 쓰지 않고 제각기 군사를 추슬러 갈 길을 갔다. 익숙한 일이었다. 근 한두 해간 이련은 어느 장수도 책사도 거느리지 않은 채 어디론가 가서는 가장 중대한 결정을 내리고 돌아왔으며 또 그를 결코 철회하지 않았다. 어느 병법에 능통한 숨은 이인(異人)이라도 만나는 것인지, 혹시 사라진 태왕이라도 만나는 것은 아닌지 궁금할 법도 하였으나 왜인지 이련의 가까운 장수들은 이에 대해 그저 말을 아낄 뿐이었다.

"나다."

스르르 열리는 대문으로 들어선 이련은 하인의 안내에 따라 안채로 향했다.

"머지않아 숙신에 선전포고를 할 생각이다. 맹약을 저버린 그들을 토벌하여 만천하에 고구려의 기상을 다시 떨치리라."

그는 그리 당당히 선언하고 손을 높이 들어 술잔을 들이켰다. 늘 악에 받쳐있던 근간에 보기 드문 오랜만의 시원시원하고 호방한 모습이었다.

"그들은 본래 날래고 용맹한 족속들이다. 잡아 거두어 잘 훈련시키면 다시 백제와 싸워봄 직하다. 내 언제고 일백 군사를 끌고 숙신의 홀한주로 향하리라. 거기서 한달음에 성벽을 넘고 한 칼에 족장의 목을 쳐서 위엄을 보일 것이다. 하면 과거 고구려의 위상을 기억하는 숙신이 모두 내 앞에 무릎을 꿇겠지."

말도 되지 않는 소리를 기세등등하게 외치는 그의 눈에서 불길이 뿜어져 나오는 듯했다. 고구려제일장. 평소에는 마음이 따뜻하고 성질이 넉넉한지라 그 포악한 호칭과 얼른 어울리지 않는 듯도 싶었으나 그 자리는 틀림없이 만인이 인정하는 그의 것이었다. 사뭇 그가 보이는 태도는 정말로 말한 모든 일이 이루어질 듯 거창하였고 마주 술잔을 기울이던 이는 깊이 고개를 숙였다.

"반드시 그리될 것이옵니다."

"모두가 내 그저 마음이 가는 대로만 움직이는 줄 알지만은 실은 이 가슴에 큰 계획이 있다."

"무엇이옵니까?"

"거란. 모든 일에 앞서 나는 거란을 칠 생각이다. 놈들이 변방에서 갑자기 세를 불려 극성을 부리는구나. 흩어져 떠돌며 살던 놈들이 한데 모이기 시작한 탓이리라. 내 그 도적놈들을 토벌할 것이다. 수십만이나 되는 족속이니 모조리 잡아 붙잡아 군사로 쓰면 좋겠구나. 아마 내 출정의 소식만 듣고도 반절은 줄행랑을 칠 터이니 다만 그것이 아깝다."

"참으로 그렇습니다."

"곧 모용수든, 부여수든 고구려를 두려워하게 될 것이다. 고구려의 심기를 거스르지 않으려 납작 엎드려 울며 기게 될 것이다."

"예, 전하, 꼭 그리될 것이옵니다."

이련은 연거푸 들이켠 술잔을 쾅 소리가 나도록 내리친 뒤 손을 뻗었다. 그의 손끝에 가녀린 여인의 턱 끝이 잡혔다. 술자리를 마주 작당하던 노리녀. 그가 향후의 행보를 밝히고 선언한 곳은 슬프고 비참하게도 노리녀와의 술상에서였다. 그는 여인의 턱을 잡아 제 얼굴 가까이로 끌어당기며 중얼거렸다.

"고구려가, 천하가 나를 알아줄 것이다."

"예, 전하."

"형님도 나를 인정해 주시겠지."

"물론이옵니다."

"으흑."

이련은 갑자기 얼굴을 일그러트리며 그 크고 붉은 눈에서 눈물을 떨어트렸다. 너무나 어울리지 않는 모습이었으나 여인은 익숙한 일인 듯 손가락을 뻗어 그 눈물을 닦아내고는 이련의 머리를 가슴에 품어 안았다. 이련은 숨죽인 채 커다란 몸을 들썩였고 그녀의 반쯤 풀린 옷섶은 점차 젖어갔다.

"나는 전쟁을 해야만 한다. 형님께서는 오로지 그 길만을 가리키며 내게 나라를 맡겼다."

"잘하실 것이옵니다."

"전쟁을 할 것이다. 이길 것이다."

"다 잘될 것이옵니다. 전하는 틀림없이 장차 천하에 군림하는 태왕이 될 것이옵니다."

벌써 한참 전부터 이련을 맞아온 여인은 익숙한 일인 듯 이련의 머리를 쓰다듬었고 이련은 안긴 채 손끝으로 품속에서 작은 은붙이를 꺼내어 바닥에 내려놓았다. 그것으로 그들은 더 말하지 않았다. 대전에서 신하들에게도, 전장에서 장수에게도, 백성의 앞에서도 하고 싶은 말을 하지 못하고 그들의 눈길을 피해야만 하는 고독한 왕제는 작은 은붙이 하나를 대가로 당당히 호기를 부릴 수 있었고 또 누구에게도 받지 못하는 위로를 받을 수 있었다. 그 하루만큼은 편히 잠들 수 있었다.

"헉."

그리고 그렇게 흘렀던 간밤의 온기는 새벽녘 첫 닭 우는 소리와 함께 싸늘하게 식었다. 어스름한 새벽빛 아래 비단을 고이 접어 이련의 칼을 닦아내던 노리녀는 어느새 일어서 우두커니 그녀를 내려다보는 이련의 눈길을 마주하고 저도 모르게 입을 틀어막았다. 이련의 붉은 눈이 여인의 무릎에 놓인 칼로 향해있었다. 여려, 고구려 왕실의 보물. 이련의 첫 출전을 기하여 구부가 내렸던 신물. 이련은 지난밤과는 아예 다른 사람처럼 굳은 얼굴로 그것을 내려다보고 있었다.

"여려."

어느새 여려를 집어든 이련에게서 억누른 목소리가 새어나왔다. 과거 여려를 받아 들며 그는 아름답고 창대한 꿈을 꾸었었다. 천하 사방의 적을 모조리 베고 패왕으로 군림하리라. 그 결심 앞에서 구부는 네 손으로 대국 고구려의 내일을 열어라, 그리 말했었다. 그 찬란한 고구려의 상징이, 끝없이 높았던 이련의 꿈이.

"그 손에 들려있구나. 뭇 사내의 옷고름을 풀고 술잔을 따르는 손에 들려있구나."

비웃음인지 한탄인지 모를 묘하게 섞인 음성이 악문 이빨

사이로 흘러나왔다. 동시에 한 발짝 내디디는 이련의 걸음에
여인은 뒤로 엉덩방아를 찧었다. 제가 제풀에 더 놀라 비명까
지 지른 그녀는 떨리는 목소리를 내었다.

"다만, 다만 칼이 더러워진 것 같아 닦으려……."

그러나 이련의 눈길은 여인을 향해있지 않았다.

"너무 책하지 마시오. 형님. 형님 폐하께서는 비구니를 맞이
하셨지 않소."

이련의 입에서는 전혀 엉뚱한 소리가 튀어나왔다. 여려에
도, 여인에게도 향해있지 않은 그의 시선이 무엇을 바라보는
지 허공을 향한 채였다. 그렇게 멍하니 중얼거린 이련은 곧 등
을 돌려 문을 나섰다.

"전하, 참으로 송구하오나 낼 수 있는 병사의 여력이 없사옵
니다."

"주요한 성을 지키는 데만도 모자라기만 하옵니다. 더는 빼
올 수 없나이다."

만신이 모인 대전, 신하들은 숙인 고개들을 미미하게 가로
저었고 이련은 왕좌의 팔걸이를 꽉 움켜쥐었다. 근간 갑자기
세를 불린 거란이 심상찮다는 그의 말이 다 끝나기도 전에 도
성의 고관들과 지방의 군벌들은 이미 거절의 내색을 내보이
고 있었다. 고작 그런 일에, 마치 그렇게 말하듯 웃음까지 머

금는 이들도 태반이었다.

"거란이 날이 갈수록 더한 극성을 부리며 백성의 삶을 망치고 있다. 이를 토벌치 않는다면 애초에 군사가 왜 있어야 한단 말인가."

"하오나 정말로 낼 군사가 없사옵니다."

"지금 이 순간에도 수백의 백성이 침탈당해 죽어가고 있다. 그대로 놓아두란 말인가. 그들의 신음을 못 들은 척 귀 막고 눈 돌리고만 있으란 말인가."

"소신들도 그저 안타까울 따름이옵니다."

"틀림없이 큰 해악이 되리라. 지금 저들을 그냥 놓아두면 훗날에 몇 배는 큰 위협이 될 것이다. 당장의 피가 두려워 훗날의 병을 크게 키우는 꼴이란 말이다."

"거란이 큰 해악이 된다니요. 고작 변방 부락이나 몇 개 털어 가는 게 전부겠지요."

"그대들이 직접 보지 못해서 모르는 것이다. 그들은 분명 여느 때와 다르다."

이련은 거듭 요청했으나 신하들은 요지부동이었다. 저들도 안타깝다는 듯 고개를 푹 숙이고는 있었으나 이미 그들은 이련의 말을 듣고 있지 않았다. 묵묵히 그들을 노려보던 이련은 그들 가운데 가장 앞에 나서있는 신하의 낯빛에 스치는 일말의 비웃음을 놓치지 않았다. 그리고 그의 뒤로 되도록 가까이 붙어 선 신하들이 가볍게 고개를 끄덕이는 것도 보았다. 곧 외로운 왕제는 입술을 깨물며 낮고 무거운 목소리를 내보냈다.

"그대들은."

그는 잠시 말을 끊었다가 다음 말을 토해냈다.

"형님 폐하의 명이었더라도 그리 반대했을 것인가."

가장 앞에 서있던 신하가 이윽고 고개를 들었다. 구부의 치세 내내 가장 앞자리에서 두 손을 들며 오로지 태왕 폐하 만세만을 외치던 신하. 다른 그 어떤 목소리도 내지 않았던 그는 천천히 이런의 앞으로 한 발짝 걸어 나왔다. 그러고는 지극히 공손한 태도로 두 손을 모은 채 답했다.

"어찌 그런 말씀을 하십니까. 전하께오서는 왕제이시며 태왕 폐하를 대리하고 계시옵니다. 소신 모두는 태왕 폐하를 뵈옵듯 전하를 모시는바, 결코 그 충심에 어긋남이 없사옵니다."

그는 얼굴에 부드러운 미소를 지어 보였다.

"다만, 전하. 소신은 태왕 폐하께오서도 지금 전하와 같이 무리한 토벌을 명하셨을지는 의문이 드옵니다. 그럼에도 폐하께서 그리 명하셨더라면 소신은 모든 사견을 접고 내놓을 수 있는 모든 것을 내놓았겠지요. 그것이 정히 다르다면 다른 점이옵니다."

"뭐라."

"태왕 폐하께서 변경의 수비군을 빼 오라 하셨더라면 빈 변방에 별고가 없으리라는 확신이 있으셨을 것입니다. 나아가 백성의 생업을 괴롭히는 전쟁을 일으키셨더라면 반드시 그보다 큰 국익을 얻으리라는 확신이 있으셨을 것이옵니다. 전하, 소신은 과연 전하께오서도 그러한 복안을 먼저 두셨는지 의문이 있사옵니다. 결코 전하의 권위를 무시해서가 아니옵니다. 그저 고구려를 먼저 생각하고 또 생각하는 탓이니 부디 소신들의 충심을 이해해 주소서."

나선 신하의 미소가 더욱 도드라지고 뒤에 선 신하들은 한층 큰 폭으로 고개를 끄덕였다. 촘촘히 붙어 선 그들의 몸도 마음도 한데 뭉쳐있었다. 구부의 치세 내내 말 한마디 내지 않던 그들의 사이에 작은 목소리가 오가고 있었다.

이를 노려보던 이련의 눈길이 그들과 떨어져 선 다른 무리의 신하들에게로 향했다. 특히 맨 앞에 선 변국, 그는 이련의 눈길이 제게 향하기만을 기다렸다는 듯 천천히 비뚤어진 입술을 열었다.

"전하께는 나라 안의 모든 군사를 부릴 권한이 있사옵니다. 이를 사사로이 거부함은 군권의 도단이며 반역이옵니다. 군졸에 명하여 저 반역자들을 하옥하시지요."

순간 수십 쌍의 매서운 눈길이 변국에 꽂혔다. 변국의 측에서도 부릅뜬 눈길들이 그들과 마주쳤다. 모두 일정한 간격으로 자리를 메워야 할 대전의 한가운데에 굵은 골이 생기고 있었다. 뚜렷한 분파, 몇 대째 고구려 조정에서 찾아볼 수 없었던 일이었다. 이마를 짚었던 이련의 손이 제 머리칼을 쥐어뜯었다.

"그대들은 무엇을 하고 있는가. 어째서 서로 무리를 나누어 싸우려 하는가. 그만, 모두 그만 말하라."

무리가 얽히자 사사로운 의견이 얽히고 사사로운 이득이 얽혀들고 있었다. 그리 엉키어진 매듭을 풀어낼 길을 모르는 이련은 애꿎은 머리칼만 쥐어뜯다 고개를 들었다. 마지막으로 그는 그의 장점에 기대었다. 지나치리만치 순수한 솔직함, 진심. 지난번 고구려는 그것에 공감하여 일어섰었다. 고구려인이 고구려를 생각하는 지극한 진심을 몰라줄까, 그리 생각하며 이련은 자리의 모두와 하나하나 눈을 마주쳤다.

"도와달라. 나는 쉽게 이겨낼 수 있다. 거란은 개과천선하여 고구려에 복속할 것이고 고구려는 무엇도 잃지 않을 것이다. 일만, 일만 군사만 모아달라. 일만이면 족하다. 그 기세로 천하의 으뜸에 고구려를 세우리라. 거란을 치고 숙신을 치고 종내는 백제와 진(秦)을 쳐서 다시금 천하를 호령하는 고구려를 만들겠다."

대신들의 얼굴이 순간 구겨졌다. 조금씩 더 구겨지다가 종내는 참아내지 못한 웃음이 소리 없이 터졌다. 이련과 변국, 그리고 그 편에 선 몇몇 신하들의 얼굴이 일그러지고 성난 눈빛이 날아들자 그제야 굳이 입을 가린 채 실소를 털어낸 앞서의 대신이 입을 열었다.

"전하, 서랍목륜에 모인 거란인만 십만이 훌쩍 넘는다 합니다. 일만이라니요. 수곡성에서 삼만으로 백제군 삼만을 잡아내지 못했는데 이번엔 어찌 일만으로 십만을 잡아낸단 말씀이십니까."

"충분하다. 나는. 나 고이련은."

이련은 말을 멈추고 주먹을 꽉 쥐었다. 이미 그와 눈을 마주하고 있는 자가 없었다. 구부정한 허리로 입을 가린 채 간신히 웃음을 참아내며 서로의 얼굴을 바라보고 작은 잡담들을 흘려내고 있었다.

"……자리를 파하겠다."

이를 악문 채 일어난 그는 대신들 사이로 파인 흠을 걸어 대전을 떠났다.

유서 깊은 명가의 장수와 잘 훈련된 정병만이 서야 하는 땅. 평소 번쩍거리는 갑주와 병장기의 광채 위에 색색의 깃발이 흩날리는 그 영광스러운 평양성의 연무장에는 이날, 낡고 해진 무늬 없는 깃발 하나만이 바람에 휘날리고 있었다. 흙색 깃발. 오랜 시간 피와 먼지가 묻어 검붉은 얼룩으로 엉망진창이 된, 본래는 흙색 빛이었음을 짐작만 할 수 있는 깃발. 차자(次

子)의 군대. 이미 먼 과거 청목령에서 깨어지고 흩어져 병력의 편제에서조차 제외된, 이제는 이름마저 잊힌 사라진 망자의 무리. 아버지와 형에게 가문을 맡기고 떠나온 차자들의 부대.

"패배의 상징이지. 나도, 이들도."

이련은 사내 둘을 대동한 채 그 깃발과 깃발 아래의 군사를 바라보고 있었다. 군사의 모양새란 그들의 깃발만큼이나 형편없었다. 오와 열을 무시하고 아무렇게나 널브러진 채 잠을 자거나 술을 마시고, 시시한 농담을 주고받으며 낄낄 웃고 있었다. 간간이는 도적이나 이민족의 행색을 한 이들까지 섞여 있었다. 그런 그들에 한참이나 시선을 두었던 이련은 문득 옆의 사내를 불러 물었다.

"울루, 저들이 모두 몇인가?"

"팔백 하고 스물둘입니다만 열일곱 놈은 다쳐 당장 전력으로 쓰기 어렵습니다. 보름 정도면 아홉은 괜찮을 것 같습니다만, 세 놈은 손을 다쳤는지라 앞줄에 세울 수는 없는 노릇이고."

울루라 불린 사내는 듣는 즉시 줄줄 늘어놓았고 이련은 메말랐던 얼굴에 피식 웃음을 떠올리며 길어지는 대답을 잘랐다.

"여기저기 틀어박힌 놈들을 끌어오면? 대략 몇이겠느냐."

"따로 일을 맡긴 놈이 마흔다섯. 본가에 다니러 간 놈이 스물둘, 성 밖 진지에 일백이 있습니다. 정확히는."

"천은 되겠구나. 국경에 남은 놈들은? 대략."

"이리저리 천 명쯤 될 겁니다."

"도합 이천은 되겠군."

내정의 피로와 마음의 부침으로 절어있던 이련의 입가에 쓴웃음이 스쳤다. 바로 전에 있었던 대신들과의 부대낌을 생각했는지 슬쩍 어금니를 문 그는 나직이 중얼거렸다.

"무능한 왕제와 이천 패잔병 따위. 있어도 없어도 그만 아니겠는가."

이련은 깃발을 향해 걸음을 옮겼다. 널브러진 군사들은 저희 군장이 오는 것을 보고서도 대열을 정리할 생각은커녕 능장을 부리며 일어서기도 주저했다. 그나마 어기적어기적 몇몇이 고개를 숙이며 일어서는 체를 하는데 이련은 손을 들어 괜찮다는 뜻을 보이고 병사들 사이에 털썩 주저앉았다.

"어이 평양성까지 와서 제집에 다니러 간 놈이 스물도 안 돼."

"가봐야 반길 이도 없는데요. 저희는 여기가 편합니다."

"그래. 그렇겠지."

나도 그렇구나. 그 말은 입 밖에 내지 않은 채 이련은 다시한번 제 병사들을 둘러보았다. 술을 마시며 물 대신 술을 숫돌에 뿜어 칼을 가는 이들, 가로누워 자면서도 한 손을 창에 올려놓은 이들, 떠드는 이야기도 실없는 농담이지마는 모두가 과거의 전투 이야기고 다음 있을 싸움의 이야기였다. 그리 따로 할 일이 할 말이 없을까, 그 목소리 또한 밖으로 내지 않은 이련은 한참 그런 그들을 바라보다 중얼거리듯 내뱉었다.

"너희 뜻이 나와 같을까."

"무엇이 말씀이신지요?"

이련은 대답이 없었고 잠시 고개를 갸웃거리던 근처의 병졸들은 한 번씩 서로의 얼굴을 쳐다보며 어깨를 으쓱거렸다. 잠시 오가는 말이 없어진 사이 개중 한 병사가 일어나 다른 병사를 발로 툭 찼다. 그러고는 연이어 하나둘씩 일어나기 시작하더니 삽시간에 모두가 제 물건을 주섬주섬 챙겨 일어섰다. 별다른 명령 하나 없이 온 병사가 멋대로 움직이기 시작하는 가운데 이련이 가까운 병사 하나를 가리켜 불렀다.

"무엇인 줄 알고 마음대로 움직여?"

"출정이겠지요. 지원군을 얻어내는 데 실패한 것이 아닙니까? 우리끼리 가자시는 말씀이겠지요."

병사는 새삼스레 뭐 그런 것을 물어보냐는 듯 뚱한 얼굴로 답했고 도대체 어찌 알았는지 제 속마음을 모조리 알고 답해 오는 말에 이련은 쓴웃음을 흘렸다.

"어째 한 번 생각을 않느냐. 고작 일이천으로 가자고, 다 같이 죽어 엎어지자는 이야기를 하는데."

"이상한 말씀도 하십니다. 목숨이네, 출세네, 뜻이네 하는 놈들 다 제 갈 길 간 지 세 해도 넘었습니다."

"죽고 다칠 것이 두렵지 않으냐?"

"그런 것 기억도 안 나는 어디 전장에 묶어두고 잊어먹은 지 오랩니다."

그리 답하고는 이련의 말을 더 듣지도 않고 분주한 손놀림으로 말안장에 이것저것 동여매더니 말에 올라버렸다. 하는 꼴이 모두 그와 같았으니 삽시간에 채비를 꾸린 그들은 어느새 연무장에서 몽땅 사라져 있었다. 그리고 아직 해가 떨어지기도 전, 제각기 군량과 모포 등을 챙겨다 주렁주렁 크고 작은 짐을 매단 그들은 성 밖 진지에 모여있었다. 알아서 모든 준비를 마친 채 제자리를 찾아 몇 개 대열로 늘어선 그들은 이련이 나타나기를 기다렸다 한마디 명 없이도 일제히 걸음을 옮기기 시작했다.

이련은 말을 멈춘 채 그들을 바라보고 있었다. 며칠 사이의 일을 반추하는지 잠시 흐릿해졌던 동공이 얼마 지나지 않아 그들에게로 모아졌다. 평양의 백성에게도 궁성의 대신들에게도 닿지 못했던 마음이 오직 그들에게만 닿아있었다. 눈을 꾹 눌러 감았다 뜬 이련은 피식 코웃음을 흘렸다. 오만 감정을 그 짧은 호흡에 태워 보내며 이련은 중얼거리듯 내뱉었다.

"다 죽어 엎어질 줄을 알면서도. 어쩌면 이들이야말로 고구려의 마지막 자존심이 아닌가."

바람과 함께 날아간 그 작디 작은 한마디가 기어이 몇몇 병사의 귀에 들어갔다.

"고구려의 정병들아! 너희가 고구려의 마지막 자존심들이랍신다!"

누가 먼저 외쳤는지도 모를 소리에 병사들이 낄낄대며 자지러졌다. 전장과 전장만을 전전하느라 기름진 머리와 땟물이 질질 흐르는 얼굴, 본래 무슨 색이었는지도 알아볼 수 없는 넝마를 아무렇게나 걸친 반 거지꼴의 몰골로 정병이라니. 그러나 그들이 말 탄 채 직접 숫돌로 갈아대는 창과 칼의 날은 그 어느 이름난 대장장이의 솜씨보다 더욱 날카로웠으며 아무렇게나 덧대고 기운 가죽 갑주는 그 어느 장인이 짜낸 갑주보다 견고하게 몸에 죄여있었다. 양다리로 말 등을 잡은 채 두 손으로는 날을 가는 병사, 옆 동료에게 고삐를 맡겨두고 말 탄 채로 눈 감고 조는 병사, 그런 모습들을 등 뒤로 흘깃 지켜보던 이련은 이내 그들의 머리 위로 솟아있는 깃발에 눈을 주었다.

흙색 깃발. 차자의 군대.

모든 영광과 높은 자리를 제 형과 아비에게 넘기고 가문과 고구려를 위해 전장으로 나섰던 이들. 그러나 패배를 거듭하고 거듭하며 돌아갈 곳을 잃어버린 채 전장만을 전전하는 방랑자들.

"그래, 여기가 내가 있을 곳이지."

이련은 손에 잡은 말고삐에 힘을 주었다.

거란의 신선, 고구려의 정복자

요하의 서쪽 지류가 닿는 서랍목륜강.

단청과 갈라진 이후로도 한가한 유람을 즐기며 웃고 떠들던 구부는 이 강의 유역에 다다르자 방정맞게 웃고 떠드는 제 동행들을 향해 문득 고개를 돌려서 입에 손을 가져다 대었다. 그 험난한 어디를 다니면서도 별달리 긴장하는 바 없던 이 유쾌한 태왕은 이번만큼은 사뭇 진지한 얼굴로 입을 열었다.

"여기서부터는 대단히 조심해야 해. 아주 위험한 곳이니까."

"어째서요? 와본 적이 있으십니까?"

"들었어. 이 근방 거란족 유목인들은 외인(外人)의 머리뼈를 줄에 꿰어 말에 달고 다니며 술 먹는 바가지로 쓴다더라."

무리가 모두 소스라치게 놀라 얼른 허리를 숙이며 손으로 제 입을 막았다.

"해도 너무 걱정은 말아. 한 해 내내 가축 먹일 풀 찾아 떠도는 이들이라 마주칠 일이 없다. 지금은 늦겨울이니 저 먼 남쪽 어디서 돌아다닐 때야."

다시 모두가 놀란 가슴을 쓸어내리며 한숨을 쉬는데 문득 도굴꾼 편달이 외마디 소리를 질렀다. 그는 제 입을 가리며 손가락을 들어 먼 곳을 가리키며 물었다.

"혹 그자들이 저자들인지요?"

순간 풀썩 소리를 내며 우상이 다리에 힘이 풀렸는지 제자리에 주저앉았다. 편달의 손가락이 가리킨 곳에서는 짐승의 가죽을 걸친 우락부락한 야인들 열댓 명이 그야말로 초원의 야수들처럼 먼지를 일으키며 맨발로 달려오고 있었다. 몽둥이와 도끼를 든 자부터 창과 칼을 휘두르는 자들까지 결코 그들을 반기는 모양새는 아니었다. 일행의 시선이 일제히 종득으로 향했다. 그는 여태껏 기나긴 여로에서도 부득불 메고 다닌 기다란 등짐을 주섬주섬 풀어 창을 꺼내들고 있었다.

"비록 이름 모를 야인에게 죽었으나 폐하를 위한 충절만은 기억해 주십시오."

"죽어? 너 여노의 후인(後人)이라며?"

"그게 무덤 파는 데 쓴다고 창날이 죄 닳아버려서……."

그러고는 진심인지 시늉인지 뭉뚝한 창날로 제 손바닥을 찔러 보이며 멋쩍게 웃으니 주저앉은 우상이 머리를 감싸 쥐며 아이고, 죽는 소리를 내는데 달려오는 야인들을 가만히 지켜보던 편달이 문득 고개를 갸웃거렸다.

"저놈들 복색이 이상한데요."

지척에 이른 야인들은 과연 괴상한 복장을 하고 있었다. 씻지 않은 몰골과 아무렇게나 자란 수염, 이름 모를 맹수의 가죽을 걸쳤으나 머리에는 무명으로 짠 하얀 두건을 두른 것이 때가 탔음에도 마치 선비의 문건(文巾)과도 같은 모양이었다. 게다가 그중 우두머리로 보이는 이는 도포마저 걸치고 있었다. 여태 태연자약하기만 하던 구부는 오히려 이를 보며 짤막한 신음을 내었다.

"음."

그들은 짐승을 몰아가듯 서서히 일행을 포위하며 차츰 가까이 다가왔다. 포위망이 좁혀져 이제 창칼 닿을 거리까지 닿자 야인의 우두머리로 보이는 이가 알아들을 수 없는 고함을 쳤다. 편달과 우상은 주저앉은 채 엉덩이로 뒷걸음치고 창 잡은 종득의 얼굴에 흐르는 땀이 갑절로 늘었다. 일촉즉발의 긴장이 이어지는 가운데 이제껏 고개를 갸웃거리며 야인들을 살피던 현찬이 갑자기 외쳤다.

"야만인의 모습이 그야말로 만(蠻)! 몸에는 벌레(虫)가 꼬이고, 얼굴에 온통 털이 수북한(絲) 사이로 말(言)이 나오는구나!"

야인들을 바라보던 그는 허공에 손가락을 들어 만(蠻) 자를 그리며 그렇게 외쳤고 순간 이를 들은 야인들은 좁혀오던 발걸음을 일제히 멈추었다. 이상한 일이었다. 서로의 얼굴을 쳐다보던 그들은 믿을 수 없게도 공손히 무기를 땅에 내려놓더니 곧 어정쩡한 표정, 마치 미소를 짓는 듯 기괴한 표정을 보였다. 이어서 몸에 맞지 않는 도포를 걸친 우두머리가 한 발 앞으로 나오며 갑자기 고개를 푹 숙여 보인 뒤 양손을 공손히 아랫배에 모은 채로 현찬을 향해 입을 열었다.

"혹, 글 읽는 선비님이십니까?"

놀라고 당황한 일행은 그 갑작스레 변한 태도에 무어라 답하지 못한 채 서로의 얼굴만 번갈아 바라보았다. 알 수 없는 일이었다. 방금까지 짐승을 사냥하듯 우악스레 달려오던 그 야인들은 이제 더없이 공손한 태도로 일행을 향해 일제히 예를 표하고 있었다. 곧 구부가 천천히 앞으로 나섰다. 그는 무슨 이유인지 밝지 못한 얼굴로 가만히 우두머리를 바라보다 무거운 목소리를 내었다.

"너희는 글단(契丹: 거란)이냐?"

"그렇습니다."

알 수 없는 일이었다. 현찬의 말을 들은 이후로 그 이상한 야인들의 태도는 완연히 변해있었다. 우두머리는 가지런히 손을 모은 채 구부에게 더없이 예의 바른 태도로 답했다.

"너희가 글을 아느냐?"

"즐겨 배우고 있습니다."

"너희에게 글을 가르친 자가 누구더냐."

"각개의 스승은 다르나 거란의 큰 스승은 동진의 대학, 사안

(謝安) 어르신입니다."

구부는 더욱 얼굴을 굳히며 이내 눈을 감아버렸다. 그리고 잠시 후 기다리고 있는 우두머리를 향해 나지막하게 말했다.

"너희 부락으로 가자."

강 유역에는 수천 개의 움막이 지어져 있었다. 서랍목륜 유역의 유목민들에 대해 전해 들은 적 있던 구부는 그 아는 바와 크게 다른 모습을 묵묵히 바라보고 있었다. 불과 열 해 전만해도 거란은 정착하는 곳 없이 떠돌던 이들이었다. 양떼를 몰아가며 남하해 목초지를 찾아 돌아다니다 한 해 중 비가 내리는 기간에만 사막을 다시 지나 북진해 오던 그들이었다. 자연히 한데 모여 살지도 않았을 뿐더러 부족마다 우두머리가 있기는 했지만 따로 전체 부족의 대표가 있지는 않았다. 그러나지금 그들의 공들여 지어진 부락 중심에는 여덟 개의 깃발과함께 가장 크게 솟은 움막이 있었고 그 움막의 주인은 왕과도같은 위세로 뭇 부락민들의 위에 군림하고 있었다.

"그대가 거란의 우두머리요?"

귀한 선비가 당도했다는 소식을 들은 거란의 우두머리는 직접 나와 구부를 맞이했다. 팔척장신에 집채만 한 몸집, 상처로범벅이 된 얼굴의 우두머리는 어울리지 않게도 온몸의 털을깨끗이 정돈하고 흰 도포를 걸친 채 부채를 잡고 있는 이상한 모습이었다.

"그렇습니다. 귀인께서는 어디의 누구신지요?"

일행은 이제 크게 안도하고 있었다. 구부가 야만인 중의 야만인이라 말했던 그 거란족은 이미 반쯤은 문명에 감화되어 있었다. 생존과 닿은 생활상은 아직 약탈과 도적질을 벗어나지 못했지만 학문과 예절에 대한 열망은 어디의 어느 족속보다 강했다.

대접은 융숭했다. 탁자에는 여러 음식이 정돈되어 놓여있었고 안내하는 이들은 비단옷을 입고 예의에 어긋나는 일이 없도록 말과 행동을 조심했다. 모두가 선비라는 신분을 높이 대우하고 공부에 목마른 듯 학식을 구하고 있었다.

'살았다.'

자연히 그들은 최고의 대접을 받을 것이었다. 학식을 갈구한다는 학자들마다 엎드려 한마디 가르침을 청한다는 인물이 바로 구부였다. 과연 구부의 용모만으로도 그를 높이 산 듯 족장은 공손하기 그지없는 태도로 물었고 이제는 구부가 얼마나 고귀하고 멋들어지게 스스로를 소개할지에 일행 모두가 귀를 모았다.

"그래, 내가 누구인지 물었느냐?"

곧 모두의 눈길이 쏠린 가운데 구부는 천천히 양손을 들어올려 앞으로 모았고 이내 그는 두 손을 천천히 기묘한 모양으로 비틀었다.

"이 몸은 신선, 거란의 신선이다."

순간 모두가 얼었다. 족장도, 족장의 수하들도, 구부의 일행
도 어안이 벙벙하여 구부를 바라만 보았다. 그러나 구부는 그
리 천연덕스레 말하고는 이어서 양 손가락을 꼬아서 이상한
모양을 만들더니 정말 무슨 방술사라도 되듯 합, 하는 소리를
지르며 눈을 감아버렸다.

"신선?"

"그렇다. 너희가 잘못된 길을 걸으니 천신께서 나를 보내어
바로잡으라 하셨느니라."

"천신?"

"무얼 더 묻느냐. 무릎을 꿇고 천신의 사자를 영접하라."

천막 안의 시간이 멎어버린 듯 모두가 얼어붙은 가운데 표
정이 점점 변해 도끼눈이 된 족장이 천천히 자리에서 일어섰
다. 그러고는 천막 한쪽 구석에 놓인 커다란 도끼를 들어서는
몇 번 빙빙 돌리다 높이 들어 한 번에 으깨버리겠다는 듯 구부
의 머리를 겨누었다. 곧 벌어지려는 끔찍한 일에 일행이 다 질
려버리고, 이제 족장이 숨을 훅 들이켜는 찰나 갑자기 벌떡 일
어선 구부가 냅다 고함을 지르며 족장의 뺨을 쳤다.

"이놈!"

머리를 감싸 쥐며 도망해야만 하는 법인데 도리어 제 뺨을

갈기니 족장은 얼른 도끼를 내리치지 못하고 멍하니 구부를 보았고 구부는 성난 목소리로 그를 질책했다.

"네가 이리 방자하니 거란에 천벌이 내렸구나. 창고는 죄 바닥을 보이고 온갖 괴질이 창궐했으리라. 일곱 개 부족 모두의 마음이 제각기 달라 서로 미워하고 시기하리라. 도둑이 늘고 살인이 잦으며 수없는 백성이 도망했겠구나. 강물이 퍼렇게 뜨고 죽은 고기가 떠오르며 가축은 마르고 말은 퍼지니 이 모두가 네놈의 덕이 모자란 까닭이로다!

"뭐?"

"사방 천 리를 살피니 푸른 소는 풀을 뜯는데 하얀 말이 달리지 않는다. 계집은 살판이 났고 사내는 병이 났다는 말이렷다. 서로 시기만 일삼고 말로만 다툴 뿐 나가 일하는 이가 없을 것이다. 혼인하는 이가 드물고 자식을 갖는 이는 더 드물 것이다. 대답하여라. 내 말이 틀리느냐?"

구부의 난동이 갈수록 가관이라 일행은 풀썩 주저앉고 거란인들은 더욱 흥분해 길길이 날뛰었으나 막상 도끼를 든 족장만은 언제부터인지 구부의 말을 가만히 듣고만 있었다. 마침내는 도끼를 내려놓고 구부를 이상한 눈으로 쳐다보던 그는 어째서인지 말투마저 조심스러운 투로 물었다.

"당신이 거란의 일을 어찌 그리 아시오?"

"네놈이 아직도 꼿꼿이 서서 나를 바라보느냐?"

"아니, 그렇다고 신선이라니."

족장은 엉거주춤하니 두어 발짝 뒤로 물러섰으나 구부의 말대로 무릎을 꿇지는 않았다. 의문과 불신이 잔뜩 담긴 눈초리로 구부를 훑어보며 그는 어찌할 줄을 모른 채 망설였다. 그때 풍수사 우상의 목소리가 끼어들었다.

"선인께서는 화를 거두소서."

이어서 그는 꼭 쥔 두 주먹을 사방에 흔들었다. 푸른 가루와 붉은 가루가 어지러이 흩뿌려지고 사방에 틱틱, 하는 소리를 내며 작은 불꽃과 연기가 튀었다. 생전 본 적 없는 신기한 경험에 눈과 귀가 사로잡힌 거란인들은 소리가 날 때마다 연거푸 움찔거리며 뒤로 물러났다.

"초원의 바람을 맞고 돌아갈 자들이 물에 가라앉아 썩으니 혼백의 원통함이 재앙을 부른다. 짐승을 끌어다 사람과 짝지어 줄 혼령이 모두 고기밥이 되었으니 배를 불리어줄 이가 누구며 옳고 그름을 인도해 줄 이가 또 누구일까. 안타깝고 안타깝다. 신선이시여, 이 우매한 자들이 알고도 범하는 잘못이 아니옵니다. 몰라 그리하는 것이니 용서하소서."

"······?"

"이놈들아! 초원을 누비던 조상을 죄다 물귀신을 만들었으니 너희가 잘 살 도리가 있겠느냐!"

기이한 소리와 광경에 당황하여 마냥 뒷걸음치던 거란인들도 우상의 마지막 호통에 무엇을 떠올렸는지 곧 족장과 같은 얼굴이 되었다. 어찌할 줄을 모른 채 서로의 얼굴만 바라보던 그들은 곧 작은 소리로 떠들었다.

"족장, 말도 안 되기는 한데 뭔가 이상하기는 합니다. 굳이 바로 죽일 이유는 없으니 가둬 두십시오."

"그, 가둬 두기는 하되 조금 대접을 하면서 가두는 것이 어떨까요?"

그들이 작은 목소리로 의논하는 사이 일어선 구부는 제집인 양 걸어 족장의 의자로 가서는 거기 걸터앉아 천연덕스레 턱을 괴고 다리를 꼬았다.

"내 듣고 보니 또 그렇다. 제자의 청을 들어 잠시 화를 거두겠노라. 며칠 머무를 터이니 너희는 매일 나의 가르침을 듣고 가슴에 새겨라. 천벌을 피하는 설법을 내리겠노라."

족장은 눈살을 찌푸린 채 한참을 그냥 그런 구부를 바라보며 몇 번 무어라 말하려는 듯 입술을 달싹이다 결국 고개를 크게 저어버렸다. 그러고는 한숨과 함께 중얼거리듯 말했다.

"얼은 가르침에 결코 요사한 방술에 속지 말라 했거늘. 그러나 저리 신통하게 거란의 일을 짚어내는데 쉽게 여길 수도 없구나."

그러고는 구부를 향해 반쯤 하는 듯 마는 듯 예를 갖추는 시늉을 보이고는 옆의 거란인들을 향해 명했다.

"이들을 천막에 모셔라. 감시하되 대접 또한 소홀함이 없게 해라."

거란인들은 구부와 일행을 천막 하나를 비워 그곳에 묵도록 했다. 편한 자리를 깔고 먹을 것을 부족함이 없도록 내어왔으나 입구와 주위에 보초를 배치하여 삼엄히 경계하니 실상은 억류된 포로의 꼴이었다. 당장 죽을 줄 알았던 터에 그나마도 다행인지라 일행은 놀란 가슴을 쓸어내리며 평온을 되찾고 곧 그들의 이상한 태왕을 향해 따지듯 물었다.

"이게 다 무슨 일입니까. 신선이라니요, 무덤을 찾는 것은 좋아도 묻히는 것은 싫단 말입니다."

이에 태왕은 대답 대신 우상을 향해 빙글거리며 물었다.

"물귀신이라. 네가 제법 눈치가 있다구나."

"그런 게 제 하는 일이온데 장단조차 맞추지 못해서야 되겠사옵니까. 거란이 본래 조상 시체를 떠돌며 풍장(風葬)하는 이들로 아오나 이제 정착해 모여 사니 버릴 곳이 없지요. 해도 아무데나 썩게 둘 수가 있겠습니까. 죄짓는 맘으로 물에 떠내려 보내는 수밖에요."

"하하."

"그저 미루어 짐작하다 거들기는 했사온데 아까 폐하의 일침은 아리송하기만 합니다. 대체 거란의 속사정은 어찌 그리 짐작하신 것이옵니까?"

"당연한 일이 아니겠느냐. 유목하던 이들이 갑자기 농사를 짓는다고 농사가 되겠느냐. 배곯음이야 당연한 것이지. 각기 다른 지방을 돌던 이들이 함께 모여 사니 서로 처음 보는 풍토병이 돌 것이고. 사방 날뛰며 살던 놈들에게 글을 읽으라니 속에 천불이 나서 싸우거나 도망하거나 하겠지. 갑자기 많은 사람이 터를 잡았으니 온갖 오물에 강물이 남아날까. 퍼렇게 썩고 물고기가 죽어날 것이다. 초원을 달리던 말은 다리가 퍼질 테고 푸른 풀을 먹던 가축이 지푸라기나 뜯으니 비쩍 마를 수밖에."

"하! 듣자니 정말로 그렇습니다. 허면 그 일곱 부족이 시기하고 반목한다는 말씀은."

"족장의 천막 앞에 깃발 여덟 개가 있지 않더냐. 하나는 제 부족의 깃발일 테고 나머지 일곱 개는 다른 일곱 부족의 깃발이겠지. 헌데 귀히 아껴야 할 그 일곱 개 깃발이 모두 낡고 해졌더라. 이는 그들 거란의 결속이 약함을 보여주는 것이다. 사방이 모두 저희들 거란족인 이 땅이 이상하게도 경계가 삼엄한 것 또한 그들의 반목을 보여주는 것이지."

"푸른 소와 하얀 말은 무엇이란 말입니까?"

"옛 읽은 책에 거란의 설화가 있었다. 북쪽 서랍목륜(西拉木倫) 강줄기를 타고 내려온 푸른 소를 탄 선녀와, 남쪽 노합하(老哈河)를 타고 올라온 흰 말을 탄 사내가 부부가 되어 거란 여덟 부족의 여덟 아들을 낳았다더구나. 유목하는 이들의 먹을 것은 사냥하는 사내가, 정착하는 이들의 먹을 것은 집 돌보는 계집이 책임진다. 헌데 저들이 갑자기 정착하였으니 지금은 사내에 비해 계집의 위세가 당당하겠지. 하여 계집의 푸른 소가 살찌고 사내의 하얀 말이 비실하다 비유한 것이다."

술술 읊어대다 세상 귀찮다는 듯 손을 내젓는 구부의 말에 일행이 모두 기가 막혀 입만 벌린 채 듣다 아예 박수를 쳤다. 곧 구부가 누워버리려는 듯 침상으로 가자 풍수사가 다시 그를 붙잡으며 물었다.

"듣고 보니 다 그렇습니다만 꼭 신선을 칭한 이유는 무엇입니까? 이 처지로는 무덤을 파고 살피기 힘들게 되었습니다."

"잘 모르겠다. 그저 마음 가는 대로 떠들다 보니 그리 되더라."

"예?"

"어떻든 어찌 되겠지. 저들이 맞지 않은 옷을 입었으니 내가 무어라 떠들던 따라오지 않겠느냐."

무어라 더 물으려 했으나 구부는 이내 고개를 돌리고 침상에 드러누워 버렸다.

이후로 그리 별일 없이 수일의 시간이 흘렀다. 거란의 족장은 못내 못마땅한 듯 구부를 찾아 무엇을 묻거나 하는 일은 없었지만 슬쩍 천막 근처를 기웃거리곤 했고 구부와 일행은 그야말로 아무것도 하지 않은 채 눌러앉아 무위도식하는 나날을 보냈다. 가끔 제사를 지낸다며 보초들을 데리고 근방을 휘적거리며 돌아다니는 것만이 나름의 소일거리였다. 족장도 그들을 풀어줄 생각이 없고 구부도 떠날 생각이 없었으니 시간은 그렇게만 흘렀다.

거란과 고구려.

변방의 유목민족이 대부분 그렇듯 거란족은 먹을 것이 없어지면 간간이 국경을 넘어와 고구려의 작은 부락을 침탈하곤 해왔다. 그 부침의 모양새가 좋을 리야 있겠냐마는 긴 세월 고구려인과 그리 멀지 않게 생활해 온 그들은 쳐들어와서도 적당치만 요구하였고 때때로는 저희 가축을 조금 내어놓고 가는 경우도 있어 변방의 고구려인은 거란의 침탈을 그저 운 나쁜 해에 겪는 액땜 정도로만 여기곤 했었다. 대개가 강골인 고구려인들이 순순히 삶의 터전과 재산을 몽땅 내어줄 리 없으니 약탈하는 쪽에서도 적당선의 타협을 해온 것이었다.

그러나 이 해는 달랐다. 갑자기 돌변한 그들은 쌀 한 톨 가축 한 마리 남기지 않고 모조리 쓸어가는 것은 물론, 반항하는 사내는 모조리 죽이고 여인은 닥치는 대로 겁탈했다. 그 모든 일이 끝나면 부락을 아예 불태워 흔적조차 남기지 않았다.

"이게 무슨 꼴인가."

거란의 약탈이 있었던, 잿더미가 되어버린 변방의 한 고구려 부락에 닿은 이련은 작게 손을 떨며 까맣게 타버린 아이의 시체를 들어 안았다. 약탈의 참상을 수도 없이 보아왔으나 그처럼 참혹한 광경은 처음이었다. 재와 검은 기름이 엉겨 붙어 형체조차 알 수 없는 아이의 이마께를 짐작해 어루만지던 그는 주변을 휙 둘러보며 외쳤다.

"대체 이게 무슨 꼴이란 말이냐!"

군사들도 차마 고개를 똑바로 들지 못해 눈을 피했다. 근래 세를 불린 거란의 약탈이 심해진 것은 익히 알고 있었으나 이토록 참혹한 경우는 처음이었다. 모두가 주먹을 쥔 채 몸을 떨었다. 하루가 지나도록 아무도 말 한마디를 꺼내지 못한 채 조용히 부락을 정리하고 시체를 묻어주었다.

"여태껏 잡은 거란의 포로를 모두 죽여라. 또한 앞으로 보이는 모든 거란인을 죽여라."

이날로 이천 고구려 토벌군의 행보가 바뀌었다. 적당히 작은 부족을 만나거든 겁을 주어 내쫓고 반항하는 부족을 만나서도 무기만 빼앗고 살려주던 이들은 그야말로 지옥 맨 밑바닥에 사는 아귀들인 양 보이는 모든 거란인을 죽이고 그들의 터전을 불태우며 거란을 짓밟았다. 본래가 수십 수백의 전장을 지나며 걸러지고 또 걸러진 전장의 귀신들이었다. 한 치 감정과 망설임이 없는 칼들이 매일같이 거란인의 목으로 떨어졌다.

"모조리 죽이고 태워 없애라. 글단(契丹: 거란)의 이름을 지워라. 죽어 떠도는 혼령조차 고구려의 땅을 밟지 못하게 하라."

이후로 겨우 두 달가량, 요하 동남쪽 근방 수십 개 거란 부락들은 모조리 박살 났다. 많아야 일이천 남짓 모인 작은 부락들은 한 명 고구려 병사조차 잡지 못한 채 무너졌다. 태풍에 쓸리듯 박살 나 흩어져 고구려군이 지난 길에 남아난 거란인이 없었다. 도망하거나 도망하지 못해 잡혀 죽었거나 둘 중 하나일 뿐이었다.

"멈추지 말라. 끝까지 잡아 없애라."

그렇게 계속해서 거란을 짓밟으며 서진하던 고구려군은 어느 하루 색다른 광경을 마주했다. 수백 수천씩 작게 갈라져 따로 초원을 유목하며 살던 거란이 똘똘 뭉쳐 대군을 이루고 있었다. 여덟 갈래 십만 거란 부족 가운데 두 개의 부족 전체가 한데 합쳐있었다. 아무렇게나 내키는 대로 달리기만 하던 그들이 진형을 잡아 오와 열을 맞춘 채 방책을 세우고 병과를 나누고 있었다. 못해도 삼사 만은 될 법한 대군이 그리 군사의 꼴을 갖추고 있었으며 뒤로는 다시 그 배는 되어 보이는 민간의 군집을 두고 있었다. 식량과 물자는 풍성할 것이었고 제 가족을 지키려는 의지로 강철 같은 결속을 보일 것이었다.

"소문이 사실이었습니다. 갈라져만 다니던 거란 놈들이 한데 모인다더니 나름 군진까지 꾸렸습니다."

"이상하기는 하군요. 놈들이 어디서 무얼 배우기는 배웠나 봅니다."

휘하 장수들의 말이 오가는 가운데 이련은 따라온 고구려 군사를 한 번 죽 훑었다. 불과 이천 남짓의 적은 숫자지만 벌써 몇 년째 온 천지 싸움터를 굴러다닌 닳고 닳은 군사들, 벼리고 또 벼리어진 날 선 싸움꾼들. 곧 반대편 거란인의 진영에 눈길을 두었다. 수십 배는 큰 덩치의 거대한 군세, 그러나 이련의 눈에는 차츰 그 수많은 병사의 바다 밑바닥에 떠도는 불안과 공포가 보이고 있었다. 억지로 숫자만 쥐어 짜낸 풋내기 군사들과 그 뒤에 숨어 떨고 있는 피난민들, 거란에 맴도는 불안의 뿌리까지 깊이 들여다보던 이련은 곧 코웃음을 쳤다.

"성(城) 없이 저런 진영을 짜다니. 사방이 횡하니 관문도 험로도 없는 데다 싸울 놈보다 짐짝이 더 많다. 전장 속에 수만의 인질을 내어두고 감히 내게 맞서는가. 놈들의 떨림이 여기까지 느껴진다."

더 생각할 것도 없다는 듯 곧바로 적진을 가리키며 진군을 명하려는데 곁을 따르던 울루가 급히 만류했다.

"하온데 전하, 저만한 군사가 모였다면 이제 이것은 전쟁입니다. 약탈을 응징하는 토벌이 아닌 거란과 고구려의 전쟁이 됩니다. 아시다시피 저들은 유목족, 고구려는 저들과의 전쟁으로 얻을 것이 없습니다. 영토도 재물도 따로 없는 이들입니다. 우리 고구려는 대국이며, 저들은."

구구절절 맞는 말이 이어졌으나 이련은 제 두꺼운 입술에 손가락을 가져다 대었다. 드높은 자부심, 몇 번이나 상처 입은 그 자부심은 다치고 패인 곳마다 맹목적 애국으로 점철되어 있었다. 고구려, 오로지 고구려만을 하루에 수십 번씩 외치며 절치부심하는 그에게 직접 눈으로 본 거란의 끔찍한 침탈이란 도무지 참아낼 수가 없는 원한이고 모욕이었다.

"대국이라. 지금의 고구려가 대국이더냐. 선비에 엎드리고 진(秦)에 엎드리고 숙신에 버림받고 백제에 얻어맞으며 거란에게까지 신음하는 고구려가 어찌 대국이라 불리느냐. 겁먹고 움츠러든 신하들이 군사 하나 내어놓지 않는 고구려가. 부락이 통째로 불타고 어린아이가 죽어도 모르는 척 입 닥치고 고개 숙인 지금의 이 나라가."

"……."

"내 여태 큰 착각을 하였다. 애초에 내가 쌓아 올릴 것은 부국과 강병이 아니었다. 이름이었다. 온 고구려인이 자랑스럽게 외치고 사방의 적이 두려워할 이름. 처음부터 나와 너희의 역할은 그것이었다. 생이 다할 때까지 천지를 두드려 흔들고 부수다 전장에서 쓰러지는 것. 다시는 저따위 도적이 함부로 고구려의 땅을 밟지 못하도록 온 천하에 선포하는 것. 그것이 우리의 역할이었다."

울루가 더 입을 열지 못하는 사이 다른 장수가 나서 울루를 뒤로 밀어내며 짧게 고개를 숙였다.

"갈 곳을 정하시는 것은 전하십니다. 저희는 어디서 죽든 전하의 곁에서 죽겠습니다."

곧 이런이 말을 몰아 가고 고구려 군사가 그를 따르기 시작했다. 수만의 거란인들이 모여 이를 갈며 방비하는 본거지로, 그 모습이 눈에 드러나고 귀에 그들의 고함이 선명히 들려오는 곳에 이르기까지 그저 말을 몰아 천천히 진군했다.

이름 없는 이들의 이름

    이천 명의 군사, 근간 십 년이 넘는 전쟁을 겪어오면서도 여태껏 살아남은 닳고 닳은 전장의 귀신들은 차분히 말을 박찼다. 죽음을 불사하며 외치는 각오의 함성도, 기세를 높여 무기를 휘두르는 허세도 없었다. 흙색 깃발 하나, 선두의 그 깃발만을 따라 그저 열심히 갈고 간 날카로운 무기를 뾰족하게 앞으로 내민 채 능숙한 기마술과 노련한 진형을 펼치며 열 배가 넘는 적군을 향해 달렸다.

    "돌지."

    이련이 울루와 함께 곁을 따르던 장수의 이름을 부르자 그가 속도를 높여 앞으로 내달렸다. 쏜살같이 튀어나간 그가 거란 군진의 지척까지 닿아서는 우측으로 획 꺾어 말을 달리니 그 날랜 기마술과 가끔씩 그가 허공에 휘두르는 창날의 현란한 번쩍임에 거란인들은 온통 시선을 빼앗겼다. 몇 대의 화살이 날았으나 그는 화살보다 배는 빠르게 달렸고 그리 그를 따라 돌아가던 거란인들의 고개가 어느 순간 움찔 떨렸다. 거리를 두고 달리던 그가 한순간 번개같이 달려들어 거란인 하나의 목을 쳐낸 까닭이었다. 묘기를 부리듯 허공으로 날린 모가지를 턱 받아드는 모습에 온 거란인이 시선을 뺏긴 그즈음, 어느새 거란군의 코앞까지 이른 이련의 명이 떨어졌다.

"달려라."

돌지에게 시선을 뺏긴 그 찰나에 정면의 고구려군은 순식간에 거리를 좁혀들었고 그렇게 양군의 첨단이 마주한 순간 전장에는 너무나 대조적인 광경이 펼쳐졌다. 수십 개 생사의 갈림길을 지나며 굳건히 쌓인 경험의 정수와 노련한 살인의 기술은 고작해야 멧돼지나 늑대 따위를 상대로 휘두르던 창을 가볍게 꺾어버렸다. 능숙한 폭력 앞에 거란인들은 왜 목숨을 잃어야 하는 줄도 모른 채 쓰러졌고 그들의 무기는 허공에 허우적대다 바닥에 떨어졌다. 수십 배 차이의 규모에도 불구하고 부딪히는 그 즉시 거란은 이미 뭉그러지고 있었다.

"어, 어."

거란 두 갈래 부족의 두 족장이 전장에 직접 나서있었다. 그리고 그들은 첫 충돌의 모습을 보고 무슨 명령을 내릴지, 스스로도 무엇을 해야 할지 몰라 망연자실한 채 그 광경을 마냥 보고만 있었다. 여태껏 보아온 싸움과는 아예 다른 양상이었다. 기합 한 번 없이 슬그머니 목젖을 찔러 오는 적의 뱀 같은 창, 악에 받쳐 온갖 소리를 질러대며 크고 엉성하게, 그러나 채 반도 휘두르기 전에 바닥에 떨어지고 마는 거란의 도끼. 여태껏 힘없는 변방의 양민들을 학살하며 호탕하게 내지르던 거란의 목소리는 어느새 겁먹은 신음과 비명으로만 얼룩져 있었다.

"저, 저놈들이!"

그리고 얼이 빠진 채 그런 전장을 지켜만 보던 두 족장은 돌연 약속한 듯이 동시에 뒤를 돌아보았다. 군진의 뒤로 몇 천보 떨어진 곳에서 매캐한 연기가 오르고 있었다. 두 족장은 비명 같은 신음을 터트렸다. 그곳은 군진을 방패 삼은 민간의 부락이었다. 수만에 이르는 여자와 노인, 부상자와 아이들이 겁에 질려 뒤엉켜 있었다. 그곳에 언제 어떻게 숨어들었는지 달려들었는지 모를 고구려 군사들이 불을 지르며 난동을 부리고 있었다. 찢어지는 비명이 귀가 멍멍하도록 끊이지 않았다. 두 족장은 길길이 날뛰며 욕설만 내뱉을 뿐 어떤 명령도 내리지 못했다.

"불 질러대는 화적(火賊)으로 나보다 유명한 자가 천하에 또 있겠느냐."

멀리서 그 광경을 바라보던 이련이 자조 섞인 농을 던진 뒤 제 창을 들었다. 이미 전장의 거란인은 반쯤 미쳐있었다. 수천의 죽어 넘어진 시체와 그 뒤로 불길이 오른 부락. 가족의 이름을 부르며 등을 돌려 부락으로 뛰는 이가 반이었고 절망하고 상심하여 바닥에 주저앉는 이가 반이었다. 그 기울어버린 전장의 옆구리로 이련의 거대하고 난폭한 애마가, 이어서 고구려 최정예의 병사가 뛰어들었다.

"내가 바로 고구려의 고이련이다."

자만 그득한 한마디가 크지 않게 떨어졌고 그 순간 여태껏 침묵으로 일관하며 짧고 정확한 창질만을 반복하던 모든 고구려 군사가 갑자기 온몸이 터질 듯 고함을 쳤다.

고이련 -!

동시에 그 모든 군사가 젖 먹던 힘을 다해 날뛰기 시작했다. 지옥의 불구덩이 속 아귀가 그런 모습일까, 여태껏 갈무리한 힘을 일거에 태우며 달려드는 그들은 거란인들의 눈에는 그야말로 저승사자였다. 한 명이 열 명을 죽이고 스무 명을 죽이고 서른 명을 죽였다. 마구잡이로 벌어지는 대학살 속에 대다수의 거란인이 제 가족의 이름을 부르며 어찌할 바를 모른 채 방황하다 죽어 넘어질 뿐이었다. 사기와 자존심을 지키고자 맞서는 이들은 앞으로 쓰러지고 가족을 찾아 울부짖던 이들은 뒤로 쓰러졌다. 순식간에 수천의 시체가 쌓이고 그 시체의 산을 밟고 밟으며 달리고 달리던 이련의 창이 마침내 어마어마한 고함과 함께 하늘 높이 솟았다. 순간 마지막까지 버티던 거란인들이 희망의 끈을 놓았다. 솟은 이련의 창에는 언제 잘렸는지도 모를 두 족장의 머리가 한 창에 둘 다 꿰어져 있었다.

전장은 정돈되어 있었다. 거란인은 엎드려 용서를 빌거나 사방팔방 흩어져 도망했다. 고구려군은 도망하는 거란인들의 뒤를 쫓아 한껏 일방적인 살육을 벌이다 돌아왔고 흐르는 피와 잿더미로 가득한 들판에는 무릎 꿇은 채 이련의 처분을 기다리는 미처 도망치지 못한 거란인들만이 남아있었다.

"칼 잡을 줄 아는 놈은 다 죽여라. 나머지는 옷을 벗겨 들판으로 쫓아라."

"예, 전하."

"아군에 죽거나 상한 이는?"

"대략 헤아리기로 스무 명가량입니다."

"대승이구나. 아꼈던 술과 고기를 풀어라. 잔치를 열어 밤새 즐기게 하여라."

하늘은 거란인의 비명으로 가득 차고 벌판은 그들의 흐르는 피로 붉은 빛이 되었다. 그 참혹한 광경 속에서 이련은 술잔을 높이 들었다. 온 사방이 떠내려갈 것 같은 환호와 함께 잔치가 시작되었다. 열 배가 넘는 적을 일방적으로 쳐부순 기적적인 전공의 군사들은 왁자지껄하게 떠들며 그날의 승리를 즐겼다. 벌써 몇 년째 전장을 집 삼아 살아가는 이들이었다. 오로지 승전의 날 밤만을 기다리며 상처와 두려움을 달래는 터, 노래와 춤으로 가득한 잔치가 밤이 늦도록 이어졌다.

"보아라! 이것이 우리에게 남은 시간이다."

병사들 사이에 섞여 어깨동무를 한 채 술잔을 들이켜던 이련은 갑자기 뛰쳐나와 진영 한복판에 쌓인 군량 더미를 밟고 올라섰다. 거란의 부락에서 거둬 온 가축, 불타지 않고 남은 물자들이 거기 더해져 있었고 이련은 양팔을 벌려 그것들을 가리키며 외쳤다.

"아직 거란 전부의 오분지 일도 잡지 못했다. 그럼에도 고작 해야 두 번? 세 번? 그것이 우리에게 남은 전장의 전부다. 그 후는 없다. 왜? 우리는 애초에 토벌군이라 부를 자격이 없는 도적 떼니까. 신명나게 달려와 다 때려 부쉈지만 다 객기가 아니더냐. 우리는 보급로도, 적과 교섭할 문관도, 하다못해 지리나 풍토를 아는 현지인도 없다. 우리는 애초에 길고 복잡한 토벌과 점령을 수행할 능력이 없다!"

"와아아!"

"알았느냐, 이 하루살이들아. 우리는 이 물자가 끝나면 그 자리에 죽어 엎어지는 것이다!"

"와아아!"

내용을 듣기나 하였는지, 그저 술잔을 높이 들고 좋다며 고래고래 함성을 외쳐대는 군사들을 마주 껄껄 웃으면서 훑어보던 이련은 문득 진중의 깃발에 눈길을 주었다. 흙색 깃발. 차자(次子). 차자의 군대. 잠시 가늘게 뜬 눈으로 그것을 바라보던 그는 손가락을 들어 한 장수를 가리켜 불렀다.

"너! 네 형의 이름과 관직과 출신이 무엇이냐."

"제 형 말씀이십니까? 대사자의 관등에 있는 조지지입니다. 북쪽 절노부 조씨 가문의 후계자입죠."

"너는? 너는 무어라 부르면 되느냐?"

"그게. 음. 이름이 있기는 한데, 이자들은 저를 비린내라고 부릅니다. 그냥 비린내라 부르십쇼."

왁자지껄한 웃음이 터지는 가운데 이련은 다른 인물을 가리켰다.

"네 아비는 누구냐?"

"진산성의 재(宰)를 지내는 강우계입니다."

"너는?"

"민머리입니다."

이련은 호탕하게 웃으며 그의 벗겨진 머리를 마구 두들겼다. 이어서 몇몇 인물을 더 가리키며 아비와 형을 물은 뒤 그는 다시 한번 그 자리에 있는 모든 인물을 죽 훑었다. 그리고 제 가슴을 양 엄지로 쭉 가리키며 입을 열었다.

"나의 형은 고구부, 고구려가 선 이래 가장 현명한 위인이자 자애로운 성군이시다. 고구려 전 신하와 백성이 마음으로부터 섬기는 진정한 태왕이시자 온 외적들이 감히 대적할 엄두를 내지 못하는 강력한 군주이시다."

"전하께서는?"

"앞뒤 못 재는 허풍쟁이 전쟁광."

다시 한번 왁자지껄한 웃음이 터지고 모두가 함께 이련을 향해 건배를 외치며 잔을 들이켰다. 누구 하나 사연 없는 인물이 없는 자리였다. 나면서부터 차자의 비애를 지니고 가문의 그림자로 살아오다 이련을 따르며 혹독한 전장만 전전한 지 벌써 십 년이 넘는 자들이었다. 설움이란 깊으면 깊을수록 도리어 무뎌지는 법, 그저 실없는 농담 한마디와 맛있는 식사 한 끼에 웃고 즐거워하며 제 운명을 묵묵히 따른 지 오래인 자들이었다.

"조지지, 강우계, 고구부! 그래. 다 백성을 이끌고 이름을 남길 훌륭한 인물들이다. 법제를 펼치고 세제를 정리하며 외교를 다져, 누구를 벌하고 누구에게 상을 내릴지, 어느 외적과 싸우고 어느 세력과 화친할지 그 훌륭한 이름들이 정하는 것이다."

"위대한 형님들 만세!"

"그리고 우리는?"

이련의 질문에 인물들은 서로의 얼굴을 흘낏 쳐다보고는 이내 낄낄 웃으며 혀를 찼다. 비루한 차림새에 오래 씻지 않아 꾀죄죄한 몰골들이 그야말로 비렁뱅이의 모습들이었다. 검고 거친 살갗 위의 창칼 맞은 흉터에는 딱지가 잔뜩 앉아있었고 손가락 마디나 팔 한 짝이 없는 자들도 심심찮게 보였다.

"고구려다."

"……?"

"그 대단한 이름들이 고구려를 이끌어갈지 몰라도 고구려의 혼을 만드는 것은 우리다. 얼어붙은 땅을 후벼 파서 똥을 싸고, 얼어 죽지 않으려 사내끼리 껴안아 잠을 이루고, 죽어나간 동료의 시체에서 날붙이를 챙겨다 적을 찌르는 것은 고구부가 아니다. 우리다. 두려워도 두려워 않고 쓰러져도 쓰러지지 않는 북방의 야수, 그 천년혼의 기질을 만들어가는 이름 없는 우리의 이름이 바로 고구려다."

오만 잡소리에도 그저 환호성만 질러대던 군사들은 그 순간 아무 말도 없이 침묵하고 있었다. 평생 살며 얻어본 적 없던 정체성, 불린 지가 언제인지 모를 이름, 그런 것들을 모두 잊은 채 그저 가문의 영광에 보태어질 전장의 공훈만을 바라보며 살아가던 그들을 이련은 고구려라 불렀다. 한 병사의 눈에서 갑자기 영문 모를 눈물이 죽 흘렀다. 철들고 한 번 흘려본 적 없는 눈물을 후두둑 흘려낸 병사는 곧 소리 내어 엉엉 울기 시작했다. 그리고 그런 그를 즉시 놀리고 비웃어야만 할 군사들은 그저 숙연히 침묵을 지키고만 있었다.

"불씨가 되어라. 붙이고 붙이다 보면 언젠가 타오를 고구려의 불씨."

토벌군이 첫 대승을 거둔 이후로 두 달.

격전과 격전으로 얼룩진 시간을 지나보내며 아직도 고구려 군은 서쪽을 향해 걷고 있었다. 날씨는 이미 초겨울을 훌쩍 넘어서고 있었고 북방의 동토에는 싸늘한 서리가 덮이기 시작했다. 고구려 진영의 한복판에 쌓여있던 군량미는 바닥을 드러내고 있었다. 그간 열 번이 넘는 전장을 지나서도 불과 삼백 가량의 군사를 잃었을 뿐이지만 이제 고구려 토벌군의 진영에는 점차 내일에 대한 기대가 사라져가고 있었다. 거란 작은 부족을 발견해 먹을 것을 빼앗는 것이 유일한 연명의 방법이었으나 이미 거란 전역에 토벌군에 대한 소문이 파다한 터, 이제는 남아있는 작은 부락도 있지를 않았다. 서랍목륜 유역이라는 적의 본거지를 찾아 전쟁을 해야 했으나 그곳이 어느 쪽인지, 얼마나 남았는지조차 가늠하지를 못했다.

막사 안에 앉은 이련은 조악하게 그려진 지도 위에 올린 말을 만지작거리고 있었다. 진군의 서쪽으로도, 회군의 동쪽으로도 내려놓지 않은 채 붉은 눈으로 뚫어져라 지도를 바라보고만 있었다. 그리 한참을 망설이는 중에 한 장수가 막사 안으로 들었다.

"돌지."

얼마 전 놀라운 재주를 보여준 장수, 과거 낙랑 동예(東濊)의 부흥을 외치며 반군을 이끌다 항복한 인물이었다. 임관이 짧은 데다 흙색 깃발의 내로라할 무가(武家)들 사이에 끼기는 초라한 출신이었지만 무예는 물론 난전과 야전(野戰)의 지휘에 능통하고 의지가 굳은 데다 무엇보다 매사에 거침이 없어 이련이 특히 가까이 두는 이였다.

"전하, 어찌 생각하실지 모르겠으나."

뚜벅뚜벅 걸어온 그는 말을 든 이련의 손을 잡아서 왼편, 서쪽의 서랍목륜이라는 글자가 적힌 곳에 찍듯이 내려놓았다.

"그 불씨가 붙기는 붙었습니다."

그는 가만 앉아있는 이련을 두고 막사를 휙 열어젖혔다. 쏟아지는 햇살과 함께 막사 바깥 풍경이 드러나며 군진 안으로 빼곡하게 모여든 사람들의 모습이 나타났다. 그리고 다음 순간 이련은 저도 모르게 침을 삼켰다.

"태왕 폐하 만세."

모습이 드러난 그를 향해 모여든 이들이 한순간 모두 만세를 부르며 엎어져 절을 올리고 있었다. 바닥을 짚은 그들의 손에는 그야말로 잡스러운 날붙이들이 쥐어져 있었다. 낫이나 쇠스랑 등 녹슬어 이가 빠진 농기구들, 그들은 그런 것들을 부여잡고 이를 빠득 악물고 있었다. 그간 거란에 내몰리던 변경 어디의 부락민들이 먼 길을 찾아왔으리라. 이련은 걷힌 막사 너머로 우두커니 그 광경을 바라만 보았다. 슬쩍 떨리는 손을 숨기듯 쥐고서 그는 엎드린 이들을 한참이나 쳐다보았다. 그는 천천히 일어서 막사 밖으로 나섰다. 무엇에 억눌렸는지 작은 목소리가 입술 사이로 새어나왔다.

"무엇들 하는 짓이냐. 태왕이라니. 형님 폐하께서 건재하시거늘."

백성 가운데 한 사내가 몸을 일으켰다. 몇 걸음 절뚝거리며 걸어온 그는 다시 엎드려 이련의 발치에 입을 맞추었다.

"아니요. 누구도 이 막돼먹은 놈들을 살펴주지 않았습니다. 선대 태왕 폐하께서 쌓은 높은 성벽도 품어주지 않았고 지금 태왕 폐하께서 베푸신다는 은덕도 소문만 들었습니다. 당연하기는 합니다. 이 말 엉덩이에 붙은 진드기 같은 놈들이 고구려 백성인지 아닌지 사실 아는 사람도 잘 없으니까요. 그런데 폐하, 폐하께서는 몸소 이놈들을 위해 이 추운 땅을 배곯으며 가신다면서요."

백성은 천천히 일어서 이련의 어깨에 모포를 걸쳐주었다. 듬성듬성 털이 다 빠져나간 냄새나는 이름 모를 짐승의 털가죽이었지만 그에게는 뭇 겨울을 살아서 보낼 수 있던 목숨의 담보였다. 그의 뒤로는 비쩍 마른 소 두어 마리, 깃털 빠진 닭 열몇 마리, 풀이 다 죽은 벼 몇 단 등 정말로 초라한 식량들이 가지런히 쌓여있었다. 자루가 부러지고 이 빠진 농기구들이 쌓여있었고 다 낡아 해진 이불더미나 옷가지들도 차곡차곡 개어져 있었다.

"힘없고 가난할지언정 저희도 고구려 백성입니다. 폐하를 따르겠습니다. 함께 싸우게 해주십시오."

아무 말도 하지 못한 채 그들을 한참 바라보던 이련은 걸쳐진 모포를 벗어 백성에게 팽개치듯 던졌다. 그리고 돌아서며 중얼거리듯 내뱉었다.

"쫓아라. 이런 자들을 상대할 시간이 없다."

그러고는 도로 들어가 걷힌 막사를 내려버렸다. 고개를 끄덕이고 있는 돌지도 내쫓았다. 탁상에 펼쳐진 지도와 말도 접어 치웠다. 가만 앉은 채 눈을 감고 숨을 고르며 어느새 달아오른 얼굴을 가라앉히지 못하고 한참 시간을 보냈다. 그리고 다시 서쪽으로의 진군을 명한 다음 날.

"태왕 폐하 만세."

또 다른 자들이 나타나 그리 외치며 절하고 있었다. 그다음 날도, 그다음 날도 대체 어디에서 찾아왔는지도 모를 반 거지 꼴의 백성들이 나타나 녹슨 날붙이를 쥐고 온갖 허름한 세간을 내놓으며 환호와 만세를 외치고 있었다. 매번 성을 내며 쫓아냈지만 물러난 그들은 적당한 거리를 두고 군사의 뒤를 따랐다. 그리고 그렇게 며칠이 지나가던 어느 날 밤, 몰래 홀로서서 쌓인 물자와 식량을 우두커니 바라보던 이련은 저도 모르게 쿵 소리가 나도록 무릎을 꿇으며 그것들을 끌어안았다. 삭아 부스러지는 곡물과 닳고 구멍 난 모포들, 이가 다 빠져

버린 곡괭이와 기름때로 번들거리는 더러운 가죽을 손끝으로 남몰래, 아무도 몰래 하염없이 더듬고 뺨으로 부비며 이련은 그 자리에서 온밤을 지새웠다.

"전하, 일어나십시오."

누군가의 보채는 손길에 눈을 뜬 이련은 그의 앞에 엎드린 자들을 보았다. 이번에는 농사 짓던 백성이나 흩어진 변경의 수비군이 아니었다. 어디선가 보았던 세 명의 눈에 익은 얼굴들. 견고한 갑주를 입은 장수들이 각기 깃발을 옆에 세운 채 한쪽 무릎을 꿇으며 그를 맞이하고 있었다.

"진산 재(宰) 강우계, 예성의 양승녹, 거곡성의 우개덕입니다. 전하, 늦게나마 부름에 답하여 각기 일천 병사씩 거느리고 왔나이다."

이련은 그들의 어깨 너머 진영 바깥을 보았다. 모래먼지와 함께 모여드는 수천 병사들, 정말로 병사들이 합류해오고 있었다. 그 어떤 전쟁에서도 한 번 헛디디는 적 없던 이련의 무릎이 찰나 비틀거렸다. 분노와 객기로만 일으킨 내일 없는 전쟁이 갑작스레 희망의 빛으로 뒤덮이고 있었다. 그토록 간절히 붙잡아도 멀어지기만 하던 고구려의 마음이, 백성과 장수가 한순간 모조리 그에게 모여들고 있었다. 무슨 까닭으로, 어째서. 그저 난폭한 전쟁을 벌였을 뿐인데.

— 다만 너의 전장을 달려라.

언젠가 구부가 했던 말이 이련의 입에서 새어나왔다. 이련은 흙색 깃발과 그 아래 군사들을 바라보았다. 진중의 몇몇 사내가 반가움을 참을 수 없다는 듯 나타난 장수들을 향해, 저희와 꼭 닮은 형제와 아비들을 향해 달려가고 있었다. 뭉치고 있었다. 백성도, 귀족도 어지럽게 흩어져 엉킨 것들이 너무나 자연스럽게 이역의 전장에서 하나가 되어가고 있었다.

"어떻게."

이련은 저도 모르게 흙색 깃발로 향했다. 옛적 아무것도 쓰여 있지 않던 투박한 깃발은 이제 피와 먼지와 바람으로, 이련과 차자들이 보낸 세월로 온통 얼룩져 있었다. 온 가문의 볼모를 잡아둔 상징이었던 깃발이 어느새 유대의 증표가, 하나 되는 고구려의 상징이 되어가고 있었다. 이련은 천천히 깃발에 다가가 손으로 잡아 펼쳤다. 그리고 받아 든 붓으로, 떨리는 손으로 빈 깃발에 글씨를 그려 넣었다.

려(麗)

군장 가문의 성씨를 적어 넣던, 북쪽의 조씨나 동쪽의 소씨나 왕실의 고씨 따위를 적어 넣던 전장의 깃발에 처음으로 고구려의 이름이 쓰였다. 그 깃발을 잡아들고 더없이 성실하고 심지가 굳은, 정략 따위는 눈길도 줘본 적 없는 순수한 고구려

의 사내, 오직 제 나라만을 생각하는 당대 고구려 제일의 무장
은 길고 긴, 가슴의 모든 것을 토해놓는 함성을 내질렀다.

"그래, 너희가 고구려다. 너희가 바로 고구려란 말이다!"

이이제이(以夷制夷)

"진(秦)나라 군사에 잡혀가다가 생긴 일입니다. 그리 끌려 가단 꼼짝없이 죽겠다 싶어 손발 묶인 채 구릉 아래로 냅다 굴렀는데, 이게 절벽이 하도 높고 험해서 구르기 시작하니까 멈추질 못했단 말입니다."

"그래서?"

"기절했다 깨어나 보니까 처음 보는 놈들이 저를 주어다 눕혀줬더라고요. 그런데 말도 통하고 어째 이게 우리 거란 사람들이기는 한데, 알 수 없는 웬 이상한 놈들이었단 말입니다. 내 주위로다가 매캐하니 연기를 잔뜩 피워놓고 당최 알 수 없는 이상한 소리를 계속 내고 있어서……."

"있어서?"

"놀래서 놈 머리통을 한 대 쥐어박았는데, 글쎄 이놈이 대들기는커녕 물구나무를 서더란 말입니다. 물구나무 선 채로 침을 바닥에 뱉고는 도로 일어섰어요. 그러고는 저들끼리 다행이라며 좋아하며 서로 툭툭 쳐줍디다. 외지인 손에 맞으면 그리해야 한다면서."

"으하하하."

서랍목륜으로 거대한 전화(戰火)가 번져오고 있건만 광활한 땅을 그저 떠돌며 살아갈 뿐 서로 긴밀한 연락책을 가지지 못한 거란은 그 사실을 알지 못하고 있었다. 태평한 그들 가운데서도 구부는 그야말로 신선놀음 중이었다. 경치 좋은 곳을 골라 자리를 잡고는 재미있는 이야기를 안다는 자들을 불러다 술과 안주를 먹이며 이야기를 듣는 것으로만 소일하는 것이 전부, 이날 역시 거란인 하나를 데려다 이야기를 듣던 중이었다. 구부가 술을 또 한 잔 가득 따라 건네자 시원하게 들이켠 거란인은 다시 신이 나서 떠들기 시작했다.

"그러고는 저희끼리 어깨동무를 하고 내 주위를 빙글빙글 돌더이다. 웃으면서 자꾸 침을 뱉어요. 성나서 고함을 치니 좋다고들 신나서 더 뱉는데, 아 몸만 좋았다면 다 때려죽일 것을."

"허허, 좋다. 미신이구나. 그것도 터무니없이 이상한 미신이 아니냐."

"예? 그게 그리 좋은 것입니까?"

"아니, 됐고. 이야기나 더 해보아라. 그러고 나서?"

"뭐, 사람들은 참 좋았습니다. 먹을 것도 잘 내주고 재워주고 잘해주었기는 한데, 무슨 하루 종일 자꾸 이상한 춤을 춰대고 노래를 불러대고, 아, 동쪽 밭을 맬지 서쪽 밭을 맬지 정하는데 메뚜기를 잡다가 뛰는 쪽으로 결정하지를 않나……."

"하하하. 그것도 재미있구나."

"뿐만입니까? 자꾸 뭘 태우고 깨트려요. 자꾸 뭘 그리고 태우고 깨트리고 하다못해 우두머리를 뽑는 것도 뭘 태워 깨트려서 제일 예쁜 그림이 나온 놈으로 했다는데. 내 참 같잖아서."

"그림?"

"예. 놈들이 그리는 그림 몇 점 보기는 봤는데, 그게 글자 같기도 하고 그림 같기도 하고."

어느새부터인가 눈을 부릅뜨고 귀를 기울이던 구부는 순간 손뼉을 치며 벌떡 일어섰다.

"그곳이다. 그래. 역시 서랍목룡에 무엇이 있기는 있었다. 그곳이 어디였느냐?"

"삼문협(三門峽) 근방 어디쯤입니다. 거기는 띄엄띄엄 산촌 몇 개가 전부라 찾는 게 어렵지 않기는 한데 멀어요. 무엇보다 산세가 험한 동네라 찾으려면 그쪽 지리에 밝은 사람이 제법 있어야 합지요."

"너는? 너는 잘 모르느냐? 아니면 좀 아는 자가 없겠느냐?"

"에이. 다시 가봐야 잘 모릅니다. 기억도 안 나고. 다른 놈이래도 음, 돌산만 잔뜩 있는 땅이라 다니는 부족 자체가 잘 없어요. 한참 찾으려면야 못 찾을 것도 아니지만. 그런데 신선께

서는 그런 것을 왜 찾으십니까? 아니, 뭐, 아닙니다. 신선께서
하시는 일을 저 같은 놈이 알아 무어 쓸모도 없지요."

"음."

"헌데요, 신선께서는 혹시 고구려인이 아니십니까?"

"고구려인?"

"예. 제가 그래도 이놈들 중에선 생김새가 멀끔하고 머리가
좀 도는 편이다 보니 높은 고구려인을 좀 볼 일이 있었는데,
음. 어딘지 모르게 비슷한 데가 있어서, 아니 거란의 신선께서
거란인이지 고구려인일 리 있겠습니까마는."

"보자. 네 할아비의 할아비의 할아비의 할아비도 거란인이
었느냐?"

"예?"

"거란이라는 이름도 없었겠지?"

"그, 그렇겠지요?"

"그때쯤 되면 거란이든 고구려든 다 없었던 이름들 아니겠
느냐?"

"예. 뭐, 예. 그렇겠습니다."

"내가 네 할아비의 할아비의 할아비의 할아비보다 나이가
많으니 나는 거란인도 고구려인도 아닌 것이다. 너희 놈들끼
리 갈라지고 떨어져 살며 거란이니 숙신이니 흉노니 하는 이
름을 붙였지 실상은 다 그놈이 그놈이란 이야기다."

"어, 음. 저희는 생김새도 좀 다르고 말도 다르고……."

"원래 떨어져 살면 그런 법이다. 한배에서 난 형제도 멀리 갈라놓으면 생김새고 말이고 다 달라지는데 몇 백 년을 따로 살았는데 어찌 같겠어?"

"그리 말씀하시니 이게 참 기분이 묘합니다."

"뭐가?"

"실은 근래 고구려 변방을 약탈할 적에 좀."

"너희 놈들 약탈이 하루 이틀 있는 일도 아니고 무엇이 왜?"

"그게, 예전에는 뭐 이름만 약탈이지 떠날 적에 짐승 젖도 좀 내주고 늙은 가축도 좀 남겨놓고, 서로 눈치껏 얻고 주고 그런 것이 있었는데, 아, 말하기 좀 이상하지만 아무튼 정(情) 같은 게 있었는데 말입니다."

"그런데?"

"요즘은 그게 좀 달랐거든요. 저희 거란은 공자를 배우고 한(漢)의 친구가 되었다고, 그 사안이라는 높은 어르신이 말씀하신 뒤로, 음 그 고구려인은 못 믿을 못된 야만인들이니 그냥 다 죽이고 불태우고 빼앗으면 된다고."

"그래서?"

"그리했거든요. 보이는 족족 죽이고 불태우고, 좀. 애도 노인도 다 죽이고 패악이 심했습니다. 그리하라니까 다들 하기는 했는데."

싱글거리기만 하던 얼굴이 슬쩍 굳고 구부는 술잔을 내려놓았다. 손에 괸 턱을 씰룩이며 땅바닥에 시선을 던져놓았던 그는 이내 작은 중얼거림을 내었다. 착 가라앉은 목소리에 조용한 분노가 흘렀다.

"감히 내게는 펼쳐보지도 못한 수작질을 그 아이에게 부렸구나."

"네?"

"별것 아닌 이간책이 때가 참 잘 맞아 들어갔다. 너희는 곧 다 죽을지도 모르겠다. 너희뿐 아니라 사방의 모든 족속들이 다 거덜 날지 모른다. 고구려인 또한 헤아리지 못할 만큼 죽어 나가겠지. 그 사안이라는 자를 위해 서로 죽고 죽이다 결국 힘이 다해 그들의 이름에 삼켜질 줄을 모르고."

"무슨 말씀이신지……."

"너희 유목민에게는 터전과 재산이 없다. 점령한 토지도, 거기 세워진 성(城)도 없다. 지켜야 할 것이 없다. 나라가 없다는 뜻이다. 때문에 길고 큰 전쟁이 없어. 먹고살려는 약탈이 있고 그에 상응하는 경고의 토벌이 있을 뿐이다. 유목민도 좀처럼 남의 터전을 빼앗지 않으며 상대도 빼앗을 것이 없기에 유목민을 치지 않는다. 유목민과 정착민의 분쟁이란 남는 것이 없다. 오로지 시체와 원한만이 남지."

"음. 어. 저는 무슨 말씀이신지."

"터전과 재산이 있어야 교류가 생긴다. 교류가 생겨야 유대가 생기고 유대가 있어야 말과 생활이 발달하며 학문이 생겨나고 학문은 신념을 만든다. 신념이란 위험한 것이야. 아무 이득도 얻지 못할 일을 필생의 숙원으로 삼아 제 온 삶을 죄다 불태워버리는 것이 신념이니까. 그런데, 너희는 터전도 재산도 교류도 유대도 없는 주제에 남의 학문을 얻고 신념을 빌어 얻었다. 멍청한 놈들이 그저 좋아 보인다는 이유로 따르고 배워서 덜 배운 자들 앞에서 잘난 척이나 하게 된 것이다. 그것이 무서운 전쟁을 불렀다."

"죄, 죄송합니다. 무엇인지 잘 모르지만 신선께서 부디."

"너희 잘못이 아니지. 내가 막고 깨트려야 했을 일인데. 문제는 그 아이가, 내가 모든 것을 맡겨두고 온 그 아이가 이 도발에 걸렸겠구나. 백제를 깨트리고 진(晉)과 진(秦)을 깨트리고 너희를 거두어야 할 아이가. 원한만이 남는 싸움에 하릴없이 세월을 보내며 국력을 온통 소진하겠구나."

"그게, 아니 그분이 누구인데요? 당최 어떤 분이시기에."

"나도 모른다. 모르겠다. 장차 그가 어떤 인물이 될지."

구부는 일어서서 먼저 자리를 떠났다. 언제나 떠올리고 있던 웃는 낯이 아닌 굳은 얼굴로 막사로 돌아온 그는 마침 돌아와 있던 풍수사와 도굴꾼의 보고를 손을 내저어 물리치곤 침상에 누워버렸다. 무슨 생각을 하는지 오만 표정을 번갈아 떠올리며 눈을 감았던 그는 한순간 입술을 깨물며 낮은 목소리를 내었다.

"너무나 싫은 일이구나. 이것이 맞는 길인지 모르겠다."

허풍쟁이 전쟁광

　거란 땅을 한 걸음 걸어갈 적마다 이련의 행보는 어느새 온 고구려 초미의 관심사가 되어있었다. 굴러가기 시작한 눈덩이는 순식간에 불어나고 있었다. 이련의 군세가 커질수록 변방의 군벌들은 서둘러 제 군사를 파견하기 시작했고 급기야는 중앙의 귀족들마저 양단간의 선택을 강요받기 시작했다. 모두에게 기회가 남아있었다. 바로 그들의 차자들이 이련의 가장 가까이서, 흑색 깃발의 아래서 함께 진군하고 있다는 것. 가장 매몰차게 이련에게 등을 돌렸던 귀족들마저도 하루하루를 갈등했다. 이미 스물이 넘는 장수들과 일만에 가까운 군사들이 부리나케 달려가 이련에게 합류했고 궁성의 대전에서는 이련의 심복으로 알려진 변국의 뒤로 기다란 줄이 생기기 시작했다. 선택은 한 방향으로 쏠릴 수밖에 없었다. 온 고구려가 차츰 이련을 중심으로 다시 뭉치기 시작했으며 토벌은 실패할 리가 없었다. 이련과 한마음으로 뭉친 그의 군사는 그 어느 때보다 강했다. 거란은 그 많은 숫자에도 불구하고 이련의 행보를 하루도 늦추지 못하고 있었다.

"폭풍이 불어온다!"

거란인들은 그리 외치며 도망했다. 맞설 도리가 없는 그야 말로 재해라 부를 군대였다. 눈덩이처럼 불어나며 굴러오는 이련과 고구려 군사에, 특히 선두를 이끄는 이천가량의 귀신 들에게 거란의 모든 것이 부서지고 휩쓸려 날아갈 뿐이었다. 온 사방에 흩어져 떠다니던 거란 여덟 부족은 모두 겁에 질려 머리를 감싸 쥐고 서랍목륜으로 몰려들었다. 그렇게 십만이 넘는 인구가 모여서도 거란인들은 떨기만 했다. 대족장이 어떻게든 군사를 추슬러 맞설 준비를 하려 했지만 직접 적을 목격한 이들은 물론 소문을 전해 들은 이들조차 항복만이 길이라며 주저앉아 일어설 생각을 않았다.

전쟁은 이미 끝난 것과 마찬가지였다. 고구려군이 서랍목륜에 닿는 그날이 바로 거란 멸망의 날일 것이었다. 거란인들이 흩어지지 않고 있는 것은 무어라도 희망이 있는 탓이 아닌, 그저 더는 도망쳐 갈 곳이 없는 까닭일 뿐이었다.

뎅.

그리고 막사 안에서 한 달이 다 되도록 두문불출하던 구부는 고구려군이 눈에 보일 정도로 가까워질 즈음, 하루 종일이 가도록 거란의 군진 맨 앞에 매달아 놓은 거대한 징을 쳐대고 있었다. 눈을 잔뜩 찌푸린 거란인들은 양손으로 귀를 틀어막았지만 누구도 구부가 하는 짓을 방해하지는 않았다. 가냘프기 그지없는 희망 탓이었다. 저 기행을 벌이는 이상한 작자가 정말로, 정말로 거란의 신선이지는 않을까, 저 시끄러운 징소리가 일종의 의식이며 그것이 고구려의 무자비한 창칼에서 그들을 살려주지는 않을까, 하는 허망한 바램이었다. 미신을 멀리하라는 가르침 따위는 하얗게 잊은 지 오래였다. 제발, 정말로 신선이어라, 그런 중얼거림이 여기저기서 새어나오고 있었다.

뎅.

귀를 막고 있던 거란인들은 제각기 날붙이를 잡아들었다. 이제 정말로 고구려군이 가까워오고 있었다. 흙먼지 속으로 고구려군의 모습이 드러날수록 거란인들의 얼굴에는 공포와 절망이 어렸다. 잔뜩 불어나 일만은 넘어 보이는 군사였다. 그것도 평생 한 번도 본 적 없는 정예롭고 난폭한 군사. 백 명이 덤벼서 한 명을 죽이지 못했다더라, 천둥 토하는 짐승과 불 뿜는 괴물이 온천지를 지지고 태우고 다닌다더라, 등 그간 들어온 소문들이 거란인들의 머리를 꽉 채우고 있었다.

뎅.

'이길 수 없다.'

우두머리들은 다른 생각을 하고 있었다. 성(城)의 부재. 그간 타국을 약탈할 적마다 그들의 앞을 가로막았던 것이 요지

마다 쌓여있던 그 높고 단단한 성벽이었다. 그 성벽 없이 본거지를 만들어 모여 사는 것이란 정말로 위험한 일임을 이제야 깨닫고 있었다. 어느 침략을 맞이해서도 성이 없이는 싸울 수가 없었다. 민간의 노약자가 발목을 잡는 데다 화공이니 수공이니 하는 것들에 터무니없이 무력했다. 사방이 약점이니 기습에도 포위에도 대처할 수 없었고 추격도 철수도 할 수가 없었다.

뎅.

절망에 사로잡힌 거란인들의 눈길이 온통 그 징으로 모여 있었다. 거란의 신선이라는 그 터무니없는 존재는 이제 채를 던져놓고 있었다.

"세상사란 참으로 어렵기만 하다."

그리 중얼거리며 한참 멀리 시선을 던져놓았던 그는 곧 옆에 세워놓은 나귀에 올랐다. 이랴, 중얼거리며 등에 가로 걸터앉은 그는 소매에서 짧은 피리를 꺼내들고 나귀 엉덩이를 두드렸다. 정면으로 일어오는 흙먼지 아래, 이제 고구려 군대가 선명히 드러나는 그곳으로 신선은 천천히 향했다.

가까워오는 거란의 진영을 눈에 담은 이련은 들뜬 마음을 긴 호흡으로 쓸어내리고 있었다. 이미 전쟁의 승패는 결정지어진 것이나 마찬가지. 그저 얼마큼 죽이고 얼마만큼 살리느냐, 그런 결정만이 남아있었다.

'형님, 이 동생이 또 한 번 일어섰소.'

저도 모르게 그리 중얼거리며 이련은 뿌듯한 가슴을 움켜잡았다. 고구려는 다시 한번 하나가 되어있었다. 그것도 그 어느 때보다 단단하게. 그의 앞으로는 정통의 고구려 군사가 걸었으며 뒤로는 변방의 민병들이 따르고 있었다. 구부가 뿌려두었던 씨를, 흙색 깃발이라는 온 고구려를 움켜쥔 씨앗을 이련은 너무나 훌륭하게 키워냈다. 이 순간을 위해, 스스로 이 순간을 이룩해낼 때를 위해 양위를 미루었던 것은 아닐까, 자격을 갖춘 때를 기다려 진정한 태왕의 자리를 물려주려는 것은 아니었을까, 이련은 그런 생각을 하고 있었다.

"돌지."

중군의 한가운데서 말 머리를 나란히 한 채 따르고 있는 돌지를 향해 이련은 입을 열었다.

"어쩌면 나는 좋은 왕이 될 것 같다. 형님 폐하께서도 나를 자랑스레 여기고 기뻐하실지도 모르겠다."

"전장을 앞에 두고 그 무슨 어울리지 않는 말씀이십니까."

"이 고이련에게도 결코 고구부에 못지않은 무언가가 있는 것이다. 보아라. 그토록 형님만 찾던 고구려가 오늘은 나를 온 마음으로 따르고 있지 않으냐."

"그렇지요."

"오늘은 찬란한 영광의 날이다. 패배의 상징이던 내가 다시 태어난 고구려를 만천하에 선포하는 날이다. 고구부가 아닌 고이련의 고구려 말이다."

거센 강바람을 가슴으로 맞으며 이련은 눈을 감아버렸고 묵묵히 그를 바라보던 돌지는 대답을 않은 채 고개만 끄덕였다. 사방이 숙적으로 둘러싸인 고구려였다. 백제, 전진(秦), 그리고 동진(晉), 하물며 숙신과 거란에 이르기까지 고구려가 나아가야 할 길은 멀고도 멀었다. 장차 앞장서서 그 길을 뚫고 가야 할 이련이 또 한 번 일어선 것은, 나아가 제 위대한 형제의 그늘에서 벗어나려는 것은 참으로 다행한 일이었다. 문득 돌지는 말을 달려 앞의 전(前)군으로 향했다. 선봉을 맡은 강우계의 병진에 이른 그는 강우계에게 눈짓을 주고 손에 든 칼을 앞으로 내밀었다. 속도를 높여 진격하라는 신호, 먼 길을 왔지만 굳이 군사를 정비하고 쉬게 하기보다 달아오른 사기를 더욱 덥히라는 뜻이었다. 곧 징과 북소리가 울리고 고구려 군사들의 함성이, 이어서 한층 거세진 말발굽 소리가 따랐다. 그리고 다음 순간 진격을 외치려던 돌지는, 또 그의 옆을 나란히 달리던 강우계는 눈을 부릅떴다.

"……!"

정면에서 느릿느릿 다가오는 나귀 한 마리. 수만 군사의 앞길을 간 크게도 가로막으며 휘적거리는 너무나 이상한 나귀

한 마리와 사람 하나가 그들의 눈을 파고든 탓이었다. 괴상하기만 하지만 알 수 없게도 그 괴상함이 오히려 익숙한, 반드시 아는 얼굴일 것만 같은 모습. 헛것을 떨쳐내려는 듯 두 사람은 동시에 고개를 크게 흔들었다. 그러나 그것은 없어지지 않았다. 타박타박 세상에서 가장 느긋한 걸음으로 다가와 수만 병사들의 바로 앞에 이르러서야 서서히 멈추었다. 그는 복잡한 얼굴을 들어 넌지시 그들을 바라만 보았다. 병사들의 창이 겨누어지고 나타난 이는 다만 멈추어만 있는 중에 몇몇 이들이 서로 악을 쓰듯 고함쳤다. 저놈을 묶어라, 아니, 저분 말고 이놈을, 이 불경한 놈을 묶어라, 무엇 하는 놈이냐, 무릎을 꿇어라, 너야말로 당장 무릎을 꿇어라, 그 얼굴을 아는 이가 더러 뒤섞인 병사들이 서로 고함을 치며 창을 겨누기도, 제자리에 무릎을 꿇고 엎어지기도 하는 난장판이 벌어진 지경에 시간이 지날수록 물러서는 병사들이 늘었다. 급기야는 선두 병사들이 황급히 두 갈래로 갈라지며 그 사이로 길이 생기고 있었다.

'적이다. 저것은 적이다.'

그리고 뛰어난 장수 돌지는 일대 혼란의 가운데서 눈을 부릅뜨고 나귀와 사람을 노려보다 그것의 정체를 확신하고 어금니를 꽉 악물었다. 고구부, 태왕 고구부. 지금 걸어오는 저 기묘하고 위대한 천재는 필시 거란을 이미 굴복시켰을 것이었다. 달래어 휘어잡고 오는 것이 분명했다. 무슨 요술을 부렸는지 알 수 없지만 또 한 번 세상이 놀랄 만한 일을 저질러버린 뒤 온 고구려의 눈길이 다 모인 이 곳에, 새 역사의 주인공이 찬란한 빛을 발하며 등장해야만 하는 이 순간에 나타나 모든 영광을 가로채려는 것이었다. 야생과 본능의 눈이 그를 적이라 외치고 있었다. 확고한 아군처럼 보이지만 실상은 이련의 앞길에 가장 큰 걸림돌이 되는 적이었다.

"형님 폐하."

이련의 목소리가 돌지의 들끓는 상념을 끊어냈다. 어느새 날려온 그는 홀린 듯 니귀와 사람의 앞으로 다가갔다. 한쪽 무릎을 꿇으며 앉은 그는 붕 뜬 목소리로 중얼거리듯 입을 열었고 폐하, 그 두 글자는 모두의 귀에 똑똑히 울렸다. 굴러 떨어지듯 말에서 내려 무릎을 꿇는 장수들과 그저 제자리에 주저앉듯 엎드리는 병사들, 마치 물결처럼 고구려 전 군사가 자세를 낮추었고 벌써 수년째 아무도 보지 못했던 고구려의 태왕은 가만히 서서 군사들을 묵묵히 내려다보았다. 뒤이어 도착하는 군병들이 속속 말에서 내려 엎드렸다. 무슨 영문인지도 모른 채 뒷사람은 앞사람을 따라 엎드리고 엎어진 그들 사이로 태왕, 이라는 두 글자가 속삭거림으로 퍼져 나갔다. 그렇게 일제히 엎드린 수만 군사를, 그리고 당혹스러운 얼굴로 그를 올려다보는 이련을 가만히 마주 보던 구부는 쓸쓸한 웃음을 떠올렸다. 당혹한 고구려 군사들의 시선이 구부의 얼굴로 모아지고 그 눈길들의 맨 앞에서 이련의 입이 열렸다.

"훌륭하시옵니다. 폐하. 계략으로 이미 거란을 거두신 것입니까? 반절을 죽여 본보기를 보이지 않아도, 이 땅의 모든 것을 불태워버리지 않아도 저 도적놈들이 이미 무릎을 꿇고 우리 고구려를 섬기게 된 것입니까? 놀랍기만 합니다. 형님 폐하, 이 동생은 가슴에 사무치는 원한으로 이곳에 왔지만 그저 형님의 뜻을 따르겠나이다."

이련이 그리 물었고 수만의 보이지 않는 입이 따라 물었다. 정말 그런 것인가. 이 이상한 태왕이 또 한 번 놀라운 계략으로 거란을 이미 무릎 꿇린 것인가. 수만 개의 질문이 태왕의 입술을 기다리고 있었으나 그 파란의 순간 그는 다른 생각에 잠겨있었다.

'폐하께서는 한란(寒蘭)을 좋아하십니까?'

옛적 아직 궁성을 떠나기 전 산에 다녀온 단청은 두 손에 한 움큼씩 쥔 풀꽃을 내밀었었다. 한쪽 손에는 선홍빛으로 도드라진 동백(冬柏)이, 다른 손에는 은은히 흰 빛을 내다 만 푸른 한란이 들려있었다.

'아니, 나는 동백을 좋아한다. 동백은 한겨울에 안간힘을 다해 새순을 피우고 꽃잎을 내어 마침내 붉게 물들지 않느냐.'

'동백은 왕제 전하를 닮았습니다.'

'나는 한란을 닮았느냐?'

'한란은 제가 희어질 것을 알고 물듭니다. 하나 동백은 제가 결국 붉어질 줄 모르니 피어난 그때만큼은 더욱 아름답습니다.'

'내 온전히 양위를 하지 않고 떠남이 불안한 것이더냐. 그것이 장차 나의 동생을 불행케 할까 봐 그러는 것이냐.'

'동백이 시들지 않고 붉게 물들거든 한철이나마 꺾지 마소서. 한배를 타고나 폐하를 따르고 따르는 이에게 달랠 길 없는 설움을 주지는 마소서.'

너는 어찌 이런 것을 미리 알았을까, 어떤 신성(神聖)일까. 그저 아름다운 마음씨가 빚어낸 염려일까, 중얼거리며 회상에서 깨어난 구부는 눈앞에 무릎을 꿇고 앉은 이런을 지긋이 내려다보다 그의 어깨에 한쪽 손을 얹었다. 함께 무릎을 굽히고 마주 앉아 조용히 작은 목소리를 내었다.

"네 군사로구나. 진정한 고구려인들의 강한 군사구나."

"……예."

"거란에 이토록 많은 숫자가 있는데도 이길 것을 알았더냐."

"그런 것은 생각하지 않았습니다. 오직 고구려의 드높은 이름을 세우는 것만 생각하였습니다."

"장하다. 너는 필히 훌륭한 태왕이 될 것이다."

뿌듯한 숨소리, 황망 중에도 얼굴 가득 기쁜 빛이 떠오르는 이련의 어깨를 몇 번 더 두드린 구부는 그의 답이 이어지기 전에 먼저 몸을 일으켰다. 그러고는 다시 이련을 내려다보며 다음 말을 내었다.

"이제 족하다. 군사를 물려 고구려로 돌아가거라."

"예?"

"회군하라 하였다."

기쁜 숨을 내쉬던 이련, 그의 뒤에 무릎 꿇은 세 명의 장수들, 그리고 그 뒤의 군사들. 구부의 말소리를 들은 모든 이들이 완전히 얼어붙었다. 이어 소란이 일었다. 대체 무슨 소린가, 되묻듯 감히 태왕을 똑바로 바라보는 눈동자들, 자세히 듣지 못해 옆 사람을 쳐다보며 묻는 소리, 꿀 먹은 벙어리가 되어 두리번거리는 이들, 그러나 구부는 그들에게 아무 대답도 주지 않은 채 눈을 돌렸다. 그곳에는 이련의 뒤에 자리한 세 장수가 무릎을 꿇고 있었다.

"얼굴을 알 것 같다. 너희는 요동 근방 세 개 성의 성주로구나."

"예, 폐하."

"너희 성을 내어다오. 너희는 성을 떠나 주둔하는 군사와 함께 평양 도성으로 돌아가되 근방에 살던 백성들은 그대로 두어도, 평양으로 데리고 들어가도 좋다."

기막힌 이야기, 말도 되지 않는 이야기가 태왕의 입에서 떨어졌다. 세 장수의 등이 모두 떨렸다.

"폐하, 어째서."

"내 너희의 성을 거란에 줄 생각이다."

말문이 막혀버린 그들은 그저 멍한 눈으로 구부를 바라볼 뿐이었다. 온 나라가 눈감아 버린 거란의 끔찍한 패악에서 백성을 지키고자 분연히 일어섰건만, 천신만고 끝에 뜻있는 고구려인의 힘을 한데 모아 여기까지 왔건만 이 사라졌던 태왕은 그들을 그저 돌아가라고, 나아가 평생 지켜온 성을 비우고적에게 내주라 말하고 있었다. 믿을 수도 도무지 따를 수도 없는 명령이었다.

"아."

그 순간 여러 사람이 같은 기억을 떠올리고 있었다. 과거 모용황을 죽음 직전에 몰아넣었던 주아영과 고무, 그리고 그 전투에서 백기를 들고 나타났던 고사유. 누구도 이해할 수 없고 누구도 이해할 리 없는 그 세상천지 더없을 못난 괴행을 이 고구부만은 이해한다고 말했었다. 그리고 지금 꼭 같은 일이 다시 일어나려 하고 있었다. 세 장수는 앞에 무릎 꿇은 이련의 등에 눈을 모았다. 그러나 이련은 제자리에 바위처럼 굳어있을 뿐이었다. 가장 나이와 관록이 오랜 강우계가 피가 나도록 입술을 깨물며 물었다.

"도무지 믿을 수가 없사옵니다. 폐하께오서는 거듭된 패전에 지친 고구려가 지금 겨우 앞날의 빛을 보았음을 알고 계시나이까. 또 한 번 일어서고, 또 한 번 나아가려는 순간임을 알고 계시나이까."

"너는 나를 누구라 생각하느냐."

강우계는 입을 다물고 고개를 푹 숙였다. 구부의 전장을 본 이들이라면, 아니 전장이 아닌 구부의 치세를 겪어본 이라면 누구라도 감히 구부를 의심할 수는 없었다. 그는 살아있는 신이었다. 사유의 대에 바닥까지 떨어졌던 고구려를 불과 오 년 만에 일으켜 세운 인물, 천하를 주름잡는 강국과 영웅들을 모조리 제 손바닥에 올려놓고 쥐락펴락하던 세상천지 다시없을 위대한 인물이었다. 사유와 같은 일을 벌인다고 해서 사유와 같은 인물이 아니었다. 그에게는 틀림없이 열 걸음 더 나아간 이유가 있을 것이었다. 길가의 돌멩이 하나를 걷어차는 데에도 재채기 한 번 하는 데에도 다 이유가 있는 인물이었다. 모든 이가 잊었던 기억을 떠올렸다. 따라야 한다. 따라야만 하는 것이었다. 그저 따르면 이 위대한 태왕은 모든 것을 이뤄주는 것이었다. 무슨 뜻을 품었건 무슨 의지를 세웠건 그냥 꺾고, 지우고, 자신을 버리고 그저 모든 것을 접어두고 그를 따르면 되는 것이었다.

'나를 누구라 생각하느냐.'

그것은 질문이 아닌 답이었다. 그 짧은 말 한마디에 의문으로 가득 찼던 고구려 군진에는 침묵만이 남았다.

"위대한 태왕 고구부."

그리고 모두를 대신하여 그저 굳어있던 바위가 답했다.

"고구려가 선 이래 가장 현명한 위인이자 자애로운 성군이십니다. 고구려 전 신하와 백성이 마음으로부터 섬기는 진정한 태왕이시자 온 외적들이 감히 대적할 엄두를 내지 못하는 강력하고 위대한 이름입니다."

"……."

"그리고 저는."

구부는 숙인 채 들려지지 않는 이련의 머리통을 묵묵히 내려다보았다.

"허풍쟁이 전쟁광입니다."

그것으로 대화는 끝이었다. 구부도 끝끝내 이련을 다시 부르지 않았고 이련도 무어 한마디 묻고 따지는 것이 없었다. 날카로운 눈으로 뚫어져라 구부를 응시하는 돌지도, 한없이 이마를 낮게 숙인 채 무릎 꿇은 세 장수도, 온 거란을 모조리 잡아 죽이겠다며 신이 나서 달려온 흙색 깃발의 군사도, 세 장수를 따라온 북방의 병사들도, 제 발로 직접 이련을 따라온 변방의 민초들도 입을 꾹 다문 채 제자리에 멈추어 있었다.

"언제고 알게 되리라. 내 아이하여."

다 하지 못하고 끊어진 말에 대답도 반문도 없었다. 묵묵히 서서만 있던 구부가 다시 나귀에 올라 거란으로 다시 향할 때까지도 모두가 멈추어있었다. 그리고 이련은 한참 뒤에 일어섰다. 주먹이라도 움켜쥐고 답답한 가슴에 뭉친 소리 한 번이라도 토할 법하건만 그는 그저 그대로 굳어만 있다가 아무 말 없이 걷기 시작했다. 돌아가자는 말 한마디도, 아래 장수에게 무어라 명 한 마디도 없이 그는 맨 앞에서 고구려로 돌아가는 걸음을 옮겼다. 고구려라 쓰인 깃발, 고구려라 불린 이들, 그리 쓰고 그리 부른 이 모두 제 목소리 한 번 내보지 못한 채 터벅터벅 돌아가는 걸음만을 옮겼다.

나귀 타고 돌아오는 구부를 바라보는 거란에는 일대 소란이 일었다. 만세를 부르고 춤을 추며 소리를 지르는 이들부터 무릎을 꿇고 바닥에 머리를 찧어대는 이들까지 모든 거란인이 미쳐 날뛰고 있었다. 그는 틀림없는 신선이었다. 홀몸으로 느긋하게 적의 대군으로 가더니 그들을 모조리 무릎 꿇리고서는 결국 모조리 내쫓아 버린 뒤 돌아오고 있었다. 도무지 믿을 수 없는 광경 속에 반드시 믿어야만 하는 그들의 신선이 있었다. 의심 많던 대족장마저도 제자리에 엎어져 눈과 코에 흙이 들어가도록 바닥에 얼굴을 비비며 소리치고 있었다. 신선. 신선. 신선. 신선. 거란의 신선! 수십 수백 번 같은 소리를 흙을 씹어 먹으며 외쳐대고 있었다.

"내 고구려에 세 개의 성을 얻었다. 너희는 앞으로 그곳을 본거지로 삼으라."

마침내 돌아온 구부가 내뱉은, 마치 쌀 한 그릇 얻은 것보다도 더 간단한 한마디에 온 거란은 결국 미쳐버렸다. 학문이 무엇이고 족장이 무엇이고 사냥이 무엇이고 가축이 무엇이고 다 쓸데없고 필요 없는 것들이었다. 신선이, 세상 모든 것을 가져다줄 거란의 신선이 그곳에 있었다. 소수림왕 8년의 가을, 그렇게 거란인들은 고구려 남서쪽, 요동에 걸친 세 개의 성에 들었다.

연인(燕人) 모용수

　같은 해, 전진(秦)과 동진(晉)의 전쟁이 있었다.

　부비(苻丕), 모용수, 요장(姚萇) 등 전진의 내로라할 장군들이 이끄는 도합 이십만가량의 전진 군사가 여러 갈래로 남하했고 해를 넘기는 오랜 싸움 끝에 마지막 목적지인 양양성은 함락되었다. 이 길었던 전쟁의 주역 또한 모용수였다. 지지부진한 성과로 부견에게 질책을 당하던 여타 장군들과 달리 모용수는 남양성을 한 싸움에 함락시키고 태수인 정예를 사로잡았으며, 양양성의 싸움에서도 직접 양주자사 주서(朱序)의 항복을 받아내는 공훈을 올렸다. 경조윤(京兆尹) 관군장군(冠軍將軍) 모용수. 그것이 당대의 천하를 주름잡는 진(秦)을 대표하는 장수의 이름이었다.

　그리고 사람의 사지를 찢어 죽이는 거열형.

　전진 도읍 장안(長安)의 높게 솟은 내성 성문 앞에서는 그 무도한 형벌이 펼쳐지고 있었다. 2년 전 대(代)나라 탁발선비의 두 왕족이 끌려와 죽은 이후 처음 있는 일. 성군임을 자처하는 부견은 항복하는 이에게 도리어 벼슬을 내렸지만 개중

처신이 비열하거나 배신을 일삼는 이들은 드물게 극형에 처하곤 했다. 지금 죽음을 기다리는 수형자는 양양을 지키던 두 장수, 하나는 끝까지 저항한 주서였고 하나는 양양성의 성문을 몰래 열어 전진 군사를 끌어들인 이백호(李伯護)였다. 형장과 어울리지 않는 화려한 단상의 높은 자리에 앉아 그 둘을 번갈아 살피던 부견은 곧 입을 열었다.

"모용수."

이번 정벌의 주역, 비단 이번뿐 아니라 근 수십 년 모든 전쟁의 주역이고 영웅인 모용수는 형장에 아무 관심 없이 술잔만 들이켜다 잔을 내려놓고 부견의 부름에 답했다.

"예, 폐하."

부견의 입가에 미소가 지났다.

"두 놈 중 누구를 살리고 누구를 죽여야 하느냐?"

"제 나라를 저버린 배신자를 죽이고 충절을 지킨 이를 살리소서."

부견은 충신과 배신자의 처우를 굳이 모용수에게 물었다. 그러나 저를 겨냥하듯 묻는 질문에 모용수는 티끌만 한 동요도 보이지 않았고 이에 부견은 더욱 진한 미소를 떠올린 뒤 손가락을 펴 배신하고 투항한 장수를 가리켰다.

"한번 배신한 자는 반드시 다시 배신하게 마련이지."

"살, 살려주십시오! 소인은 성군이신 폐하를 섬기기 위해……!"

　장수는 발버둥 치며 외쳤으나 부견은 미소 띤 얼굴로 고개를 저을 뿐이었다. 곧 형리의 채찍질을 신호로 사지를 잡아당겨 찢을 수레가 준비되고 엎어진 장수의 팔다리에는 밧줄이 묶였다. 악에 받친 욕설과 비명이 이어지고 곧 일어날 잔혹한 장면에 몰려든 수천 관중은 입을 다물었다. 두려움에 질린 신음만 여기저기서 새어나올 뿐이었다.

　"죽여라."

　간단한 부견의 말이 떨어지고 팔다리를 묶은 수레가 움직이기 시작했다. 지독한 비명소리가 관중의 고막을 찔러댔고 관중들도 따라 비명을 질렀다. 심약한 자들은 고개를 돌려 외면했다.

　"그래, 한번 배신한 이는 믿을 수 없다. 그러나 다른 경우도 있기는 하지."

　찢어지는 비명소리로 귀가 멍멍한 가운데 부견은 은근한 목소리를 흘리며 모용수를 바라보았다.

　"모용수."

　"예, 폐하."

　"기억하느냐. 나는, 너는 물론 모용부의 누구도 벌하지 않았다."

　"그러셨습니다."

부견은 내려놓은 모용수의 술잔에 직접 술을 따라주었다. 그러고는 모용수의 손을 잡아 잔을 쥐여주며 말을 이었다.

"예전 왕맹은 모용부를 모조리 노예로 삼고 그대를 죽이라 하였다. 당시 진(秦)의 모든 충신이 입을 모아 그대를 위험한 인물이라 하였지. 그러나 나는 누구의 말도 듣지 않았다. 도리어 발 벗고 나서 그대를 옹호하고 또 옹호했다."

"감사할 따름입니다."

"나는 배신을 지독히 싫어하지만 그대만은 거두었다. 그리고 그대는 나에게 수없는 승리를 가져다주었지. 모두가 틀렸고 내가 맞았다. 그래, 너와 나는 특별하다. 우리는 특별한 사람이다."

"감사하신 말씀입니다."

별 감정도 동요도 없는 형식적인 대답만이 이어졌지만 부견은 감회에 찬 목소리를 연신 내었다.

"배부르고 등 따신 이 나라의 모두가 이쯤이면 족하다며 전쟁을 반대하지만 너만큼은 오히려 나를 부추긴다. 오직 너만이 나와 동류이다. 같은 족속이다. 전쟁. 전쟁을 두려워 않고 천하를 경영하려는 영웅이다."

부견은 모용수의 어깨를 잡았다.

"나는 네게 더없이 강한 정을 느낀다. 매일 꿈에도 그리워했던 왕맹의 얼굴이 언제부터인지 생각나지 않는다. 아마도 네

덕이겠지."

들는 이들이 흠칫 놀라 곁눈질로 부견의 낯빛을 살폈다. 실상 전진을 일으킨 것은 반쯤은 왕맹의 공이었으며 부견은 그런 왕맹을 생전에 아버지라 부르고 따랐던 터였다. 시선이 모이자 부견의 얼굴에 서린 은근한 미소가 더욱 짙어졌다. 그는 한층 더 가까이 얼굴을 들이밀며 말했다.

"그럼에도 나는 슬프다. 네가 내게 바치는 충성이란 실은 연(燕)의 백성을 온존키 위함이 아니더냐. 네가 연을 배신한 이유란 실은 연을 지키기 위해서가 아니었느냐. 이 얼마나 슬픈 일이냐. 내가 이토록 사랑하는 영웅이 실은 내 사람이 아니라니."

부견은 모든 속을 다 알고 있다는 듯 그리 한탄했고 잔잔한 목소리와는 사뭇 다른 그 내용의 섬뜩함에 주위는 얼어붙었다. 그러나 정작 모용수는 별다른 동요가 없었다. 나아가 부견의 말을 부인하지도 않았다. 그저 묵묵히 일렁이는 술잔의 수면에 눈길을 주고만 있었다.

"너는 본래 왕의 재목이지. 왕이 왕재(王才)와 우정을 나누었다는 고사는 들어본 적도 없다. 다른 왕재를 알아보고도 숙청하지 않은 왕은 반드시 파멸하고 말았으니까. 그래, 어쩌면 나도 그 길을 걷고 있을지도."

"소신은 왕재가 아닙니다."

부견은 들은 척도 않고 제 말을 이어나갔다.

"네가 변하지 않음을 안다. 모든 신하가 진언했듯 너를 멀리 추방하거나 목을 베는 것만이 맞는 답임을 사실 알고 있다. 그러나 너무나 그러기 싫은 내 마음을 어째야 하느냐. 오로지 너와 천하를 경영하고 싶은 마음을 어쩌라는 말이냐. 어찌하면 너를 얻겠느냐. 어찌하면 너와 내가 아버지와 아들이 되고 형과 아우가 되어 한평생 희로애락을 함께할 수 있겠느냐."

극과 극을 오가며 표정을 번갈아 바꾸던 그는 이제 정말로 슬픈 듯 큰 눈을 붉게 물들이며 모용수를 바라보았다. 그러고는 몇 번이나 한숨을 길게 내쉬다가 다시 입을 열었다.

"좋다. 모용수. 내 결심했다. 결심해 버리고 말았느니라. 나는 너와 군신(君臣)이기보다 벗으로, 그저 벗으로 살리라. 모용수, 나는 너를 머지않아 동쪽 요하를 지배하는 연(燕)왕으로 올리겠노라!"

연왕.

듣는 이들의 입이 하나같이 크게 벌어졌다. 누구도 상상조차 못 한 파격 중의 파격이었다. 부견은 적에게는 관대했으나 적국에는 엄격한 행보를 걸어왔다. 적국의 투항을 받아들인 적이 없고 화친과 조공으로 용서해 준 적이 없었다. 적을 모두 살리고 진의 품에 받아들이되 적국의 이름만큼은 반드시 없애고 모두를 진(秦)인으로 살게 해온 터였다. 그것이 여태껏 그가 이뤄온 정복과 통일의 골자였다.

"십 년. 십 년을 약속하마. 그 안에 옛 연나라 땅에 연의 유민들을 보내어 다시 연이라는 이름을 붙이겠다. 그리고 너를 그 땅의 왕으로 봉하겠다. 옛 모용부 사내들과 천산의 바람을 맞으며 말을 달려라. 연의 깃발을 높이 세우고 그 아래서 술과 고기를 즐겨라. 어떠냐. 네가 잃은 모든 것을 돌려주겠다. 돌아가 연(燕)인으로 살아라. 다만 나를, 그리고 진(秦)을 형제로 여기어라. 그래, 그거면 된다."

한때의 치기에 불과하리라, 어쩌면 죄를 씌워 쫓아내기 위한 시험이리라. 너무도 큰 은혜에 지켜보는 모두가 그렇게 생각하는 가운데 모용수는 눈을 내리깔며 덤덤히 답했다.

"말씀을 거두소서. 소장은 폐하의 곁을 떠나지 않을 것이옵니다."

부견은 그저 얼굴을 활짝 펴며 말했다.

"모용수. 나를 믿어도 좋다. 나는 정말로 네게 연(燕)을 선물하려는 것이다. 좋다. 네가 정 믿어지지 않는다면 이 자리에서 피의 약조를 하마. 네게 연을 주겠노라고."

이어서 부견은 모용수의 답을 듣지도 않은 채 허공에 제 왼손을 들고는 단도를 잡아 유려하게 원을 그려 약지 첫 마디 끄트머리에 대었다. 시퍼런 날 끝에 닿은 손가락에 핏방울이 맺히고 부견은 단칼에 손가락을 끊으려는 듯 칼과 손을 높이 들었다. 주위는 그저 얼어붙어 있었다. 짧은 시간 너무나 빠르게 연이어 일어나는 파격에 누구도 무엇도 하지 못한 채 입만 벌리고 있었다. 그리고 부견이 막 칼을 긋는 순간, 여태껏 고개를 숙이고 천 가지 생각에 굳어있던 모용수가 팔을 뻗어 부견의 소매춤을 잡았다.

"싫다는 뜻인가."

그러나 모용수는 대답하지 않은 채 한술 더 떠 부견의 단도를 빼앗았다. 부견의 눈이 가늘어지고 모용수는 빼앗은 단도를 든 채 등을 돌려 뚜벅뚜벅 걸어 단상을 내려갔다.

"모용수."

부견의 목소리를 뒤로하고 단상 아래까지 내려간 모용수는 매어져 있는 제 말을 찾아 갈기를 한 번 쓰다듬었다. 히히힝. 주인을 반겨 말 우는 소리가 잠깐 나는가 싶은 순간 모용수는 갑자기 말목에 단도를 박아 넣었다. 찢어지는 단말마를 쏟아내며 날뛰려는 말을 모용수는 놀라운 힘으로 붙잡은 채 단도를 움직여 목을 그었다. 온 사방으로 뿜어대는 피를 뒤집어쓰며 모용수는 잘린 말 모가지를 억지로 뜯어냈다. 그 괴이하고 섬뜩한 광경을 모두가 그저 지켜만 보는 가운데 모용수는 뜯어낸 말 머리를 들고 도로 단상으로 걸어 올라왔다.

"모용씨는."

경악에 휩싸인 신하들과 부견의 앞에서 그는 시뻘건 피가 콸콸 쏟아지는 말 머리를 허공에 들었다.

"애마의 피로 맹약을 맺습니다."

그러고는 말 머리에서 떨어지는 피로 술잔을 채워 부견에게 내밀었다. 온몸에 피를 뒤집어쓴 채 또한 피범벅이 된 잔을 내미는 그 기괴한 모습에 이제는 단상 위뿐만 아니라 아래의 관중들까지 모든 눈이 쏠려있었다. 허공에 뻗어진 모용수의 잔과 이마를 찌푸린 채 고개를 갸웃거리는 부견. 이제는 정말 무슨 사단이 나도 나리라. 숨소리 하나 들리지 않으며 한참을 이어지던 긴장은 이내 부견의 나직한 목소리로 깨어졌다.

"멋지다."

부견은 자리에서 일어나며 이번에는 큰 소리로 외쳤다.

"정말로 멋지다! 역시 모용수로다. 이 얼마나 훌륭한 사내인가! 그야말로 대장부가 아닌가!"

그는 군중의 모든 긴장과 염려를 몰아내듯 박수를 치며 마냥 크게 웃었다.

"모용수! 천하에 오로지 너만이 나의 형제가 될 자격이 있다!"

부견은 큰 잔에 가득 담긴 끈적거리는 말 피를 받아 들어 흔쾌히 쭉 들이켰다. 그러고는 말 머리 아래로 잔을 내밀어 손과 옷을 함께 피로 적시며 잔을 가득 채워서는 다시 모용수에게 내밀었다. 곧 모용수가 이를 들이켜니 더욱 크게 웃으며 부견이 피 묻은 입술로 외쳤다.

"너를 형제로 여기겠다. 동생아, 나는 평생토록 너를 사랑하리라!"

정신없이 바라보던 이들의 붕 뜬 박수 소리가 이어지고 어째야 할 줄 모르는 신하들이 마냥 지켜만 보는 가운데 오직 부견은 진심으로 감격한 듯 모용수를 꽉 부둥켜안았다.

"부끄러움이 없도록 하겠습니다."

모용수는 보이지 않게 입술을 깨물었다. 부견은 정말로 천하를 껴안으려는 노력을 거듭하는 성군이었다. 정복한 모든 망국의 우두머리들에게 후한 관직을 내렸으며 유민들을 착취하기는커녕 새 삶을 돕고자 창고를 여는 왕이었다. 적이었던 이들 모두의 손을 잡아주다 못해 누구도 믿어주는 이 없는 모용수까지 믿어주는 더없이 그릇이 큰 왕이었다.

그 거대한 그릇 앞에 모용수의 반골이란 다만 작은 치기에 불과했다. 끝까지 모용씨를 내세우며 굽히지 않는 모습은 유치한 자존심에 지나지 않았다. 부견의 천하를 품는 포용에 품어져 흔적도 없이 사라지는 티끌일 뿐이었다. 성군, 참된 제왕의 모습이란 그런 것이었다.

"기호지세라 하지 않았느냐. 기왕이면 빠른 것이 좋겠지."

모두의 눈길이 다시 부견에게로 향했다. 부견은 쏟아지는 햇볕을 받으며 그저 웃고만 있었고 모용수는 곧 부견의 아래에 한쪽 무릎을 꿇었다.

"아우야. 빠른 시일 내에 요하로 가거라. 요하를 지나 요동으로 가거라!"

요하라는 단어에 부견은 힘을 실었다.

"그 땅에서 앞날을 준비하여라. 연(燕)을 다시 세우기에 앞서 흔들린 요서를 다지고 조각난 요동을 정돈하여라. 크게 군사를 이끌어 고구려를 깨트리고 배신을 꾸짖으라. 네 손이다. 네 손으로 훗날 너와 내가 풍류를 즐기며 우애를 나눌 너의 터전을 미리 만드는 것이다."

동벌(東伐). 즉 고구려 정벌.

내내 이어진 약조에 도장을 찍어내듯 떨어진 명이었다. 훗날의 기반을 미리 다지라는 배려였고 거기에 더해 거저 공을 주겠다는 말에 진배없었다. 서너 해 전과는 달랐다. 패배와 패배를 거듭하다 못해 거란에게까지 세 개 성을 빼앗겼다는 고구려 토벌이란 이미 당대의 패자에 가까워진 진(秦)에게는 간단한 일이었다. 모용수 아닌 그 누가 가더라도 반드시 이루어질 수밖에 없는 쉬운 일. 네 손으로 네 땅을 만들라. 부견은 정말로 그런 선물을 내리고 있었다.

"명을 받들겠습니다."

"결코 어긋나서는 아니 되리라. 너를 믿고, 너를 믿는 나를 믿는다."

환한 햇살이 중천에서부터 쏟아지고 한껏 다정한 얼굴로 모용수를 내려다보는 부견의 그림자가 어느새 모용수의 세워진 한쪽 발아래 드리웠다. 부견과 모용수의 시선이 그림자에, 그림자를 밟은 모용수의 발끝에 겹치어 머물렀다. 잠시, 아무 말도 아무 움직임도 없이 부견의 그림자와 제 발끝을 응시하며 그대로 머물렀던 모용수는 서서히 그의 그림자로부터 발끝을 떼어냈다.

"나의 아우야."

그런 모용수를 내려다보던 부견의 얼굴에는 만족스러운 미소가 스쳤다.

백제의 한량

소수림왕 12년. 백제 부여수가 왕위에 오른 지 여덟 해째의 생일.

남방의 하늘, 그것이 부여수가 불리는 이름이었다. 아비 부여구의 생전에 함께 이룩한 정복의 위업만으로도 이미 영웅과 위인의 반열에 오른 그는 왕위에 오른 고작 여덟 해 만에 셀 수 없는 공적을 이룩했다. 일찌감치 몸을 기대온 신라와 가야를 제외한 모든 남방의 세력을 정복했으며 북방의 고구려를 밀어냈다. 국경을 정돈한 뒤로는 다시 내치에 힘을 쏟아 전국의 성벽을 개수하고 하천을 치수하였으며 외교에도 힘을 쏟아 동진(晉), 신라, 가야로 이어지는 남방 동맹은 굳건하기만 했다. 그야말로 태평성대를 이룩해낸, 아비로부터 이대에 이은 걸출한 군주.

그럼에도 그의 생일을 기한 잔치는 검소하고 단출했다. 색색을 더해줄 무희도 보이질 않았으며 당연하게 들려와야 할 풍악도 울리지 않았다. 빈객을 위해 내온 주반에는 국밥 한 그릇과 간소한 주과만이 담겨 있었으며 술조차 석 잔 이상을 내어주지 않았다.

"술과 무희로 뭇 세력가의 마음을 사야만 한다면 그는 이미 몰락한 왕이다."

모두가 자리한 가운데 부여수의 단단한 주먹이 술잔을 쥔 채 쭉 뻗어 나왔다.

"과거 선왕 폐하와 나는 가슴에 품은 뜻으로 그대들의 마음을 샀다. 그리고 그 뜻은 지금 그대들의 눈앞에 펼쳐져 있다. 보라, 오늘의 백제를. 이 강대한 백제를!"

"와아아!"

"이제는 돌려줄 차례다. 백제가 얻은 결실을 나는 만백성과 함께할 것이다. 국고를 열어 빈민을 돌보고 병사를 돌려보내 농사를 장려하리라. 모두가 풍족하여 남보다 못하고 나음이 없이 모두가 형제처럼 살게 하리라. 태평성대, 이제는 백제의 태평성대가 열리리라. 또한! 또한 나의 태자가 그러하리라! 그의 대에 이르러도 만백성이 모두 흥에 겨워 춤을 추며 노래할 것이다."

우레와 같은 박수와 만세가 이어졌다. 이어 하늘거리는 옷을 입은 무희 대신 머리끈을 질끈 동여맨 두 명의 무사, 위풍당당한 태자와 그의 상대가 양편에서 목검을 쥔 채 걸어 나왔다. 부여수를 향해 큰절을 올린 그들은 곧 서로 목검을 마주치며 겨룸을 시작했고 하늘을 날 듯 허공에 몸을 뒤집으며 대련을 시작한 그들에게 자리한 온 신하가 눈길을 빼앗겼다.

"참으로 걸출한 군주시지."

그리고 한쪽 구석진 자리에서 반상 위에 턱을 괴고 앉은 평범한 외모의 사내가 그리 혼잣말을 중얼거리며 연신 신하들의 얼굴을 살피고 있었다.

"감히 불만을 품은 신하가 있어서는 안 된단 말이야."

우치였다. 누구 하나 놓치지 않겠다는 듯 하나하나의 안색을 진득하니 살피던 그는 몇 명인가의 표정을 헤아리다가는 슬쩍 고개를 끄덕이기를 몇 번 반복했다. 그러던 중 부여수와 눈이 마주친 그는 얼른 눈을 내리깔며 고개를 숙였다. 부여수의 강렬한 눈은 뚫어져라 그를 바라보고 있었고 우치는 감히 고개를 들지 못한 채 다과를 몇 개 집어 먹는 척 시늉하였다.

'뱀 같은 놈.'

마치 그런 말을 하듯 입술을 비틀며 그를 응시하던 부여수는 곧 대련이 끝났음을 알리는 징 소리가 들리자 승자를 향해 눈길을 옮겼다.

"태자 전하의 승리이옵니다!"

승리를 거두고 늠름하게 선 태자를 보자 불쾌하기만 했던 부여수의 얼굴이 한껏 기쁨으로 차올랐다. 그는 직접 의자에서 걸어 내려와 태자의 등을 두드려주곤 한쪽 손을 잡아 번쩍 들어 올렸다.

"훌륭하다. 그만한 실력을 쌓으려면 매일 혹독한 수련을 거듭했을 터. 태자는 어째서 그리도 열심히 무예를 수련하였느냐? 무엇이 너를 그리 정진케 하였느냐?"

"오로지 하나입니다. 백성을 뒤에, 왕가가 앞에. 높은 자리에 있을수록 선봉에 서야 한다는 일념뿐이었사옵니다."

다시 한번 우레와 같은 박수가 일었다. 부여수와 태자는 그야말로 장부의 본이 무엇인지를 보여주듯 당당하게 양팔을 높이 든 채 환호를 만끽했다.

"보아라! 오늘의 백제는 내일에도 한결같으리라!"

그리 외치는 중에도 부여수의 눈길은 잠시 우치가 있던 자리를 훑었다. 말직의 이름 모를 신하와 술잔을 부딪치면서 얼굴에 한껏 웃음을 자아내는 우치의 모습을 잠깐 따라가던 부여수는 곧 그 불쾌함을 털어내듯 고개를 흔들곤 저를 꼭 닮은 태자를 환호 속에 꽉 부둥켜안았다.

"요하에는 무슨 특별한 것이 있습니까?"

"음. 아, 그래요. 진(秦)장 모용수가 있습니다. 그가 요동 땅으로 부임했지요. 아무래도 고구려와의 국경에서 고구려가 함부로 준동치 못하도록……."

잔치가 끝난 뒤, 우치는 몇몇 신하들의 집을 방문하고 있었다. 그리고 신하들을 마주칠 적마다 같은 질문을 던졌다.

"요하에는 무엇이 있습니까?"

"요하요? 음, 가축 몰고 다니는 여러 야만스러운 부족이 있지요. 왕자께서 관심이 있으시다면 잘 아는 사람을 따로 불러다가 말씀을 올리게 하겠습니다."

신하들은 뜬금없는 질문이지만 왕자인 우치에게 나름 성의 있는 대답들을 해왔고 우치는 그들의 대답을 들을 때마다 아, 하는 소리와 함께 손뼉을 치고는 고개를 깊이 숙여 인사를 남기고 나왔다. 한량으로 찍힌 그가 공부하는 척 치레하고 다니는 것이겠거니, 여긴 신하들은 그저 어깨를 으쓱거리며 웃을 뿐이었다.

"요하에는 무엇이 있습니까?"

네다섯 번의 방문 끝에 우치는 처음으로 다른 반응을 보이는 이를 만날 수 있었다. 옛 삼한시절부터 그 땅에 뿌리박은 가문인 목(木)씨의 수장, 관직에서는 물러났으나 높이 달솔의 관등에 있는 목안지라는 노인이었다. 우치와 제법 면식이 있는 그는 반갑게 우치를 맞이했지만 이어진 질문에는 불편한 낯을 보이며 입을 다물어버렸다. 뿐만 아니라 곧 고개를 돌려버리고는 축객의 뜻을 보였다.

"이 늙은이가 오늘은 몸이 편하지 않소이다."

그러나 우치는 일어서지 않았다. 오히려 목안지를 관찰하듯 찬찬히 바라보고 있을 뿐이었다. 우치의 무엇이 그렇게 심기를 건드리는지 목안지는 내내 불편한 기색을 감추지 못했고 이를 마주하는 우치의 얼굴에는 점차 흐릿한 미소가 피어오르다 이내 흐드러져 만개했다.

"왕자께서 내게 바라시는 게 있구려. 그러나 나는 새 시대를 생각할 나이가 아니외다."

"무슨 말씀이십니까. 저는 다만 요하에 무엇이 있는지를 여쭈었습니다."

우치는 은근한 목소리로 말을 이었다.

"그러나 노선생께서 다른 곳에 생각이 닿으셨다면 그 또한 흥미로운 일이지요."

"왕자. 이 나이쯤 되면 내일 아침 반상의 반찬이나 생각할 뿐이오."

"그렇습니까?"

천년만년 앉아있을 것만 같던 우치는 이번에는 의외로 선선히 고개를 끄덕이다 이내 작별을 표하며 자리에서 일어섰다. 목안지는 바로 따라 일어서지 않고 앉은 채로 우치의 뒤통수에 시선을 주고 있다가 그가 막 방문을 나설 때가 되어서 무거운 목소리를 내었다.

"왕자."

"예?"

"그저 흐르는 세상에 묻어 사는 것은 어떻겠소."

"예전 일이 기억나는군요."

"예전?"

"과거, 제가 논공행상에서 쫓겨났을 적에, 부왕 전하가 두려운 만신이 모두 저를 외면했을 적에 오로지 선생께서는 성문 십 리 밖까지 나와 저를 배웅하셨습니다. 한마디 말씀 없이 제 손을 꼭 잡으셨었지요."

"……."

"그때의 용기, 저는 진정으로 감사하고 있습니다."

우치는 다시 목안지를 향해 양손을 모으고 고개를 깊이 숙이며 인사했다. 두 눈길이 잠시 얽혀들었고 우치는 다만 빙긋이 웃으며 등을 돌렸다. 그러나 목안지의 표정은 그렇지 못했다. 이런저런 상념이 얽혀든 듯 눈을 꾹 눌러 감고 턱을 씰룩거리던 그는 결국 나가려는 우치를 다시 한번 불러 붙잡았다.

"왕자. 어째서 나의 양심을 건드리는 거요."

"……?"

"왜 왕자인 것이오. 그 물음을 던져오는 것이 어째서 대왕 전하도, 태자 전하도, 나라의 장수도, 하물며 일개 병사도 아닌 하필 왕자인 것이오. 그 누구의 물음이었어도 나는 질문을 빙자한 그 밝은 눈길에, 웅대한 의지에 기뻐 감탄하며 함께 백제의 내일을 밤새도록 떠들었을 것인데. 어째서."

"나는 왜 안 됩니까?"

"왕자는, 왕자의 그 질문은 신료 사이의 분파(分派)를 꾀하고 있소. 그것은 누구의 입에서 나온들 백제의 어제와 내일을 관통하는 외침이지만 오직 낙오된 왕자의, 지금 당신의 입에서 나오면 백제의 분열을 꾀하는 교활한 정략이 되어버리지. 나는 왕자께서 큰 재목임을 알고 처우가 부당함이 안타깝지만 그보다는 백제가 먼저요. 당장 왕자를 발고(發告)하지 않는 것만도 나는."

"너무나 무서운 말씀을 하십니다."

"내가 틀렸소? 지나친 것이오?"

"글쎄요. 선생. 아직 저는 제 질문의 답을 듣지도 못했습니다만."

여전 등 돌린 채 묘한 각도로, 애매한 고갯짓을 보이며 우치는 답했고 목안지는 한참이나 그런 우치의 뒤통수를 노려보다가 결국 한숨을 쉬어버렸다. 그러고는 앉은 자세를 바로잡으며 천천히 입술을 떼었다.

"좋소. 대답하지. 요하에 무엇이 있는가 물으셨소? 요하란 요동과 요서를 아울러 수많은 산과 수많은 벌판, 수많은 족속을 모두 품은 이름이오. 수십 수백만의 젖줄이며 그들의 기나긴 역사가 새겨진 땅이지. 열 날을 떠들어도 다 못 헤아릴 만치 많은 것이 있건만 구태여 하나를 가리켜 묻는다면 그 의도는 빤한 것이오. 그 전부를 관통하는 특별한 하나가 그곳에 있으니까."

"특별한 하나라."

"너무나 특별하지. 고구려 고구부가 우리 백제의 선왕, 초고대왕께 무슨 밀약을 건넸었는지, 진(晉)을 온몸으로 떠받치던 최비가 어째서 장안을 떠났었는지, 연(燕)나라 모용황은 왜 고구려 환도성을 함락하고도 그저 요하로 돌아갔는지. 그 모든 역사의 의문을 단 한마디로 대답할 수 있으니까."

"하하. 참으로 거창한 말씀입니다. 그 답이 대체 무엇이기에?"

"왕자는 더 이상 나를 시험하지 않아도 좋소. 나는 낡고 늙은 사람이라 이 시대를 휩쓴 전화(戰火)가 어디서 비롯되었는지를 잘 기억하니까. 요하에 무엇이 있느냐고? 간단하오. 간단히 대답할 수 있어. 천하. 그곳에는 천하의 혈맥이 있소. 미처 날뛰는 이 시대의 천하를 잡아채기 위해서는 반드시 눌러야만 하는 혈맥이 그곳에 있단 말이오."

묘하게 흥분한 투의 말을 들으며 우치는 보이지 않는 얼굴에 진한 웃음을 떠올렸다.

"거기 천하의 혈맥이 있다? 대체 무엇이 있기에?"

"왕자는 그만 시치미를 떼시오. 낙랑! 요하엔 낙랑이 있고 당신은 그것을 물었소!"

목안지는 그 두 글자에 온 가슴의 숨을 담아 토해냈다. 마치

추임새를 넣듯 매번 웃으며 맞장구를 치던 우치도 이번에는 표정을 가라앉히며 침묵을 지켰고 그런 그의 뒤통수를 뚫어져라 노려보던 목안지는 곧 다음 말을 이었다.

"천하 전란의 근원은 요하의 족속들이지. 백제가 밀면 고구려가 밀려나고 고구려가 밀면 흉노가 밀려나고 흉노가 밀면 선비가 밀려나고 선비가 밀면 숙신이 밀려나고 숙신이 밀면 거란이 밀려나게 되어있소. 그 밀려난 자들은 북상(北上)하고 서진(西進)하고 남하(南下)하여 사방 온 대륙을 짓밟지. 그들의 중심에 요하가, 요하의 한 중심에 낙랑이 있소."

"……."

"수백 년 역사에 한 번도 어긋난 적이 없소. 힘을 얻은 족속, 힘을 얻으려는 족속은 마침내 낙랑으로 들어갔소. 고구려도, 거란도, 흉노도, 말갈도, 선비도, 모두가 항상 요하로 돌아가 낙랑을 때리고 다른 족속을 밀어냈소. 전란의 원흉들 모두가 그래왔소."

"허."

"과거 최비는 천하 수복을 위해 장안으로 가는 대신 낙랑으로 갔었소. 연(燕) 모용황은 고구려를 깨트려 환도성까지 함락하고서도 낙랑만을 가졌소. 최근 고구려는 두터운 우의를 자랑하던 진(秦)과의 동맹을 깨트리고 요동을 때렸지. 이제는 진(秦) 제일의 장군이라는 모용수가 요하로 갔소. 북방의 모두는 요하로, 낙랑으로 가는 것이오. 왜? 낙랑은 북방족 모두의 고향이고 성지(聖地)니까. 천하를 꿈꾸는 그들 모두가 낙랑을 다투니까. 낙랑을 누른다는 것은 그들 모두를 누르고 위에 선다는 뜻이니까."

긴 이야기를 한순간에 토해내며 숨까지 거칠어진 목안지를 두고 우치는 또다시 그 애매한 고갯짓을 보였다. 맞다고도, 틀리다고도 대답하지 않은 채 가만히 몇 번 고개를 끄덕이던 그는 그제야 다시 등을 돌려 목안지를 바라보았다. 그러고는 여전 웃음기를 머문 천진하기 그지없는 얼굴로 물었다.

"북방의 모두가 낙랑을 다툰다. 그렇군요. 좋은 가르침이십니다, 노선생. 잘 알아들었습니다. 그러나 가장 중요한 것은 대답하지 않으셨어요. 어째서 나만은 이것을 물으면 안 되는 것이지요? 왜 누가 물어도 좋은 이 훌륭한 헤아림을 오직 나만은 물으면 안 되는 것인지요?"

"당신은 백제의 두 번째 왕자니까. 백제의."

"백제요."

"그렇소. 백제. 불과 얼마 전까지 우리 백제도 그 요하를 다투었소. 그러나 끝없는 전란에 지치고 겁먹은 우리는 그 땅과 백성을 갈라 던지며 뱃길로 도망했지. 도망쳐 외진 동남방 끝자락의 온순한 족속들을 집어삼키고 기름진 땅을 빼앗아 세력을 한참 키워냈소. 남방의 하늘이라. 후후. 욱리하(郁里河:

한강)에 진출하는 것을 필생의 목표로 잡고 고구려가 요하에 진출할 적마다 그 등 뒤를 노리는 웃기는 꼬락서니가 되었을 뿐이야. 땅끝 모서리에 등 댄 채 졸개들 사이서 왕 놀음을 벌이는 꼴이."

목안지는 코웃음을 치며 비웃듯 말했고 우치는 재미있는지 손뼉을 마주쳤다.

"그렇습니까? 하하, 참으로 그렇습니다."

"왕자는 신료들을 찾아다니며 이 일련의 배경을 물었소. 요하에 무엇이 있는지, 왜 모두는 요하로 가는지, 실은 우리 백제도 그 땅에 있었음을 아는지, 향후 누가 요하의 패자가 될 것인지, 우리 백제는 과연 이렇게 땅끝 구석에 주저앉아 우물 안 개구리로 만족할 것인지, 그런 것들을 알고 생각하고 있는지 물었소. 안다면 입을 열라며, 백제의 앞날을 함께 걱정하고 이끌자며 왕자는 제신을 종용한 것이오. 바로 그 질문을 통해!"

"그랬군요? 내가 그랬어요!"

목안지는 어느새 얼굴이 붉어지고 입술이 메말라 있었다. 격정이 차오르는 듯 숨을 한 번 크게 들이켠 그는 외치듯 말을 이었다.

"우리 백제의 대왕 전하께서는 지금에 한껏 만족하여 농사의 장려를 천명하셨소. 병(兵)을 줄이고 빈민에 땅과 농기구

232

를 주며 풍작을 기원하라 하셨지. 왕자의 질문은 그에 대한 강력한 항의요. 천하의 제왕에 가장 가까이 다가간 부견, 군신(軍神)이라 일컫는 모용수, 부처의 현신이라는 고구부, 그런 무섭고 거대한 자들이 요하를, 천하를 무대로 온갖 이해를 다투며 천년대계를 쌓고 있건만 고작 연회에서 목검 쥔 대련극이나 선보이는 태자가, 왕이 앞장서서 농사를 외치는 백제가 가당키나 한지 묻고 있는 것이오. 어째서 이 혼란의 시대에 우리 백제도 다시 북진(北進)하여 요하의 한 자락을 콱 움켜잡고 일어설 생각을 않는지, 그저 바람이 부는 대로 날리고 물길이 흐르는 대로 쓸리려는 이유가 무엇인지! 백제는 어째서 천하의 패권을 외면하고 마냥 도망하려는지, 왕자는 호통을 치고 있는 것이란 말이오. 뜻있는 자는 나서라고! 나서서 대왕과 태자가 아닌 당신의 손을 잡으라고 외치고 있단 말이오. 다시 한번 요하로! 낙랑으로 가자고! 왕자는!"

"거기까지가 좋겠습니다."

흥분해 저도 모르게 목소리가 높아졌던 목안지가 흠칫 입을 다물었다. 우치는 환하게 웃고 있었다.

"노선생께서 반절은 맞고 반절은 틀리셨어요."

"틀렸다 하셨소."

"예. 저는 뜻이 맞는 신하를 가려 모아 백제의 분파를 꾀하는 것이 아니라 바로 선생처럼 높은 견해를 가진 명신을 찾고 있었답니다. 큰 뜻을 빙자하여 참람한 계략을 품고 제 세력을 모으는 것이 아니라 오히려 참된 명신을 찾아 형님 태자께 힘을 모아드리려는 것이니 위험한 말씀은 거기까지만 하심이 좋겠습니다."

"아니."

"저는 대왕 전하와 태자 전하를 무척이나 좋아해요. 백제를 사랑하는 만큼이나 그렇습니다. 슬프게도 대왕께서 저를 멀리하시니 이렇게나마 도움이 되고자 인재를 찾고 있는 것이지요. 제 사리사욕이나 백제의 분열 같은 것은 상상도 하지 않아요."

"……."

"실은 뭇 사람의 식견을 듣고자 준비한 별 뜻 없는 질문이었거늘 그리 깊은 의미가 담겼을 줄은 미처 몰랐습니다. 들을수록 한 자 한 자 높기만 한 안목이라 이 아둔한 우치는 너무나 즐겁군요. 또 한편으론 앞으로의 천하가 두렵습니다. 선생, 부디 형님 태자의 스승이 되어 도와주세요. 백제를 위하여 오늘 같은 말씀을 형님께도 들려주십시오. 제가 형님께서 따로 한번 찾아뵙도록 일러두겠습니다."

"왕자."

"아니요. 노선생, 여기까지가 딱 좋습니다."

우치의 눈빛이 어딘지 모르게 섬뜩하게 빛나고 순간 목안지는 입을 다물었다. 대화가 이렇게 흐르니 역심이란 도리어 목안지가 온통 내보인 꼴이었다. 뜨겁게 달아올랐던 열이 일순간에 식어버린 목안지는 멍하고 허탈한 표정이 되어 우치의 발치를 바라보다 한두 번 투미하게 고개를 끄덕일 뿐이었다. 환하게 웃으며 그런 그를 바라보던 우치는 다시 한번 깊숙이 고개를 숙이며 절하듯 공손한 인사를 표하고 방을 나섰다.

"진 장군."

백제 제일의 세력가로 대대로 왕후를 배출한 진(眞)씨 가문의 인물, 아직 스물가량의 젊은 장수였으나 벌써부터 다음 대의 병관좌평(兵官佐平)으로 낙점되어 있는 유망한 장수였다. 왕과 태자가 가장 신임하는 진가모(眞嘉謨)라는 이름을 가진 이 뛰어난 무장은 갑자기 나타난 우치를 보자 떨떠름하기 그지없는 얼굴이 되어 마지못한 인사를 건넸다.

"왕자 전하께서 오셨습니까."

"내년 초에 즈음하여 고구려의 도압성(都押成)으로 유람을 한번 다녀오시지요."

"적지에 유람이라니요."

"삼사월이면 좋은 경관을 즐길 수 있겠지요."

"좋은 경관이요?"

"세상에는 여러 운치가 있어요. 꼭 산수(山水)의 푸름만이 즐거움이겠습니까."

알 수 없는 말에 건성으로만 대답하던 진가모는 일순간 정
색하며 가늘게 뜬 눈으로 우치를 쏘아보았다.

"고구려 정벌을 말씀하십니까."

우치는 답하는 대신 빙그레 웃었다.

"어찌 나라의 대계를 왕자께서 사사로이 말씀하십니까. 전
하께서 일전 나를 태자 전하께 천거한 것은 감사한 일이나 나
는 오직 나라에 몸 바칠 뿐 교활한 궁중 정략 따위에 얽히고
싶지 않습니다."

"하하, 그렇습니까. 일전에 내가 운이 좋아 한 번 공을 세운
뒤로는 어째 모두가 나를 경계하는 것 같습니다. 나는 그때나
지금이나 어리석은 우치(愚癡)일 뿐인데."

"나는 그 허울을 믿지 않습니다. 도리어 그 허울 때문에 왕
자 전하를 경계하고 또 경계할 뿐입니다."

"어째 오늘은 장군께서 나를 특히 의심하십니다."

"왕자께서 근 삼 년간 태자 전하께 천거한 인물이 서른이 넘
습니다. 세월이 흘러 이제 보니 정말로 모두가 백제의 뛰어난
인재요 식견 높은 명사들이더군요. 왕자께서는 그리 날카로
운 안목을 지니고서도 한량을 가장한 채 단 한 명 당신의 사람
으로 거두지 않고 모두 태자께 천거하였습니다."

"내게 사리사욕이 없음을 칭찬하는 것입니까?"

우치는 웃으며 손을 내밀었지만 진가모는 맞잡지 않았다.

"그 얼마나 독하고 무서운 계략이었는지 세 해가 지나고서야 알았습니다. 지금 그 아까운 인재 모두가 태자 전하의 자택에 머물러 허송세월하며 밥과 술만 축내고 있습니다. 갑갑한 속에 천불이 쌓이고 있다는 말입니다."

"안타까운 일이군요."

"실력이 있는 자는 그 실력이 제대로 쓰이기를 원합니다. 허나 그만치 많은 인재들을 모두 제대로 부리는 역량이란 그야말로 천하 제왕의 그릇. 범부의 그릇에 담을 명신은 한둘이면 족합니다. 과하면 그릇은 깨어집니다. 제대로 쓰이지 못하는 인재는 불만을 품고 다른 생각을 하게 마련이니까."

"호오. 그렇습니까?"

"그리 썩어가던 인재들은 장차 다른 곳을 바라보겠지요. 마침 딱 좋은 사람이 있으니까. 한량을 가장한 채 뛰어난 계략을 부리며 백제의 전반에서 암약(暗躍)하는, 그것도 본인들의 비범함을 직접 알아보고 천거했던 왕자 전하 말입니다. 틀립니까? 전하, 이 진가모는 그리 녹록하지 않습니다."

"하하, 내가 태자 전하께 일부러 재능 있는 이들을 천거하여 절로 역심을 품게 만든다는 말씀입니까. 진 장군, 지나친 결벽이에요. 너무 많이 가셨습니다. 하지만 그 사려 깊음이란 역시 훌륭하기만 합니다."

"나는 나의 생각에 확신이 있습니다."

"다 좋습니다만 장군, 나는 도리어 장군이 태자 전하의 그릇을 폄훼하고 있다는 생각이 듭니다. 그쯤 해두어요."

"왕자께서 지금 충신을 모함하는 것입니까?"

"진 장군은 충신, 나는 역적이군요. 무척 서운하지만 그래도 나는 스스로를 충신이라 말하는 진 장군이 좋아요. 하지만 장군, 진정 충신이라면 말뿐이 아니라 형님 태자를 위해 공을 세워야지요. 장군이 공을 세우고 그를 바탕으로 형님이 커야 그 수많은 인재도 쓰이고, 나 같은 역적도 설 자리가 없어지고, 그렇지 않겠습니까."

"……."

"다녀오세요. 백제와 태자 전하를 위해서."

잠시 멈칫한 진가모는 우치를 쏘아보며 뱉듯이 말했다.

"고작 폐선 서른 척으로 온 고구려를 손에 쥐고 흔든 왕자 전하께서 그리도 거듭 권하시니, 있어도 분명 무엇이 있겠지요. 좋습니다. 그 정벌, 가겠습니다."

"잘 생각하셨습니다."

"그러나 나의 공은 온전히 태자 전하께 바쳐질 것입니다. 왕자 전하의 지략이 놀라우면 놀라울수록 나는 거기 탄복하기보다 더욱 의심하고 경계할 것입니다. 내 충심은 결코, 하늘이 무너진대도 흔들리지 않을 것이란 말입니다. 잘 아시겠습니까?"

"장군, 장군은 대체 나를 비난하는 것입니까? 아니면 높이 사는 것입니까? 방금 말씀은 내게 하는 경고입니까? 아니면 스스로 하는 다짐입니까?"

일순 진가모는 입을 다물어버렸다. 그러고는 타는 눈빛으로 우치를 노려볼 뿐이었다.

"하하, 나는 그냥 게으르고 어리석은 우치일 뿐입니다."

우치는 그저 연신 웃으며 자리를 떠났다.

연회가 끝나고 우치가 제 임지로 돌아간 며칠 뒤, 목안지의 사택에는 그야말로 호화로운 인재의 행렬이 도착하고 있었다. 젊고 유망한 장수들의 진두 호위가 있었고 유능하다 소문난 재사들의 무리가 그 뒤를 이었으며 그 마지막에는 높은 가마에 오른 태자가 있었다. 하나하나가 백제의 앞날을 이끌어 갈 소중한 인재들, 그야말로 앞날의 백제가 한곳에 다 뭉쳐있는 것이나 다를 바가 없는 위풍당당한 행렬이었다.

"목 선생, 명성을 듣고 모시러 왔소이다."

대문에 이르러 가마에서 내린 채 기다리던 태자는 먼저 두 손을 내밀어 목안지의 손을 잡았다. 공손하면서도 또한 당당한 대장부의 모습이었다.

"부디 백제의 앞날을 위해 지혜를 빌려주시오."

"신하 된 도리로 오라 부르시면 달려갈 것을, 이 늙은이를 몸소 찾아오셨습니까."

"스승을 모시는 길을 어찌 함부로 하겠소."

"전하의 곁에 이토록 많은 재사가 있거늘 늙은이가 쓸모나 있겠습니까."

"수많은 별이 빛나도 가장 빛나는 별이 있게 마련이오. 나는 이 모두 중에서도 목 선생을 가장 높이 모시고 싶소."

또한 지극한 예로 맞이하여 태자와 시선을 맞추던 목안지는 문득 태자의 뒤에 죽 둘러있는 재사들로 눈길을 옮겼다. 벌써 사방에 이름을 알린 자들, 아직 출세하지 못했으나 얼굴 가득 재기를 뽐내는 자들, 누구 하나 가볍고 얕은 얼굴이 없는 인물들이었으나 지금 그들은 오로지 태자의 빛바랜 병풍이 되어 있을 뿐이었다. 하나하나의 메마른 면면을 주의 깊게 살피며 허허, 웃던 목안지는 이윽고 천천히 입을 열어 태자에게 질문을 던졌다.

"전하."

그러나 태자를 바라보고 있음에도 초점이 태자에게 모여 있지 않았다. 태자의 어깨를 타고 넘어 어딘가로 흘러버린, 누구에게 묻는지 모를 질문이 허공에 떠돌았다.

"요하에는 무엇이 있습니까?"

순간 몇몇 재사들의 눈길이 홀린 듯 목안지를 향했다. 멀거니 섰던 주위 나머지 재사들도 곧 반수 이상이 눈을 치켜떴다. 입을 닫아버린 태자를 제외한 동요가 차츰 그들 전체에 퍼졌다. 질문을 던진 목안지는 저 멀리 하늘 어딘가에 시선을 던져버렸고 태자는 한참 후 입을 열어 무어라 답을 해왔다.

"요하라, 먼 땅이군요. 분쟁이 가끔 있다고는 하는데 고구려나 진(秦), 몇몇 다른 족속들 사이의 일이고, 어쨌거나 감히 그들이 백제를 넘본다면 나는 능히 적도를 제압할 자신이……."

주절주절 긴 답변이 끝나길 기다렸다 묵묵히 고개를 끄덕인 목안지는 곧 태자가 준비한 가마에 올랐다. 행렬은 다시 출발했고 한가운데서 높이 몸을 누인 태자를 제외한 모든 인물들은 굳은 얼굴로 생각에 빠져있었다. 입술을 잘근 씹으며 때로는 먼 곳 어딘가를, 때로는 서로의 얼굴을 잠깐씩 바라보며 오직 태자 한 사람만이 즐거운 가운데 그들은 무겁고 불편한 걸음을 옮겼다.

"묘한 일이지요. 목 선생, 나의 많은 재사들이 요즘 자꾸 이상한 이야기를 한단 말이오. 곧 천하에 큰 변화가 있을 것 같다고. 새 시대라던가, 그런 말도 자주 하고. 이유를 물어보면 또 그냥 직감, 뭐 그런 거라고 얼버무린단 말이야. 한둘도 아니고 이 사람들이 무슨 바람이 불었는지……."

"대왕 전하와 태자께서 계신 백제는 그저 튼튼하기만 할 것입니다. 쓸데없는 심려는 마십시오. 그저 잘 지키고 보살피어

후대에 온전히 넘겨주시는 것이야말로 아름다운 일이 아닐지요."

같은 곳으로 걷고 있었으나 태자를 제외한 모두가 다른 곳을 보고 있었으니 한 사람을 제외한 그 자리의 모두가 백제에 새로이 떠오를 태양을 직감하고 있었다. 여태 백제가 가져보지 못한 기이한 종류의 인간상. 마치 고구려의 누군가를 닮은 신출귀몰한 책사.

"부왕 전하건, 고구부건, 할 일이 많은 사람들입니다. 참된 군주를 꿈꾸는 사람들, 제 백성에 책임을 가진 사람들이지요. 나는 다릅니다. 나는 그냥 싸움을 많이 이겨서 넓은 땅과 군사를 가지고 싶어요. 그들의 왕도(王道)란 대체 무엇이 그리 복잡합니까? 그리 할 일이 많은데 나와 싸움이 되겠습니까?"

"장차 동서로 다툴 천하가 보이는군요. 서쪽의 왕은 부견입니까? 아니면 모용수입니까? 누가 될지 모르겠습니다. 동쪽의 왕은 확실한데 말이지요."

게으르고 어리석은 백제의 왕자가 엉망진창으로 술에 취해 제집 마당의 나무에 대고 떠드는 소리였다.

큰일에 쓰일 칼

거란에 성을 내어준 뒤로 다섯 해가 되는, 아직 소수림왕 12년의 가을.

하남(河南) 안양현(安陽縣)의 홍강(洪江)을 끼고 자리한 어느 고즈넉한 정자에는 해 지는 모양을 찬찬히 바라보는 중년 사내가 있었다. 넉넉한 무명 백의를 길게 펼치고 가슴을 편 채 비스듬히 고개를 뒤로 젖힌 그는 무엇이 그리 좋은지 나이답잖은 맑은 얼굴에다 기분 좋은 미소를 한껏 머금은 채 한 잔 따른 향 좋은 술과 경치를 즐겼다. 어디 격조 높은 집안의 점잖은 선비가 즐길 법한 망중한의 모습, 술 한 잔을 다 비워내며 그는 조용히 혼잣말을 읊조렸다.

"다섯 해. 참 오랜 세월이 지나서야 결국 닿았다."

그리 여유와 경치를 즐기는 것만 같던 그는 술 한 잔을 다 비우고는 정자의 난간에 걸터앉았다. 나이답지 않고 선비답지 않은 모양새로 양발을 흔들거리던 그는 갑자기 어흥! 소리를 내며 정자 밖으로 지나는 아이를 놀래켜기도, 아무 까닭 없이 은붙이를 꺼내선 지나는 사내에게 휙 던져주기도 하는 둥

하릴없는 망동을 부리다가는 이내 스륵 돌아 정자에 대자로 누워버렸다.

"결국 이 신선께서 귀신의 힘에 닿았단 말이야."

그리 감회에 찬 혼잣말을 중얼거리고는 눈을 감아버렸다.

그리고 정자에서 서른 걸음 남짓 떨어진 곳에는 단정한 학사의를 걸친 사내가 몸을 반쯤 숨긴 채 그 꼴을 지켜보다 비웃음을 지었다. 신선, 귀신, 그런 단어를 한 번 뒤따라 중얼거린 그는 이를 악물며 정자의 중년을 노려보았다.

백동.

건업에 머무르며 오직 서책에만 파묻혔던 그는 제 스승 사안이 벌써 다섯 해 전부터 마음의 병을 얻었음을 알고 있었다. 닭 우는 소리 전에 일어나 정사(政事)를 간하고 병법을 논하며 하루 다섯 권의 책을 읽고 열 명의 손님을 맞이하던 그 위대한 선비는 이제 사흘에 이틀 밤을 뜬눈으로 지새우며 세 번 낮잠을 졸고 한 끼의 식사만을 하고 있었다. 책을 읽기는커녕 찾아오는 객조차 열 마디 대화를 나누지 않고 돌려보내기 일쑤였다. 그리고 백동은 그 실의(失意)가 어디서 비롯되었는지 정확하게 기억하고 있었다.

'그는 고구려 군사를 돌려보내고 되레 거란에 세 개 성을 내주었습니다.'

매번 구부의 소식을 들을 때마다 동요를 금치 못하던 사안은 그 괴상한 소식을 듣고서 뜻 모를 외침을 토하며 손에 든 찻잔을 마당에 내던져 버렸었다. 이유를 물어도 답이 없고 눈치를 살펴도 반응이 없이 그저 우두커니 서있기를 꼬박 하루, 이후로 가까운 사람까지 모두 물리치고 방 안에 틀어박혀 두문불출하니 그로부터 사람이 완전히 변해버린 것이었다.

'비용은, 인부는, 선비는! 언제 다 준비가 된단 말이냐!'

오로지 천도(遷都), 호남(湖南)의 대룡(大庸)에 새로운 도성을 만들겠다는 그 계획만을 필생의 사력으로 붙들고 늘어지며 어떤 일에도 관심을 끊은 채 침잠하기를 다섯 해, 동진(晉)의 기둥이자 천하 선비의 하늘이었던 그는 점차 빛을 잃고 스러져가고 있었다.

"고구부."

백동은 증오가 가득한 눈으로 정자의 중년, 틀림없는 고구려의 태왕 고구부를 노려보며 이를 악물고 들리지 않는 소리를 내었다.

"큰일. 큰일에 쓰일 칼. 나는 내가 어디에 쓰여야만 하는지 확실히 깨우쳤다."

길가의 초옥에 반쯤 숨겼던 몸을 드러내며 백동은 천천히 정자를 향해 걸었다. 품에 손을 찔러 넣어 깊이 숨긴 날붙이를 확인한 그는 불과 서른 걸음 남짓한 그 거리를 걸어가며 천 가지 잡념을 하나씩 빠르게 지워나갔다. 경망된 구부의 장난질과 몸가짐을 보며 확신을 얻고 의심을 떨치기를 거듭, 그간 들어온 구부의 혹세무민으로 가득 찬 요설들을 밀어내고 한(漢)인 스승들의 근엄하고 엄정한 가르침들을 채워냈다.

'원양이사(原壤夷俟).'

백동은 구부가 앉아 노닥거리는 자세를 보며 논어의 구절을 떠올렸다. 옛 친구 원양을 만난 공자는 그가 이(夷)족, 야만족의 자세로 기다리는 모습을 보고 지팡이로 후려쳤더랬다. 야만을 물리친다. 학문. 유학(儒學). 공자(孔子). 제 삶을 일깨워내고 지배하는 그 위대한 진리들로 몸과 머리를 씻어내고 다스리며 백동은 곧 정자에 다다랐다. 대자로 누운 구부는 아직 백동의 기척을 듣지 못했고 불과 네다섯 걸음을 남겨놓은 백동은 제자리에 서서 구부에게 던질 마지막 순간의 말을 골랐다.

'당신은 어째서 성현(聖賢)을 욕보이려 하는가.'

그러나 백동은 고개를 저었다. 고고한 선비의 세상 어디에도 더러운 죄를 묻히지 않고 구부를 찌르거든 스스로의 목도 찔러 자진할 각오였다. 그런 마지막 순간에, 저 천하 난신적자의 우두머리와 본인이 최후를 맞이하는 순간에 던져지기에 그것은 너무나 평범하고 모호한, 선비의 드높은 자존심에 어울릴 수 없는 질문이었다.

'학문을 더럽힌 죄를 물어, 천하를 어지럽힌 죄를 물어, 학

난(學亂)의 근원을 예방하려.'

수십 가지 말을 떠올렸으나 백동은 머리에 담기조차 부끄럽다는 듯 그것들을 털어냈다. 눈앞의 인물이 장차 벌일 죄를 예단(豫斷)하여 처단하리라는 고귀한 정의에도, 훈계와 단죄의 외침에도 격이 맞지 않는 말들이었다. 백동은 선비였다. 선비에게는 이치와 도리가 필요했고 신념이 필요했으며 그 무엇보다 스스로를 높이 여길 자존심이 필요했다. 구실. 구실이 필요했다. 이 순간에 무슨 외침을 내야 하는가, 무슨 꾸짖음으로 벌을 내려야 하는가. 그 거듭되는 고민을 해결하지 못하는 사이 대자로 누워있던 구부는 나른한 얼굴로 눈을 떴다.

"아, 백 학사가 아닌가."

잠깐 미간을 찌푸렸던 구부는 백동을 알아보고 누운 채로 반가운 인사를 건넸다. 그리고 너무나도 태평하고 자연스러운 태도에 잠깐 어색한 침묵이 흐르자 무슨 말이든 꺼내놓으려 열린 백동의 입은 기어이 기억의 깊은 곳에 있는 편린 하나를 찾아 흘려냈다.

"논어(論語)에는 주감어이대 욱욱호문재 오종주(周監於二代 郁郁乎文哉 吾從周)라는 구절이 있습니다."

과거 백동의 손에 죽어간 선비가 던졌던 의문. 공자의 기록에 서로 지극히 배치되는 두 구절이 있다며 성현의 흠을 찾으려 했던 그가 언급한 글귀였다. 대학(大學) 중의 대학인 왕헌지가 직접 난신적자의 증거로 지목했던 확실하고 확실한 치죄의 구실이었다. 그것을 떠올린 백동은 득의만면하여 더욱 엄정하고 확신 어린 음성으로 이어지는 질문을 던졌다.

"혹 태왕께서는 그와 서로 배치되는 기록을 아십니까?"

모른다 하거든 그보다 높은 경지에서 그를 꾸짖을 수 있었다. 알고 있다며 듣도 보도 못한 잡서의 기록을 꾸며대거든 그 죄를 물을 수 있었다. 백동은 확신하고 있었다. 과거 선비를 살해한 그는 양심의 가책을 덜어내려 공자와 관계된 서적이란 서적은 모조리 읽어낸 터였다. 천하에 그러한 기록은 없었다. 대답하지 못하거나, 거짓을 꾸며내거나. 구부에게는 두 가지 길밖에 없었다.

"백 학사가 크게 자랐구나."

가만히 백동의 질문을 듣던 구부는 몸을 일으켜 앉았다. 그러고는 편안한 미소를 지으며 오히려 백동을 칭찬했다. 동시에 백동도 웃음을 떠올렸다. 칭찬을 빙자해 교묘히 말을 돌리는구나, 동진(晉)에서 다루는 높은 학문에 과연 이자는 미치지 못하는구나. 이제는 더 들을 것도 없었다. 품속의 날붙이를 꺼내어 이 우스운 자를 찌르고 단죄와 훈계의 외침을 내면 될 일이었다. 막 품으로 손을 가져가려는 찰나.

"주인어서계(周人於西階) 은인양주간(殷人兩柱閒)."

구부의 시선이 먼 하늘 너머로 던져지며 그의 입에서 생전

들도 보도 못한 구절이 흘렀다. 어째서인지 무엇을 생각하는지 아련하게 가라앉은 얼굴로 그리 중얼거리며 구부는 옆에 둔 잔에 찬찬히 술을 따라 한 모금 마신 뒤 백동에게 내밀었다.

"작모여몽좌전양주지간(昨暮予夢坐奠兩柱之間) 여시은인야(予始殷人也)."

능숙하게 이어지는 문장에 흠칫 놀란 백동은 술잔을 받지 못했고 구부는 바람에 펄럭거리는 소매를 든 채로 천천히, 마치 옛 소회를 털어내듯 잔잔한 목소리로 말을 이어갔다.

"장례를 치를 때 주나라 사람은 서쪽 계단에 위패를 모셨고 은나라 사람은 두 기둥 사이에 모셨다. 어제 나는 두 기둥 사이에서 제사를 받는 꿈을 꾸었다. 나의 조상은."

구부는 잠시 눈을 감았다가 뜨며 말을 맺었다.

"은나라 사람이다."

백동이 답할 말을 잃은 채 잔을 받지 못하자 그를 지긋이 바라보던 구부의 미소가 점차 씁쓸하게 변해갔다. 술잔을 제 입으로 가져가며 구부는 말을 이었다.

"질문에 답이 될 걸세. 그러나 백 학사. 이것은 엄밀히 말하자면 배치되는 구절이 아니야. 오종주(吾從周: 나는 주나라를 따르겠다)란 그가 젊은 날 품었던 의지이며, 여시은인야(予始殷人也: 나는 은나라 사람이다)란 훗날 그 그릇됨을 반성하는

후회이다. 실은 너무나 자연스러운 한 인간의 슬픈 몸부림이
지.”

“누가 남긴 말입니까?”

“공자.”

순간 백동은 주먹을 쥐며 어금니를 꽉 물었다. 이 사특한 자
는 마지막까지 성현을 욕보이는구나, 마지막까지 한 겹 더 죄
를 쌓는구나, 백동은 품속의 단도를 쥐며 한 걸음 더 가까이
다가갔다. 눈이 튀어나오도록 구부를 노려보며 당장이라도
찌를 기세로 그는 마지막 질문을 던졌다.

“그런 기록이 대체 어디에 있습니까? 대체 어느 서책에 그
런 구절이 있느냔 말입니까?”

“사기(史記). 공자세가(孔子世家) 편일세.”

공자세가!

당장이라도 찌를 듯 눈을 부라리던 백동은 그 이름을 듣고
난 순간 다리에 힘이 풀려 휘청거렸다. 그것은 죽어간 선비가
몇 번이나 읊조렸던 이름이었다. 분명 공자세가에서 보았는
데, 공자세가에 있었는데. 그리 외치며 죽어간 선비가 생각날
때마다 백동은 공자세가를 읽고 또 읽었었다. 그러나 건업에
있는 모든 서관의 공자세가를 가져다 읽고 또 읽어도 그런 구
절은 없었다. 미심쩍은 구절조차 없었다. 그러나.

“그러나 어찌, 어찌 그자와 이자가 같은 이야기를 한단 말인

가."

평생 얼굴 한 번 보기는커녕 서로의 존재조차 모를 수천 리 떨어진 땅의 구부가 선비와 같은 이야기를 하고 있었다. 그것도 너무나 길고 그럴듯한 문장을 암송하듯 순식간에 읊어내곤 해석을 덧붙이고 있었다. 없는 구절을, 거짓을 어찌 이 두 사람이 함께 지어낸단 말인가. 어떻게 그럴 수가 있을까. 어떻게. 백동의 얼굴은 하얗게 질리고 있었다. 대체 무엇이 잘못된 것인가.

"백 학사, 그것은 자네의 질문인가?"

"당연히……."

백동은 어지러운 눈을 들어 구부를 멍하니 바라보았다. 안타까운 얼굴, 자신을 안쓰럽게 여기는 눈빛이 들어왔다. 옛적 사안의 질문을 스스로 하는 질문인듯 물었을 때 들었던 바로 그 질책이었다. 그것은 자네의 질문이 아니군. 자네는 남의 말을 들어다 전하는 심부름꾼일 뿐이군. 자네는 한인(漢人)들의 수작질을 대신하는 하수인일 뿐이군. 안타깝다. 안되었다. 동정(同情). 그를 가련히 여기는 동정이 그를 한없이 초라하게 만들고 있었다.

"백 학사. 그것은 자네의 질문인가?"

멍하니 서있던 백동은 어느새 저도 모르게 등을 돌렸다. 그러곤 도망쳤다. 품 안에 덜그럭거리는 단도를 길거리에 던져버리고 거치적거리는 학모(學帽)를 팽개치며 백동은 점점 더 빠르게 도망쳤다. 숨을 헐떡거리며 달려 구부가 보이지 않는 곳까지 도망쳐서도 골목의 좁고 어두운 구석을 찾아 그 사이에 몸을 숨기고 숨을 몰아쉬다 제 얼굴을 움켜쥐었다. 어째서 도망치는지, 무엇이 무서운지, 무엇이 잘못되었는지, 오만 생각이 뒤엉킨 채 그는 주저앉아 무릎에 고개를 묻었다.

이튿날. 숨은 채 뜬눈으로 날밤을 새운 백동은 온 안양현을 헤매며 사기(史記)를 볼 수 있는 곳을 수소문했다. 그만한 전집을 보유한 학자란 찾기 어려운 일이었으나 며칠이 지나 묻고 물어 찾아간 한 선비의 서고에서 그는 공자세가(孔子世家)편을 뽑아 펼칠 수 있었다. 그리고 그는 또 한 번 제자리에 주저앉았다. 들리지 않는 팔을 겨우 들어 떨리는 손끝으로 명확하게 필사되어 있는 글자를 수십 번이나 따라 훑고 훑었다.

작모여몽좌전양주지간(昨暮予夢坐奠兩柱之間) 여시은인야(予始殷人也).

동진(晉)의 건업(建業)에서 찾았던 그 어느 공자세가에서도 발견할 수 없었던 구절이, 구부의 입에서만 흘렀던 구절이 눈앞에 번연히 쓰여있었다. 읽고 읽어도 사라지지 않은 채 두 눈에 정을 때려 새기듯 뚜렷한 각인을 박아 넣고 있었다. 끝내

책을 떨어트리고 양손으로 바닥을 짚으며 무너진 백동의 귓가에 동진(晉)의 하늘과도 같은 스승들이 속삭였던 가르침들이 끊임없이 맴돌았다. 선비의 피로 물든 그에게 해오던 말이 귀를 찌르고 찔렀다.

'선비가 어째서 책을 불태우겠는가?'

'참 잘했네. 어찌 학문을 닦는 선비로서 그러한 이들을 용서할 수 있겠나?'

'화하만맥(華夏蠻貊) 망불솔비(罔不率俾)!'

'너는 그릇이 큰 아이이니.'

백동은 망연자실한 눈으로 중얼거렸다.

"네 칼은 큰일에 쓰여야만 한다. 네 칼은. 네 칼은 큰일에."

태우고 깨트리고, 새기고

　벌써 반년 가까이 머무는 거처, 안양현 변두리의 한갓진 초옥에 들은 구부와 일행들은 여로에 주린 배를 달래며 두런두런 격식 없는 대화를 나누고 있었다. 본래 예법이라곤 배운 적이 없는 일행들이나 허례허식을 좋아하지 않는 구부나 거리낌이 없어 시답잖은 농지거리가 오가며 웃고 떠드는 가운데 종득만은 그들과 함께하지 않고 굳이 초옥 바깥의 벽에 등을 대고 앉아 저 혼자 그릇을 비우며 구시렁대고 있었다.

　"놈들 하는 짓이 충(忠)인지 불충(不忠)인지는 내가 알 일이 아니고."

　한 그릇을 맛있게 다 비우고 난 그는 그리 중얼거리며 항상 곁에 들고 다니는 기다란 봇짐을 뒤적거렸다. 부산을 떨다 투박하고 큰 칼 한 자루를 꺼내든 그는 손목을 돌려 칼을 이리저리 흔들어보더니 이내 다리를 펴고 일어섰다.

　"제 할 일을 다하면 충. 하지 못하면 불충."

　가느다랗게 뜬 그의 눈이 삼림의 빽빽하게 들어찬 나무 사이로 향했다. 드리운 나무 그림자 사이로 아주 조금 삐져나온 사람의 그림자, 어둠을 타고 기척을 숨긴 채 멈춰있는 그림자에 정확히 칼을 겨눈 종득은 숫자 셋 셀 정도나 지났을까, 어느새 소리 없이 걸어 그림자를 숨긴 나무에 닿았다. 기척을 알아차리기도 전에 자객의 턱 밑에 칼을 눌러 댄 종득은 무심히 상대의 목울대를 그어버리려다 말고 고개를 갸웃거렸다.

"이놈, 이거 자객도 첩자도 아닌데."

상대는 목에 칼이 들어오려는 순간임에도 아무 반항도 소리도 내지 않았다. 퀭한 눈에 사시나무 떨듯 떨리는 눈꺼풀, 뒤로 동여맨 학사모를 쓴 머리와 끝을 깨끗이 다듬은 수염. 유심히 그를 살피던 종득은 쯧 소리를 내며 칼을 치우고 그의 뒷덜미를 붙잡았다.

"아무리 봐도 글 읽는 서생인데, 어찌 고양이마냥 숨어들었을까?"

그러나 상대는 대답하지 않았다. 대답하기는커녕 종득을 바라보지도 않은 채 이를 악물고 손을 떨고 있었다.

"종득아."

수상한 인물의 처우를 잠시 고민하는 사이 어느새 초옥의 문이 열려있었다. 밖의 크지 않은 소란을 어찌 알았는지 몇 걸음 나선 구부가 그쪽을 바라보고 있었다.

"내 손님이다. 안으로 들이거라."

"예? 폐하. 이놈 꽤 오래, 거의 반나절은 여기 숨어있었습니다. 틀림없이 불순한."

"내 오랜 벗이야."

종득은 화들짝 놀라 뒷덜미를 잡은 손을 놓고 먼지까지 털어주며 양손으로 초옥 쪽을 가리켰다. 그러나 숨어든 서생, 백동은 얼른 가지 않고 제자리에 못 박힌 듯 멈추어 있었다. 구부가 몇 번 고갯짓으로 들라 이르고, 종득이 고개를 갸웃거리며 얼굴을 살펴도 한참 멈춘 채 망설이던 그는 도망치려는지 몸을 돌렸다가는 그조차 하지 못하다 결국 아주 천천히 구부를 향해 걸음을 옮겼다.

"올 줄 알고 있었다."

"세상에, 세상 어디에도 그 공자세가의 구절은 분명, 분명 없던 것이었습니다. 건업에서는 분명."

"들어가지."

"저는 도저히, 저는."

쉬, 구부는 입에 손가락을 가져댄 채 미소를 떠올리고 있었고 백동은 붉어진 눈으로 그를 바라보았다. 곧 백동은 고개를 떨어트렸고 구부의 뒤를 따라 초옥으로 들었다.

안에는 우상, 현찬, 편달이 앉아 구부와 백동을 멀거니 바라보고 있었다. 태왕이 상에 일어났다 앉는데, 문에 들고 나는데 누구 하나 일어서 예를 차리는 일 없이 저희들끼리 떠들다 이

제 멀뚱히 쳐다보는 이상한 광경이었다. 옷매무새는 잔뜩 흐트러지고 얼굴에는 땟물이 흐르는 데다 머리와 수염은 정리한 적이 없어 뵈는 영락없이 잡일을 하는 일꾼들의 모습, 그러나 태왕은 더없이 가까운 벗들인 양 그들 사이를 비집고 앉으며 백동에게도 자리를 권했다.

"묘한 일이지. 내 평생 가장 중요한 때마다 백 학사가 함께 있으니 말이야."

머뭇거리는 백동의 어깨를 직접 잡아 앉힌 구부는 직접 술까지 한 잔 따라주었다.

"마침 대단히 중요한 순간이었거든. 어떨까. 자네가 또 한번 증인이 되어줄 수 있을까?"

편안하기만 한 얼굴로 그리 말한 구부는 곧 품에 손을 넣어 하얀 천으로 싸인 조각을 꺼내들었다. 조심스레 감겨있는 천을 풀어내자 낡고 빛바랜 희끄무레한 조각이 드러났고 구부는 그것을 잘 볼 수 있도록 상에 내려놓았다. 평소 본 적 없는 생소한 형태의 조각, 손바닥 반만 한 길이의 하얗고 평평한 조각은 가장자리가 울퉁불퉁했으며 군데군데 검게 그을렸던 흔적이 있었다. 평평한 부분에는 거무스름한 획들이 낙서처럼 이리저리 음각(陰刻)되어 있었으며 오랜 세월이 지난 듯 그 새김은 희미하게만 남아있었다.

"현찬아."

곧 태왕의 부름을 받은 비쩍 마른 중년이 품속에서 다른 조각을 꺼내 들었다. 구부가 했던 것과 같은 모양새로 양손으로 조심스레 받쳐다가 먼저의 조각 옆에 보기 좋도록 방향을 맞추어 내려놓으니 크기도 형태도 달랐으나 이 조각에도 먼저의 것과 같이 음각된 획들이 있었다. 구부는 입술을 매만지며 세심하게 조각을 살피다 곧 다른 사내를 불렀다.

"편달아, 이게 무엇으로 보이느냐."

"이쪽의 이것은 거북이 등껍질이옵고, 이쪽 이것은 뼈입니다. 그러나 모로 보아도 사람의 뼈는 아니옵고."

"그래."

"예. 짐승의 어깨뼈입니다. 소나 곰쯤은 되는 커다란 짐승의 어깨뼈이지요."

구부가 잠자코 고개를 끄덕이자 편달은 열심히 말을 이었다.

"오래 묻혀있던 것입니다. 이게 뼛조각이 땅바닥에 굴러다니면 겉이 동그랗게 갈립죠. 허나 이건 겉면에 작은 구멍이 많고 끄트머리가 다 썩어 부스러지는 것이 오랜 세월, 못해도 수백 년, 천 년은 묻혀있던 것이에요. 그것도 이 뭔가 새긴 흔적이 여적 깊숙이 남은 것이 아마 만들어지자마자 묻힌 것, 즉 일부러 사람의 손으로 땅에 묻었던 것입니다."

"그래, 그랬겠지."

이어서 구부는 풍수사 우상을 가리켜 물었다.

"귀갑(龜甲)이나 소뼈라 하는구나. 너는 소뼈를 무덤에 묻는 미신을 아느냐?"

그러나 우상은 이마를 찌푸리며 고개를 저었다.

"모릅니다. 그런 풍습은 듣지 못했습니다. 옥저에서 물고기나 날짐승을 같이 묻기도 했고, 옛 맥(貊)족 중에는 우두머리가 죽거든 가축을 같이 묻는 이들도 있었습니다만, 모두 짐승을 신성시 여기고 사랑하여 그리했던 것일진대 이리 뼈를 태우고 깨트려 상한 뒤 묻는 풍습이란 도무지 들은 적이 없습니다."

"그래. 그렇겠지. 당연히 그렇지."

구부는 마치 그런 답을 기대하기라도 했다는 듯 다시 고개를 끄덕였다. 그러고는 이제 어정쩡하게 앉아있는 백동을 바라보았다. 좌중의 시선이 따라서 모이는 가운데 구부는 백동의 어깨에 손을 얹었다.

"백 학사. 혹시 자네는 알고 있을까?"

고개를 든 백동은 문득 자신을 바라보는 얼굴들을 마주 훑어보았다. 처음 살펴본 차림새와는 달리 놀랍게도 독특하고 세세한 식견을 가진 이들이었다. 그런데 어째서 이렇게 간단한 것을 대답하지 못할까, 이 쉽고 유명한 이야기를 왜 모를까. 그런 의문을 잠시 품다 그는 너무나 간단하고 짧은 답을 내놓았다.

"은(殷)."

그렇게 한 글자를 뱉어내고는 길지 않은 설명을 덧붙였다.

"이런 물건을 어찌 구했는지는 모르겠으나 귀갑, 거북 등껍질과 뼈를 불태우고 깨트려 점을 쳤던 것은 미신의 나라 은(殷), 옛 은나라의 풍습입니다. 사서(史書)와 기록을 읽는 선비라면 누구나 아는."

백동의 이어지던 말이 잠시 끊어졌다. 은(殷). 그 단어가 나온 순간 좌중에 인 동요 탓이었다. 초라하고 꾀죄죄한 세 사내는 그 순간 기이하리만치 강렬한 눈빛으로 백동을 바라보고 있었다. 가끔 안줏거리를 집어먹던 젓가락도 제자리에 멈추어 있었으며 능글능글 쪼개던 웃음도 사라져 있었다. 갑자기 삭막해진 분위기에 백동이 곁의 구부를 슬쩍 살피자 구부는 항상 보이는 편안한 미소와 함께 조각들을 조금 더 백동의 가까이로 밀어놓으며 혼잣말처럼 중얼거렸다.

"그래. 은(殷). 오히려 글 읽는 선비라면 누구나 아는 것이지."

아직까지도 공자세가에 관한 질문만으로 머리를 가득 채웠던 백동은 그제야 조금 더 자세히 조각들을 바라보았고 한참 그것들을 살피던 그는 점점 눈을 크게 뜨다 어느 순간 저도 모르게 신음을 터트렸다. 동시에 구부의 손가락이 조각의 흔적들을 가리켰다. 백동이 얼어붙은 채 바라보고 있는 그것들을 훑듯이 가리켰다.

"백 학사. 하면 이 새김은 무엇일까?"

백동은 제 무릎의 옷자락을 움켜쥐고 눈꺼풀과 어깨를 떨었다. 마모되고 때가 끼어 일견 쉽사리 알아볼 수 없었지만 평평한 뼈와 갑골에 이리저리 새겨진 획들, 그것은 너무나 강력하게 백동의 머릿속에 익숙한 무엇들을 연상시키고 있었다. 조각을 잡아들고 고개를 숙여 더욱 자세히 살피던 그는 이내 아니야, 이런 신음을 몇 차례 흘리다가는 한순간 외마디 고함과 함께 벌떡 일어섰다.

"거짓! 거짓입니다. 가짜입니다!"

고개를 숙인 채 침조차 숨죽여 삼키던 자리였으나 조각에는 선비로서 결코 용납하지 못하는 것이 있었다. 틀림없는 거짓과 날조가 있었다. 평생에 걸친 배움의 자존심과 선비의 의지가 그를 벌떡 일으켰고 그는 붉어진 얼굴과 부릅뜬 눈으로 조각과 구부를 번갈아 노려보며 이를 악물고 따지듯 외쳤다.

"폐하, 이것은 모두 가짜이옵니다. 은나라의 풍습을 흉내 낸 것은 틀림없으나, 이 잡동사니가 은나라의 미신을 그대로 따른 것은 맞으나! 이것은 전부 가짜이옵니다. 이 새김을 보십시오. 저 쓰다 만 목(目) 자나, 우(又) 자 비슷하게 보이는 자나, 붉을 적(赤), 버릴 기(棄), 이런 글자들을 흉내 낸 것 같은 저

요사하고 괴이한 흔적들을 보십시오. 폐하. 이것은 은나라의
유물일 수가 없습니다. 글자! 저것들은 글자가 아닙니까!"

백동은 조각을 손에 잡아 구부에게 들이밀며 연신 따져들었
다.

"가짜입니다. 글자라니요. 은(殷)에는 글자가 없습니다. 글
자는 주(周)의 것입니다. 신화 속 창힐(蒼頡)이 날짐승에게
글자를 배웠다는 것보다 더 허황된 말씀입니다. 하면, 저것이
진짜라면 은(殷)에 글자가 있었다는 말씀이옵니까? 저 귀갑
이나 소뼈가 종이나 죽간(竹簡)쯤 된다는 말씀이옵니까? 하
하, 글자라니! 귀갑을 종이로 쓰는 은나라의 글자라니!"

그는 별안간 광인처럼 외치며 두 조각을 모두 바닥에 집어
던졌다. 태왕의 앞이건만, 충(忠)을 무엇보다 앞선 가치로 배
운 유학자이건만 그는 바락바락 악을 쓰며 날뛰었다. 내팽개
친 조각을 발로 부서져라 밟다가 밟아 깨지지 않자 엎드려 앉
아 손으로 잡고 바닥에 쾅쾅 찧고 긁어댔다. 손톱이 깨지고 손
끝에 피가 나는데도 그는 멈추지 않았다.

"무시무시한 학난(學亂)을 일으키려 누군가 억지로 만든 가
짜입니다. 혹세무민의 요설에 이용코자 만들어낸 흉물입니다.
어떤 천인공노할 흉적이 이런 가짜를 만들었을까! 이런 것을
보고도 눈을 뽑지 않는다면 어찌 선비라 할까!"

깨어지고 부서지지 않자 이로 물었다. 이가 깨어지는 줄도

모르고 몸부림치며 물고 찧고를 거듭하며 붉은 눈에서 눈물까지 흘려낸 그는 결국 조각이 조금씩 깨어지고 갈려나가 새김을 알아볼 수 없는 지경이 되어서야 그것들을 내던지고 멍한 얼굴로 고개를 들었다.

"백 학사."

"가짜입니다, 가짜. 누가 이런, 누가 이런 흉악한 가짜를 만들었을까. 누가. 폐하, 폐하께서는 어이하여 그리 자꾸만 은(殷)을 말씀하십니까. 평생 한 번 듣기도 힘든 그 미신과 야만의 나라 같지도 않은 나라가 어찌 폐하를 뵐 때마다 들리고 나타나고 보이냔 말입니다. 대체 어느 성인이 어느 대학이 은(殷)을 말씀하셨습니까. 폐하께서는, 폐하께서는!"

"백 학사."

제 목소리조차 들리지 않는 텅 빈 백동의 귀에 구부의 나직한 목소리가 흘러들었다.

"내일 나와 함께 갈 곳이 있네."

땅이 토하다

안양현 소둔촌(小屯村).

이튿날 백동이 구부를 따라 들어온 이 작은 마을에는 이상한 광경이 펼쳐지고 있었다. 이제 한창 농사일이 바쁠 계절이건만 밭을 갈고 씨를 뿌리는 농부라고는 찾아볼 수가 없었으며 새참을 나르고 집안을 돌보는 아낙네도 하나 보이질 않았다. 대신 괭이나 갈퀴를 들고 저희 논밭 대신 이곳저곳 바닥을 찍고 파며 헤집는 이들이 반절, 그리고 촌락 어귀에 한데 모여 엎드리거나 쭈그려 앉아 알 수 없는 작업에 열중하는 자들이 반절이었다.

그리고 말을 타고 고개를 숙인 채 구부의 뒤를 따르던 백동은 얼굴이 푸석하고 눈이 퀭한 가운데도 그 광경을 보자 이를 악물며 낮은 목소리를 속으로 씹어 삼켰다.

'붓, 저것은 붓이 아닌가!'

글을 쓰고 나거든 열 번 미지근한 물에 헹구어 바람이 잘 지나는 곳에 두었다가 봉(鋒)을 풀고 호(毫)를 풍성히 매만져 벽에 걸어놓아야만 하는 바른 성품과 행실의 상징이 무지렁이 촌민들의 손에 들려있었다. 그들은 그 귀한 붓으로 알 수 없는 잡동사니의 묻은 흙을 털어대거나 숫제 바닥에 묻힌 것들을 쓸어대고 있었다.

'종이를. 저 무지렁이들이 감히 종이를.'

그것이 끝이 아니었다. 잡동사니의 흙과 먼지를 붓으로 털어내 이리저리 살핀 뒤에는 손가락 끝에 먹을 찍어 종이에, 가난한 선비는 구하기 어려워 바위에 물 글씨를 연습한다는 그 귀중한 종이에 글씨도 낙서도 아닌 이상한 것을 따라 그리고 있었다. 그리고 그 종이를 비벼 구겨서는 잡동사니를 싸서 한 쪽 편에 쌓아두는 것이었다.

붓 한 자루, 종이 한 장이란 본래 그들의 목숨보다 귀하고 값비싼 물건이었다. 백동이 못내 울화를 참아내지 못하고 분통을 터뜨리며 달려가려는데 구부가 백동의 고삐 줄을 잡으며 그를 말렸다.

"나도, 너도, 그 누구도 평생 저들보다 귀한 글을 쓴 적이 없다."

"폐하, 폐하!"

소리 높여 구부를 부른 것은 백동이 아니었다. 엎드리고 쭈그려 일하는 이들 사이에서 벌떡 일어나 달려온 선비 현찬이었다. 구부와 백동보다 훨씬 이른 시간에 일어나 먼저 소둔촌에 들어와 있던 그는 여태 한 번 쉬지 않고 일했는지 뻣뻣한

제 허리를 두드리며 예의 종이로 싼 잡동사니를 구부에게 들이밀었다.

"여기, 제가 이것 하나는 풀었습니다!"

그는 구겨진 종이를 펴서 펼쳐 보았다. 잡동사니는 어제의 조각과 같이 평평하고 오래된 골편(骨片)이었고 역시나 어제의 그것들처럼 비뚤은 새김이 있었으며 종이에 먹으로 쓰인 것은 골편의 새김을 그대로 따라 그린 것이었다. 구부는 눈을 가늘게 뜨며 종이에 그려진 글자인지 그림인지 낙서인지 모를 것을 살피다 오래 지나지 않아 입을 열었다.

"틀림없는 글자다. 열 글자 가운데 세 글자는 첫눈에도 알아보겠구나."

"어떤 것이 그러하옵니까?"

"저것은 소(燒). 단 위에 나무를 첩첩이 쌓아놓은 모습에 위로 연기가 솟는 모습이다. 거기에 불 화(火)를 옆에 놓았으니 누가 보아도 불탈 소(燒)로구나."

"소신의 해석과 딱 맞사옵니다."

"이것은 뇌(牢)다. 집 면(宀)밑에 소 우(牛)가 있으니 우리 뇌(牢)가 틀림없다."

"예, 맞습니다. 그 글자는 너무나 쉬웠습니다."

"잠길 침(沈). 사람이 허우적거리는 모양새 옆에 물 수(氵)변을 놓았다."

구부의 막힘없는 풀이에 현찬은 어린아이처럼 박수를 쳤다.

"그것은 소신에게는 너무나 어려운 풀이였사온데, 역시 폐하께서는 대단하십니다. 맞습니다. 소신이 풀어내기로 이 문장은 정사복(丁巳卜) 기소우하(其燒于河) 뇌침첩(牢沈妾). 한 자라도 틀렸다면 당장 제 목을 치셔도 좋습니다."

"천하에서 글자를 가장 잘 아는 네 풀이니 틀릴 수가 없지."

구부는 옳다는 듯 미소를 지으며 고개를 끄덕였으나 그리도 당당하게 선언한 현찬은 이내 얼굴을 슬쩍 붉히며 머리를 긁었다. 그리고는 조금 작아진 목소리로 고백했다.

"하지만 폐하, 도무지 그 뜻을 알 수가 없습니다. 기소우하 뇌침첩. 뇌침첩."

이에 잠시 글자를 몇 번 되짚어 읽는 것 같더니 구부는 곧 술술 해석을 내놓았다.

"정사일에 점을 친다. 황하에서 불로 제사를 치르려는데, 우리에서 기른 소와 첩을 물에 빠트릴까?"

"예? 첩을요? 첩을 물에 빠트린다니 그것이 무슨, 음, 그런데 그것이 꼭 맞는 해석인 것도 같고. 아, 그래, 맞습니다. 은(殷)나라는 나랏일까지 제사에 물어 정했다니 사람 하나 물에 던지는 일이야 대수롭지 않았겠지요. 맞습니다. 폐하. 헌데 그것이 그런 뜻이라면 저기 다른 문장들도 풀어낼 수 있을 것 같은데."

좋다고 박수를 치며 횡설수설하던 현찬은 곧 무언가 떠오른 듯 골편을 도로 싸매더니 작업하던 곳으로 돌아가 산더미처럼 쌓인 골편들을 헤집기 시작했다. 즐거운 표정으로 그를 바라보던 구부는 곧 별다른 이야기 없이 다시 말을 몰기 시작했고 그들의 대화 가운데 몇 번이고 무어라 입을 벌리려던 백동 또한 고개를 숙이고 입술을 깨물며 그저 구부를 따랐다.

"폐하!"

이번에는 풍수사 우상이었다. 일단의 촌민들과 함께 괭이로 이곳저곳을 파보고 다니던 그는 구부를 향해 걸어오며 손가락으로 북동쪽을 가리켰다.

"제가 일전 이만한 유물이 땅에서 나오려면 도읍이나 대단히 큰 성쯤은 되어야 한다고 말씀드렸던 것 기억하시옵니까? 그것이 사실이었습니다. 정말로 이 아래에는 옛 집터나 성터 같은 것들이 있었사온데, 문제는 그것들이 전부 북동향을 가리키고 있었습니다. 문이고, 창이고, 하물며 무덤의 시체 머리까지 북동쪽을 가리키고 있었나이다."

"오호라."

"옛 족속들에게서 흔히 보이는 일이지요. 자기들이 온 곳, 저희들의 고향을 그리며 기억하겠다는 뜻이옵니다. 더군다나 이 귀갑(龜甲)은 바다에서만 나는 것인데 구하기 쉬운 짐승 뼈를 놔두고 굳이 이 귀갑을 많이 가져다 썼다는 것은 이자들이 바다, 즉 바다가 있는 북동쪽에서 왔다는 뜻이 틀림없습니다."

"모든 유물이 북동향을 가리킨다면 틀림없이 의미가 있겠지. 그러나 그것만으론 그리 쓸모가 있지는 않다. 부족해. 거북 등껍질은 정말이지 글자 쓰기 좋으니 어디서든 애써 가져다 쓸 만하거든."

구부가 고개를 끄덕이면서도 아쉽다는 듯 입맛을 다시는데 우상은 불쑥 해골 머리통을 하나 내밀었다. 어찌 보관했는지 썩어 부서지지 않은 두개골은 보통의 것과는 달리 정수리가 둥글지 않고 방바닥처럼 편평했다. 그리고 그것을 본 구부는 대수롭잖게 고개를 끄덕이던 여태까지와 달리 감탄을 흘리고 눈을 빛내며 해골을 빼앗아 들었다.

"편두(褊頭)!"

"예, 폐하. 편두이옵니다. 북방 족속들의 풍습이지요. 여기 산동인들에게는 결코 찾아볼 수 없는 풍습입니다. 머리를 길게 뽑고 정수리를 편평하게 만들려면 갓 태어난 아이 머리통을 판자 같은 것으로 계속 눌러줘야 해요. 그냥은 나오지 않는 머리통이란 말입니다. 산동인들은 절대 이런 짓을 하지 않습니다. 틀림없이 이자들이 북쪽, 북동쪽에서 왔다는 뜻이지요."

"그래. 그렇다. 우상아, 네가 참 큰 발견을 하였다. 역시 생각하여 이치를 따지는 데는 천하 어디에도 너보다 나은 인재가 없어."

"아무렴 폐하, 제가 저 두 놈들보다 모자랄 리가 있겠습니까?"

그러고는 싱글벙글 웃으며 다시 제가 부리던 촌민들에게로 걸어갔다.

두개골을 손에 들고 살피던 구부는 곧 그것을 백동에게 건네주며 다시 말을 몰기 시작했다. 그리고 여태 뒤를 따르면서도 입술만 깨물고 있던 백동은 이번에야말로 참을 수 없다는 듯 잠시 제자리에 멈추었다가 두개골을 바닥에 툭 던지고는 멀어지는 구부의 등을 향해 외쳤다.

"천하에서 글자를 가장 잘 아는 자와, 천하에서 이치를 가장 잘 아는 자라 하셨습니까?"

"맞다. 그랬지."

"하하! 대체 저들이 어느 고전(古典)을 읽고 어느 스승을 뫼셨기에 그리 훌륭한 인재들인지 모르겠으나 사(史)란 저런 자들이 다룰 일이 아닙니다. 여기 고구려가 아닌 진(晉)의 학식 높은 선비들이 옛 성인의 기록을 배우고 이어 다듬고 쌓아야 할 일이란 말입니다."

구부는 물끄러미 백동을 바라만 보다가 다시 말을 몰아갔다.

"폐하, 폐하께서 저 망나니 같은 자들을 시켜 잡동사니를 파다가 은(殷)을 꾸며 선전하고 계심은 잘 보았습니다. 그러나

글 읽는 선비라면 누구도 그런 장난질에 속아 놀아나지는 않을 것입니다. 저 골편의 낙서가 글자라고, 아니 그보다 저 골편들이 은(殷)의 것이 확실하다고 어찌 담보하십니까? 편두? 다른 지방에는 그러한 풍습이 없었는지 어찌 확신하십니까? 무슨 말씀을 하셔도 기록이 없지 않습니까. 그 어느 현인도 그 어느 고전도 언급하지 않는 것을, 그 어느 서책에도 없는 것을 어찌 흙바닥에 묻힌 짐승 어깨뼈와 사람 머리뼈 따위로 마음대로 곡해하신단 말입니까!"

그러나 구부는 한마디 대꾸 없이 말을 몰아갈 뿐이었고 백동은 약이 바짝 올라 노려보았으나 이내 그 뒤를 따르는 수밖에 없었다. 이번에는 좀 전과 같이 제법 멀리 떨어진 곳까지 갔다. 마을 어귀의 큰 공터에는 아까 붓과 종이를 놀리던 이들보다 갑절은 많은 촌민이 있었고 그들은 하나같이 괭이를 들고 땅을 파고 있었다. 어찌나 넓고 깊게 팠는지 서너 사람이 한 번에 기어 드나들 정도로 커다란 토굴이 드러나 있었다.

"폐하!"

이번에도 한 사내가 구부를 발견하고 달려왔다. 도굴꾼 편달. 지금 막 땅굴에서 흙먼지를 쓰고 기어 나온 그는 구부를 향해 아까의 두 사내보다 배는 빠르게 달려와 숨을 몰아쉬며 떠들었다.

"도저히 들고 나올 수 없는 것들이 잔뜩 있습니다. 여태까지 파낸 것보다 열 배는 많은 것들이 있어요. 파내서 떼어서 들고 올 수가 없는 것들입니다. 당장 들어가 보셔야 할 것 같습니다."

"알았다. 바로 가자꾸나."

구부는 말에서 뛰어내려 편달을 따라 토굴로 향했다. 그러고는 우두커니 서있는 백동을 향해 몇 번 손짓하더니 비스듬히 파인 입구를 거꾸로 기어 들어가기 시작했다. 기다란 장포가 금세 흙투성이가 되고 머리와 수염에 온통 흙먼지가 묻는데 아랑곳없이 기어들어간 태왕은 얼굴만 내놓고서 여적 망설이는 백동을 다시 한번 불렀다.

"백 학사. 자네의 질문에 대한 답이 저 안에 있다."

"……."

"오지 않아도 좋다. 그대가 선택해."

그러고는 땅굴 속으로 사라져버리니 입술을 깨물고 있던 백동은 차근차근 제 겉옷을 벗어 옆에 개어놓고는 그들을 따라 토굴로 들어갔다.

비스듬히 뚫린 입구를 지나 한참을 기자 널따란 공간이 드러났다. 넉넉한 너비에 양옆으로는 파낸 토기나 조각 등이 가득 치워져 있었고 촌민들이 쭈그려 앉아 매몰된 잡동사니들을 마저 파내고 있었다.

"보십시오."

얼마쯤 지나 편달이 횃불을 비추며 가리킨 벽에는 희미하게나마 그림이 남아있었다. 묶인 사람을 칼로 찌르는 그림과 하늘을 향해 양팔을 벌리고 선 사람의 그림, 묶인 채 끌려가는 사람 수십의 그림이 있었으며 주위로는 칼과 몽둥이를 든 병사들의 그림이 있었다.

"인신공양의 풍습이군. 은나라 사람은 전쟁 포로를 죽여 하늘에 바쳤다지."

구부가 고개를 끄덕이면서 손끝으로 벽화를 더듬자 오래된 겉면이 살짝 부스러지며 먼지가 되어 떨어졌다. 조금만 손이 닿아도 상하는 세월의 흔적이 그 벽화가 고대의 것임을 증명하고 있었다.

"보아라. 이 왕관을 쓴 자는 악기를 들고 풍류를 즐기는구나. 제곡(帝嚳) 임금이다. 옆의 여인은 옷을 벗은 채로 제비 알을 빼앗아 삼킨다. 그리고 아이를 낳지. 위제곡차비(爲帝嚳次妃), 삼인행욕(三人行浴), 견현조타기란(見玄鳥墮其卵), 간적취탄지(簡狄取吞之), 인잉생설(因孕生契)."

구부는 슬쩍 백동을 돌아보았다.

"백 학사는 저것이 무엇인지 알겠는가?"

"은(殷)본기……. 첫 구절."

독이 바짝 올라 있던 백동은 의외로 선선히 대답했다. 그것은 그가 옛 수천 년 전의 벽화에 온통 신경과 시선을 빼앗긴 탓이었다. 틀림없이 오랜 세월 지하에 숨죽인 채 묻혀 있던 그 벽에는 전설로만 내려오던 은나라 시초의 설화, 시조 설의 어미가 두 사람과 함께 목욕을 가서 제비 알을 삼키고 아이를 낳았다는 내용이 온전히 그려져 있었다. 서책의 기록이 그대로 살아 눈앞에 펼쳐져 있었다.

"앗."

벽화의 내용을 따라 훑어가다 무언가에 걸려 발을 헛디딘 백동은 옆의 작은 샛길을 발견하고 외마디 신음을 내었다. 커다란 청동화로에 새겨진 상상 속 괴수의 얼굴, 그리고 그 너머로 수많은 인골(人骨)이 썩어 없어지지 않은 채 굴러다니고 있었다. 백동의 눈길이 뼛조각을 헤집다 기다란 두개골들로 향했다. 편두. 하나같이 정수리가 기다랗게 보이는 그 이상한 모양의 두개골들이 백동의 눈을 가득 채웠다.

"순장(殉葬)이다. 잔혹한 일이기에 가장 천한 이들을 묻었으리라고 흔히 생각하지만 실은 신분 높은 이들만 골라 함께 묻었었다고 한다. 그리고 우리는 사실을 확인했구나. 저 북방족의 편두란 신분 높은 이들의 전유물이었으니."

백동은 저도 모르게 고개를 끄덕였다. 그 또한 틀림없이 서책에서 읽은 기억이 있는 내용. 그리고 눈앞의 광경은 또 한 번 서책의 기록을 살려 실제로 보여주고 있었다. 순간 백동은 제 이마를 움켜잡았다. 사람의 손으로 쓰인 기록과 세월이 간직한 기록. 그 둘이 잠시 만나 손을 잡은 것이라면, 하면 그 둘이 서로 다르다면, 만약 서로 다른 이야기를 한다면.

'나도, 너도 그 누구도 저들보다 귀한 글을 쓴 적이 없다.'

백동은 구부의 그 말을 따라 제 귀에도 들리지 않게 중얼거렸다. 동시에 몸을 떨었다. 그는 이제야 실감하고 있었다. 서책의 기록으로는 도무지 대항할 수 없는 싸움. 구부는 진실 그대로를 찾아내어 들이밀고 있는 것이었다. 수만 권 서책과 수만 선비의 목소리를 아무 의미도 없는 것으로 만들어버릴 진실. 그것이 구부가 그렇게 말해온 그의 전쟁이었다.

'그 어느 서책이 감히 이 기록을 따라올 것이며 그 어느 학자가 감히 이 기록을 의심하겠는가? 그 어느 외적이 감히 그 기록을 훼손할 수 있을 것이며 그 어느 나라가 감히 그 기록의 정통성을 넘어설 수 있겠는가?'

사안, 제 스승의 목소리도 그제야 확실히 들려왔다. 대룡(大龍)에 천도하여 화하의 명문(明文)을 새겨 넣겠다는 그의 대계 또한 이에 걸맞은 싸움이었다. 천 년 후에 진리로 다시 태어날 기록을 손수 만들어 새기겠다는 필사의 한 수였다. 칼 한 번 맞대지 않고 천하를 가르는 거인들의 싸움이었다. 진정 천년을 넘나드는, 서로의 역사를 무너트리고 집어삼키려는 거대한 전쟁. 승자는 천하 문명의 아버지가 되며 패자는 잠깐 세를 불려 난리를 피웠던 변방의 야만족이 되어버리는 무시무시한 전쟁. 백동은 제 양손을 펼쳐서 내려다보았다. 그 전쟁에서 자신은.

"여기, 여기를 보십시오."

편달이 구부를 부르는 소리였다. 벽화가 끝나는 곳에서 몇 걸음 더 걸어가서 막다른 양 갈래 길에 이르자 편달은 한쪽을 가리키고 있었다. 구부가 가까이 다가서자 그는 안을 잘 볼 수 있도록 몸을 비켜주었고 천천히 안을 살피던 구부는 어느 순간 짤막한 신음을 흘렸다. 백동 또한 주춤주춤 걸어가 고개를 내밀어 안쪽을 들여다보았다. 제기(祭器)로 추정되는 토기들과 기묘한 모양을 한 장식들이 미신과 주술의 냄새를 풍기며 모습을 드러낸 가운데 수십 개 같은 형상의 손바닥만 한 석우(石偶)들이 쓰러져 있었다. 양편으로 나뉘어 서로를 마주 보는 모양의 석우들은 반쯤 흙에 묻혀 채 모습이 다 드러나지 않았다.

"저것은."

좀처럼 동요하지 않는 구부가 숨 쉬는 것도 잊은 채 그것들을 바라보고 있었다. 일견 사방에 구르는 잡동사니 조각들과 별다를 것 없는 유물이었으나 구부는 홀린 듯 비좁은 굴로 기어들어가 석우 하나를 주워서 조심스레 흙을 털어냈다. 석우는 정교하게 깎여있었다. 무릎을 꿇고 가슴과 허리는 편 채 양손을 무릎 위에 올려놓은 자세, 항복하거나 사로잡힌 포로의 자세가 아닌 당당하게 무릎을 꿇은 모습이었다. 긴 시간 석우를 살피던 구부는 흡사 부둥켜안듯 양손으로 그것을 품으며 눈을 감고 무언가를 중얼거렸다. 얼마나 지났을까, 꽤나 오랜 시간 석우와 마주하던 그는 곧 일행을 향해 말했다.

"돌아가자."

"아직 왼쪽은 보지 않으셨사옵니다."

"볼 것도 없다. 이미 찾을 것을 다 찾았으니."

구부는 그저 고개를 젓고 앞장서서 토굴을 빠져나왔다.

쏟아지는 햇빛에 눈을 찌푸리며 마지막으로 토굴을 나온 백동은 무릎 꿇은 석우를 바닥에 놓고 그와 마주하여 같은 모습으로 무릎 꿇은 구부를, 그리고 언제 나타났는지 세 사내 모두가 구부의 뒤에 늘어서 그를 지켜보는 모습을 볼 수 있었다. 먼지투성이의 몰골에 서고 앉은 자세마저도 똑바르지 못했으나 그들은 이상하리만치 비장하고 엄숙하게 서서 구부를 기다렸고 구부는 오래지 않아 일어서 서서히 뒤돌며 입을 열었다.

"귀신, 미신의 나라 은(殷). 그곳에 글자가 있었다."

꿈을 꾸듯 드문드문 내어놓는 말이 잔잔한 목소리와는 어울리지 않게 듣는 이의 귀에 깊숙이 파고들어 새겨졌다.

"온 세상 학자들이 모두 입을 모아 부정하는 그 사라진 제국, 야만과 미개의 상징인 그 은(殷)이야말로 실은 주(周)보다 앞서 문명을 잉태한 천하 만물의 근원이었던 것이다."

구부가 편달을 가리켰다.

"네가 땅속의 옛것을 찾아내고."

그의 손가락이 우상에게 향했다.

"네가 옛것의 연원을 밝히고."

움직이던 그의 손가락이 현찬에서 멎었다.

"네가 거기서 글자를 찾아냈으니 수백 수천만 사람이 말과 글로 반대해도 모두 공허한 것이 되었다. 사실로써, 실재하는 증거로써 우리는 천 년의 싸움을 이겨내고 천하 만물의 주인으로 뿌리내린 것이다. 춘추(春秋)며, 사기(史記)며 하는 게 무어 필요하겠느냐. 모두의 눈앞에 살아있는 진실이 드러나게 된 것을."

꽉 찬 듯 공허한 듯 알 수 없는 눈길을 하늘에 던져놓으며 말을 맺은 구부는 곧 근처 바닥에 떨어진 괭이 하나를 주워들고는 조금 떨어진 곳의 백동에게 다가갔다. 고개를 숙인 채 연신 아주 작게 고개를 젓고 있는 백동에게 괭이를 내밀며 구부는 물음을 던졌다.

"백 학사, 그대는 유학자인가?"

"······."

"그대는 공자의 가르침을 배워 따르는 유학자인가?"

항상 당돌하리만치 자신 있게 튀어나오던 젊은 유학자의 목소리가 작게, 그리고 그보다 훨씬 더 작은 떨림과 함께 중간에 작은 가시가 돋았다 이내 그마저 꺾어 없애며 흐릿하게 흘렀다.

"목숨보다, 목숨보다 유학을 중히 여기는 선비이옵니다."

"하면 저 석우는 너의 적이다. 이 괭이로 저것을 쳐라."

백동의 흐릿한 눈길이 잠시 구부를 마주했다가 석우로 향했다. 저것이 무엇이기에, 하는 짧은 의문이 생겨났다가 이내 흩어져버리며 백동은 석우로 걸어갔다. 사실 더 들을 말도, 할 말도 없었다. 보이지도 않고 들리지도 않던 거대한 전쟁, 그리고 그 속에서 눈에 보이지도 않을 만치 작은 바둑알이 되어버린, 그것도 더러운 일에 쓰이고 버려지는 헌신짝 같은 자신. 그의 평생을 지배하고 삶을 이끈 가르침들조차 눈가리개이고 재갈이며 멍에였다. 유학에의 드높은 자부심과 존경을 빼놓은 그는 아무것도 없는 껍데기에 불과했다.

그는 곧 석우의 앞에 마주 섰다. 무릎을 꿇고 상체를 꼿꼿이 세운 채 턱을 치켜든 석우의 당당한 모습에 백동은 한 글자를 겹쳤다. 은(殷). 일평생 보이지도 않다가 갑자기 나타나 제 삶을 송두리째 박살 내버린 그 글자를 향해 백동은 이를 빠드득 갈았다. 높이 치켜든 괭이를 악에 받쳐 내려쳤다.

"원양이사(原壤夷俟)."

그리고 괭이가 석상을 깨부수기 직전 구부의 입에서 나온 네 글자. 너무나 익숙하고 유명한 논어의 문장이 그 글자에 이어졌다.

> — 원양이사(原壤夷俟), 자왈(子曰), 유이불손제(幼而不孫弟) 장이무술언(長而無述焉) 노이불사(老而不死) 시위적(是爲賊) 이장고기경(以杖叩其脛).

평생 단 한 번 있었던 공자의 폭력이 기록된 논어의 문장이었다. 어려서부터 공자의 벗이었던 원양이 공자의 방에서 이(夷)의 자세로 앉아 기다리자 공자가 대로하여 지팡이로 그의 다리를 내리쳤다는 문장. 이(夷), 동이족의 자세. 사람(大)이 꿇어앉는(弓) 자세를 가리켜 이(夷)족의 이름이 되어버린 자세. 무릎을 꿇고 앉는 데 불편함이 없는 천하에 단 하나밖에 없는 족속 이(夷)족. 그리고 은(殷)의 유적에서 나온 무릎 꿇은 석우. 그 석우를 내리치는 백동. 원양을 내리치는 공자. 이(夷)를 내리치는 이(夷). 은(殷)을 내리치는 은(殷). 백동은 순간 괭이를 놓치며 제자리에 허물어졌다.

"여시은인야(予始殷人也: 나는 은나라 사람이다)."

동진의 선비가 그리도 찾던 그 문장이 주저앉은 백동의 입에서 한 점 생기 없는 한숨으로 흘렀다.

부정한 계책, 위대한 군사

평양성 대전(大殿).

다섯 해 전 거란 출정의 때보다도 더욱 뚜렷한 흠이 대신들의 사이로 나있었다. 달라진 것은 변국의 편에 선 자들이 그 어느 때보다 더욱 적었다는 것. 거란에서 나타났다는 태왕과 그 태왕이 이련을 회군시켰다는 소식에 고구려의 반(反)이련파는 환호했다. 그들은 틀리지 않았다. 고구려의 태왕은 고구부였으며 그 고구부는 자신들이 그토록 반대했던 성급하고 경솔한 이련의 거란 정벌을 부정했던 것이었다.

"소신들의 반대를 모조리 무릅쓰고 가셨던 그 거란 정벌! 결국 폐하께서도 반대하셨던 것이 아닙니까!"

득세한 그들의 목소리가 하루하루 높아가며 흐른 다섯 해, 이련은 아무것도 하지 않았고 고구려에도 아무 일이 없었다. 기껏해야 가뭄과 흉작의 기근 속에 도적 떼가 한두 번 난 정도일까. 가라앉은 채로, 느슨한 채로 흘러가는 세월 속의 고구려 도성 평양성에는 날로 커져가는 고관들의 쩡한 목소리만 있을 뿐이었다.

"전하, 강우계와 우개덕, 양승녹 세 장수의 위계를 낮추십시
오. 진노하신 태왕 폐하께서 그들의 봉지(封地)를 압수하셨는
데도 그들은 다섯 해가 지난 지금까지 성주니 장군이니 하는
직함을 달고 있습니다."

"맞습니다! 그들은 대체 어디 어느 성의 성주란 말입니까?"

"태왕 폐하의 법전을 감히 멋대로 휘두르는 저 변국 또한 대
로(對盧)의 관등은 과분합니다. 저자의 아비는 누구입니까?
어느 가문의 누구이기에 대로라 불린단 말입니까?"

"돌지 장군은 동예(東濊)의 반군 출신이 아닙니까? 가문도
성씨도 없는 그를 어찌 이토록 중용하십니까?"

"나라에 기근이 심하게 들었습니다. 어째서 성심껏 정무를
돌보지 않으십니까?"

왕좌에 그야말로 몸만 걸터앉았을 뿐인 이련은 허공을 바라
보고 있었다.

요동의 모용수. 귀를 닫은 이련은 그것을 생각하고 있었다.
언제 국경을 넘어와도 이상할 것이 없는 그 위험한 세력이 눈
앞에 도사리고 있건만 고구려의 어느 대신도 이를 두려워하
고 염려하지 않았다. 전쟁이라는 말을 듣는 것만으로도 우습
다는 듯, 그저 지긋지긋하다는 듯 콧방귀를 뀌는 대전 안의 대
신 가운데 전쟁을 겪어본 이는 열 손가락을 넘지 못했고 그중
에서도 이련의 편은 다섯 손가락을 넘지 못했다. 그저 조금이

라도 제 입지를 넓히려 하루하루 더 큰 비방의 목소리만 내는 그들. 그럼에도 이련은 아무것도 할 수 없었다. 이 나라는 아직 그들을 품은 태왕의 나라였고 태왕은 구부였으며 구부는 이련의 전쟁을 부정했다.

'왕좌라.'

이련은 눈을 감아버렸다. 다섯 해 전 평야에 서서 온 고구려의 마음을 모았다며 꿈처럼 환상처럼 써 내렸던 고구려라는 세 글자, 그것은 너무나 주제넘은 일이었다. 그는 고구려의 마음을 모은 적도, 고구려를 가진 적도 없었다.

"전하, 정 저들의 위계를 낮추지 못하시겠다면 다른 방법도 있습니다. 온 나라의 마음을 한데 모을 방법 말입니다."

"대모달(大模達)을 임명하시지요. 옛적 아불화도 대장군 이후로 없어진 그 이름을 되살려 고구려의 무력을 상징케 하시고 군무를 일임하시지요."

"오오, 맞습니다. 전통 있는 가문에서 인망 있는 대신을 뽑아 높이 세우면 어지러운 위계가 올바로 설 것입니다. 기근으로 가라앉은 민심도 한층 나아질 터이고."

"대모달이라! 그것 참 좋습니다. 허면 연씨 가문의 연 대가는 어떻겠습니까? 뿌리 깊은 가문인 데다 인망도 훌륭하시니 자리에 꼭 맞지 않겠습니까?"

"대모달은 군을 다스리니 군사를 모르는 연 대가보다

는……."

"연 대가께서 군을 상징하지 못할 이유가 무어요? 꼭 험한 칼잡이만 대모달로 뽑아야 한단 말이오?"

"험한 칼잡이요? 말 다 했소?"

급기야 저희끼리의 목소리까지 얽히는 난장판을 무표정하게 바라보던 이련은 자리를 일어섰다. 뚜벅뚜벅 대신들의 사이로 난 흠을 걸어 대전을 벗어나고 그의 뒤로는 돌지와 울루, 그리고 몇몇 가까운 장수만이 따랐다. 궁 바깥의 난간을 서쪽으로 따라 걸으며 이련은 몇 번 걸음을 멈추었다. 궁 서편의 끄트머리, 서전(西殿). 선대의 고구려에서 나라의 온갖 정보와 밀약을 나누던 그 건물을 바라보던 그는 난간의 계단을 내려가지 않고 눈을 감았다. 저도 모르게 이를 악문 그는 대전에 들기 전 들었던 보고를 떠올리고 있었다.

'성에 들어온 거란 말입니다. 태왕께서는 온갖 잡배를 불러다 그들 거란인에게 잡학을 가르치고 계십니다. 그 야만인들이 이제 고구려말을 배우고 고구려의 음식, 춤과 노래를 배우고 있습니다. 농사를 짓고 옷을 만들어 입는 꼴이 꼭 고구려인을 빼다 박으려는 듯 흉내 내고 있습니다.'

'거란인뿐 아닙니다. 온갖 잡스러운 이민족들이 죄 서쪽 국경에 모여들고 있습니다. 고구려인의 것을 걷어다 그들에게 나누어주고, 고구려인의 것들을 그들에게 가르치고. 숫제 그

들 모두를 고구려인으로 삼으시려는지.'

　눈을 몇 번 꾹 감았다 뜨고, 두둑 소리가 나도록 주먹을 꽉 쥐었다 펴고, 이내 부서질 리 없는 돌난간을 부서져라 움켜쥐던 그는 답답한 속을 더 참지 못하여 꽉 억누른 목소리를 흘려냈다.

　"정말로 그까짓 장난질을 이유로, 그까짓 이유로."

　하루 처음으로 열린 입술이 떨리며 한없이 웅어리진 낮은 음성을 토해냈다.

　"그까짓 이유로 나를 무너트렸습니까."

　과거 대대로 명림 가문의 수장이, 미천왕의 시절에는 왕후 주아영이, 근래에는 구부가 직접 나라의 비밀스러운 정사를 살피던 서전은 이련이 정사를 맡은 뒤로부터는 수년간 아무도 찾지 않는 버려진 전각이 되어있었다. 계략과 계책을 거추장스러운 것으로만 여기기에 단 한 번도 찾지 않았던 장소. 칠이 벗겨진 대문을 열고 지나 주위를 경계하던 시위들의 사이를 지난 이련은 몇 걸음 되지 않는 장원을 지나 곧장 전각의 문을 쾅 소리가 나도록 열어젖혔다.

　"전하."

　비어있어야만 할 서전에는 여러 사람이 있었다. 진산, 예, 거곡의 옛 성주 셋이 고개를 숙이고 그 뒤의 탁자에서 변국이 불편한 다리를 추스르며 일어났다. 장소와 어울리지 않는 세 장수를 잠깐 훑은 이련의 시선이 법전 대신 온갖 밀서들을 손에 쥔 변국에로 향하고, 잠시 미간을 모아 이련을 바라보던 변국은 곧 깊이 허리를 숙이며 물었다.

"오셨사옵니까."

탁상 위에는 지도와 온갖 문서들이, 그리고 특히 가운데에 펼쳐놓은 급(急)이라는 밀서가 놓여있었다. 변국은 밀서를 들어 양쪽으로 펼치며 이련의 앞에 허리를 숙였다.

"결국 적이 움직이기 시작했나이다. 요동의 모용수가 장군 난한(蘭汗)과 함께 두 갈래의 출병을 준비한다는 밀정의 급보이옵니다. 적게 잡아도 삼만. 옛 모용부의 장수들로 꾸려진 정병입니다. 늦어도 석 달 안에는."

"변 대로(對盧)."

전쟁이 시작된다, 청천벽력 같은 급보를 듣고도 이련은 동요하지 않았다. 이미 모용수가 요동에 자리를 잡을 즈음부터 수십 수백 번을 생각해 온 일이었다. 그에 관해 되묻는 대신 이련은 변국을 타는 눈으로 노려보았다. 그리고 그 강렬한 눈길을 받아내던 변국은 미미하게 고개를 끄덕였다. 이련이 무엇을 말하려 하는지 변국도, 그리고 그 자리의 나머지 인물들도 명확히 알고 있었다. 근 오 년간 벌써 열 번도 넘게 올렸던 계책. 한사코 거부하며 한 번도 서전을 찾지 않았던 이련의 방문이란 그것을 허락한다는 뜻과도 같았다.

"결심하셨사옵니까."

"군사를 세 배로 키우고 대전의 밥버러지들을 모조리 쫓아낼 계책이라 하였다."

"틀림없사옵니다."

"나라의 군권을 내 뜻대로 휘둘러 천하에 위엄을 세울 길이라 하였다."

"그 또한 틀림없사옵니다."

"그리고 그것은."

잠시 멈추었던 이련의 입술이 다시 움직였다.

"형님 폐하의 길과는 다른 길이라 하였다."

"그렇사옵니다."

이련의 흐려지는 말끝을 꽉 잡아매듯 변국은 단호한 답을 내었다. 그리고 비뚤어진 입술을 움직여 다음 말을 이었다.

"모략과 정략의 길, 삼대에 걸친 업적을 흩어놓는 길, 한데 모인 나라의 뜻을 꺾는 길이라 말씀드렸습니다. 군사를 죽음으로 내몰고 백성을 신음케 하는 길이라 말씀드렸습니다. 그러나 그 대가로 전하께서 얻게 될 것은."

"고구려라 하였다."

평생 한 번 제 형제의 뜻을 거스르는 법 없이, 평생 한 번 듣고 배운 정도(定道)의 길에 어긋나는 법 없이 우직한 우국의 길만을 걸어가던 그 두터운 입술이 메마르고 갈라진 채 마지막 한마디를 찍어내곤 꾹 다물어졌다. 그리고 허리와 고개를 숙이고 있던 변국은 스리슬쩍 미소를 떠올리며 천천히 굽힌 허리를 일으켰다.

"전쟁, 높은 관직, 사병. 그렇게 세 개의 조건이 필요하다 말씀드렸사온데."

변국은 가만히 세 개의 단어를 읊조리며 말을 이었다.

"그 모두가 절로 맞아떨어졌습니다. 전하. 먼저 저들에게 사병을 돌려주시지요."

사병.

몇 번이나 청하고 몇 번이나 거절해 온 익숙한 내용이건만 좌우에 동요가 일지 않을 수 없었다. 사병이란 그리 간단한 문제가 아니었다. 오랜 세월 여러 부족의 동맹이던 고구려가 진실로 하나의 나라가 된 것은 비로소 사병을 혁파한 이후였다. 삼대에 걸친 노력. 을불이 모으고 사유가 지켜낸 바탕 위에 비로소 구부가 해낼 수 있었던 찬란한 업적이었다. 지방 군정(郡政)의 구획을 정리하고 호구(戶口)를 조사하여 세수(稅收)를 명백히 밝히며 대학(大學)을 세우고 중앙의 정예군을 편제하여 온 군벌의 자제를 한데 모으는 등, 참으로 길고 어려운 노력 끝에서야 이루어진 대업이었다.

"힘을 흩어 나누는 것입니다. 사병을 돌려주시고, 그리고 그들에게 이번 전쟁에 나아가 군공을 올리라 하십시오. 가장 큰 공을 거두는 이에게 대모달의 위(位)를 내린다 하는 것입니다."

좌중의 동요에 관계없이 변국은 빠르게 말을 이어갔다.

"저들이 원하는 대모달이란 군을 상징하는 이름입니다. 그렇다면 군의 일을 해야지요. 전장에 나아가지 않는 이는 농단의 죄를 물어 참하시고, 패전을 하고 돌아오는 이는 패전의 죄를 물어 참하십시오. 저들이 모두 부서져 무너지고 나거든 온 고구려는 오로지 전하께 기댈 것이옵니다."

"……."

"단 한 번의 전장도 경험한 적 없고 단 한 번의 훈련도 지휘한 적 없는 허수아비들입니다. 저들이 쥔 군사는 패배를 거듭하며 체를 치듯 걸러져 굳세고 끈질긴 이들만 남아 결국 전하의 품으로 돌아오겠지요. 과거 거란 정벌의 때에 한마음으로 반대하던 저들이, 지금 자신만만하게 대모달의 이름을 내려달라는 저들이 모두 엎드려 외침(外侵)을 막아달라며 전하께 가진 모든 것을 내놓을 것입니다. 온 나라의 무너진 마음이 모조리 전하께로 향할 것이옵니다."

계책은 음험하고 부정했으나 그럴 법했다. 당장 군(軍)을 상징하는 대모달의 이름을 내려달라는 이들에게 사병까지 쥐어주며 전장에 나아가라는 명은 결코 거부할 수 없는 것이었다. 나가지 않는 이는 항명죄를 물어 쫓아내고 나아간 이는 패전의 책임을 물어 쫓아낸다. 그리 모두가 무너지고 난 뒤에 온 고구려의 희망이 될 것은 틀림없는 이련이었다.

그러나 이련은 콧방귀를 뀌었다.

"시시하구나. 겨우 한 번의 군사를 얻어내는 작은 계책이 아닌가."

"전하, 가진 자들의 욕심을 우습게 여기지 마소서. 저들이 무너진들 패배한들 반성하고 후회하리라 생각하십니까. 제각기 경쟁하듯 새로이 사병을 뽑고 물자를 거두어 또 제 몸집을 불리겠지요. 또다시 힘을 키워 욕심이 나거든 저희끼리 다투고 빼앗으며 난장을 벌일 것, 고구려 전역에 수없는 군벌이 일어나 야욕을 불태우며 백성을 쥐어짜 재물을 모으고 사사로운 군사를 키울 것이옵니다."

비웃음으로 변해간 미소가 변국의 비뚤어진 입꼬리에 머물렀다. 그는 불편한 다리를 절며 서전의 문으로 걸어가 문을 활짝 열었다.

"그들 가운데 승자의 공물을 받고, 패자의 전리품을 압수하소서. 다툼과 경쟁을 부추겨 그들을 더 조급하게, 더 절실하게 내몰으소서. 하면 저들이 내놓는 것은 세 곱절, 열 곱절 늘고 또 늘 것이옵니다."

이미 나라의 힘과 뜻이 한데 모여있음에도 그 주인이 아니기에 쪼개고 흩어내라, 그리 조각내고 부서트린 부스러기를 주워 가지라, 지방 군벌의 야욕을 부추겨 백성을 수탈케 하고 일부를 빼앗으라. 그런 참람한 계책이었다. 평생 순수한 무인으로만 살아온 이련이라면 듣는 즉시 호통을 치고 물리쳐야만 할 삿되고 부정한 야욕이었다.

그러나 이련은 다른 것을 생각하고 있었다. 힘. 군사. 제 손에 쥐어지기만 한다면 언제고 고구려를 사방의 패자로 올려놓을 자신이 있는 그것은 여태껏 흩어지기만 하였다. 태왕인 형제도, 높은 대신들도, 수많은 백성들도 그것을 오히려 없애고 무너트리는 데에만 치중하며 허깨비를 좇고 환상에 매달려 고구려를 망치고만 있었다.

"마치 끝없는 바다에서 새로이, 한없이 얻어지는 재화와 군사가 아니겠습니까. 전하, 소신은 그로 만들어지는 군사를 여해(麗海)라 부르고 싶습니다. 잃고, 사라져도 또다시 얻어지는 무한한 고구려의 군사를 가리켜 말입니다."

마음에 파문이 일었다. 아니, 흔들린 지는 이미 오래였다.

"그리고 저 흙색 깃발 아래 여태껏 고구려를 지탱해온 근본의 군사, 그들은 여토(麗土)라 부르는 것이 어떨까 합니다. 앞날의 고구려를 세울 기반과 양분이 되어줄 그야말로 근본 중의 근본인 까닭입니다."

"여토."

"마지막으로 전하, 여태 말씀드리지 못한 것이 있사옵니다. 이것을 보시지요."

변국이 가리키는 곳을 바라본 이련은 이내 저도 모르게 탄성을 내었다. 서전의 어두운 구석에 놓인 탓에 보지 못했던 목제 받침과 그 위의 알 수 없는 무구(武具)들. 머리와 앞다리를 가리는 마갑(馬甲)과 정교하게 이어 붙인 사람의 찰갑(札甲). 이상하게 큰 박차와 두꺼운 편자. 앞이 뒤보다 솟은 안장. 처음 보는 생소한 것임에도 이련은 그 정체를 즉시 알 수 있었다. 기나긴 사유의 시대에 사라져 버렸던 옛 고구려의 유산, 대군과 대군의 전면전을 제외하고는 쓸 일이 없어 잊혀버렸던 무장. 이제는 기억하는 이도 만들 줄 아는 이도 없어져 버린, 미천왕대의 영광을 열었던 옛 개마(介馬)의 무구가 거기 놓여 있었다.

"변방의 어느 대장간에 정체 모를 노인이 들어오더니 수일 밤낮으로 철을 두드리며 만들어놓았다 합니다. 전하께서는 저것이 무엇인지 아실는지요."

"개마. 개마무사의 무구다."

변방의 정체 모를 노인이라니, 그야말로 하늘의 뜻이 아닌가. 이련은 홀린 듯 눈을 떼지 못한 채 짧은 대답만을 뱉어냈고 잠시간 기다리던 변국은 또다시 멋들어진 이름을 거기에 더해 붙였다.

"그렇다면 전하, 저것으로 다시 태어날 개마기병을 가리켜 여산(麗山)이라 하면 좋겠사옵니다. 그 세 개의 정병을 함께 일컬어 삼려(三麗)의 군사라 칭하면 어떨지요."

귀로 들려오는 찬란한 이름과 눈에 들어오는 옛 전설 속 무구가 이련의 머릿속에 장쾌한 그림을 그려내고 있었다. 개마대산을 뒤흔들며 달려 내려오던 옛 을불의 군대가, 문호의 목을 쳐내던 아불화도의 철창이, 모용외의 사신장을 한꺼번에 몰아치던 여노의 무예가 떠오르고 있었다. 이미 부정하고 음험한 계책의 꺼림칙함은 지워진 지 오래였다. 하늘처럼 따르던 제 형제의 뜻은 잊힌 지 오래였다. 과정이 어떠하면 어떻고 희생이 있으면 어떠랴. 힘. 군사. 전쟁의 나라 고구려. 고구려는 애당초 그런 나라였다. 오직 정복하고 빼앗으며 군림하는 오로지 무(武)를 숭상하며 천하에 웅비하는 강대한 나라였다. 이외의 그 무엇도 다 부질없는 부스러기에 불과했다. 고구려가 가야 할 길은 애초에 하나뿐이었다.

꿈을 꾸듯 두 주먹을 꽉 쥐었던 이련은 곧 가쁜 호흡을 골라내며 마침내 굳어진 결기를 낮은 목소리로 드러냈다.

"사병을 돌려주라. 저 수많은 대모달들에게."

선생은 고구려인인지요

활 잘 쏘는 추모왕

말 잘 타는 유류왕

칼 잘 쓰는 대주류왕

밥 잘 먹인, 밥 잘 먹인⋯⋯

예닐곱 살쯤 된 아이가 흙바닥을 손으로 두드리고 허공에 작은 돌을 던졌다 받으며 부르는 옛 고구려 태왕들의 노래였다. 거기서 노랫말이 더 생각나지 않는 듯 고개를 갸웃거리며 몇 번 더 돌을 던지며 노래를 되풀이해 보던 아이는 어느새 제 곁에 가까이 다가온 여인을 발견하고 말똥말똥한 눈으로 그를 바라보았다.

"밥 잘 먹인 민중왕."

여인은 아이의 더벅머리를 헝클어트리듯 쓰다듬으며 말해 주었고 아이는 다시 돌을 던지고 받으며 노래하기 시작했다. 잠시 지켜보던 여인이 아이의 머리를 한 번 더 쓰다듬으며 자리를 뜨려 하자 아이는 하던 놀이를 멈추고 여인을 부르며 입을 열었다.

"감, 감. 감?"

"감사합니다."

더듬는 말을 완성시켜 주며 여인과 아이가 함께 웃었다. 요동에 인접한 고구려 남서쪽 국경, 이제는 거란인이 대거 들어와 살기 시작한 거곡성 너머의 풍경이었다. 바야흐로 거란의 생활은 또다시 변해가고 있었다. 한 해 초원을 돌며 풀을 먹여 가축을 키우려는 이들은 떠났지만 더 많은 거란인이 거곡성의 성벽 뒤에 남아 머물러 있었다. 거친 초원에서 생존을 위해 싸웠던 시간이 그대로 남아버린 그들은 말과 음식과 놀이를 배웠다. 누구도 배우라고 시키는 이 없지만 그들은 스스로 나서서 배우고 익혔다.

"……."

거란 아이는 이제 놀이가 물려 심심한지 다시 돌을 던지는 대신 여인을 계속 빤히 바라보고 있었고 투명한 미소를 짓던 여인은 아이에게 물었다.

"함께 가보겠느냐? 귀인이, 좋은 사람들이 오고 있단다."

여인은 고개를 끄덕인 아이의 작은 손을 잡고 함께 걸음을 옮겼다. 성문으로, 점차 가까워 오는 말발굽 소리가 들려오는 쪽으로 걷는 그의 뒤로는 언젠가부터 거란인 몇몇이 따라 걷고 있었다. 착하다, 여자, 신선, 짝, 그런 단어들을 어눌한 말투로 중얼중얼 떠들며 마냥 따라 걸었다. 그들의 기척을 알아챈 여인도 살포시 웃었다. 그들은 아무 때고 여인을 졸졸 따라다니며 그녀가 세수하는 모습을 지켜보기도, 밥 먹고 산책하는 모습을 지켜보기도 했다.

"저기 오는구나."

걸어오는 이들이 차차 모습을 드러내자 여인 단청은 그들을 향해 살짝 두 팔을 벌렸다. 한가득 웃음을 머금은 흰 얼굴이 여느 때보다 맑았다. 누구이기에 저리도 반가이, 단청을 따라 구경나선 거란인들이 호기심 어린 얼굴로 지켜보는 가운데 가장 앞에서 나타난 이가 말에서 뛰어내리며 삿갓을 젖혔다. 종득. 장난스러운 얼굴의 무사가 거뭇한 얼굴을 드러내며 양어깨를 으쓱거렸다.

"스님, 아니 왕후라 여쭈어야 하는가요? 여하튼! 여기 다 데려왔습니다."

"오랜만이에요. 무사님."

머리를 긁적이는 종득의 뒤로는 꾀죄죄한 인물 수십 명이 따르고 있었다. 누구 하나 멀끔한 차림새가 아닌 각양각색의 인물들. 그들을 잠시 살피던 단청은 웃음을 터트렸다. 마주친 두 무리의 사람들이, 야만인과 거지꼴들이 저희끼리 서로 멀뚱히 바라보고 있는 광경을 본 탓이었다.

"귀한 분들, 장차 고구려의 귀한 선생이 될 분들을 모셔왔군요."

"폐하께서 그렇다고는 하셨는데. 하하, 사실 저는 잘."

그즈음 무리 가운데 한둘이 단청의 얼굴을 알아보고 놀란 눈을 끔벅였다. 곧 그들이 입을 벌리고 보리떡, 그런 소리를 내며 발꿈치를 들어 단청을 바라보는 가운데 그녀는 살짝 고개를 숙여 그 눈길에 화답하고는 성문을 가리켰다.

"다들 긴 여정이 피로하실 텐데 어서 안으로 드셔요."

곧 종득과 무리를 데리고 걸어 성문을 지나 드러난 광경은 제법 엉망진창이었다. 그들의 신선을 지극정성으로 따르기에 폭동만 없을 뿐 사는 이들의 집과 의복과 음식의 모든 것이 난장판이었다. 어설프게 짓다 말고 버려진 집터와 죄 누렇게 뜬 싹만 가득한 밭, 가죽과 베를 아무렇게나 겹쳐 입은 몰골에 정체를 알 수 없는 것들을 손으로 입에 쑤셔 넣는 이들, 곳곳에서는 쉼 없이 이어지는 시끄러운 소리가 가득했다.

"어떤가요? 폐하의 새 백성들은."

봉두난발의 야인들이 누런 이를 드러내며 웃는 모습에 종득은 차마 대답을 하지 못하며 제 이마를 짚었고 잠시 함께 그 광경을 훑으며 웃던 단청은 이제 등을 돌려 종득의 뒤를 따라온 이들에게 눈길을 주었다. 그들은 갑자기 드러난 야만인들의 난장판에 겁이 났는지 슬금슬금 조금씩 뒷걸음을 치고 있었다.

"여러 선생께서 먼 길 오시느라 수고가 많으셨습니다."

그저 은덩이를 준다는 말에 종득을 따라온 이들이 눈을 끔 뻑거리며 그녀를 바라보았다. 뭐야, 누군데, 등등 어수선한 소리가 오가고 그 사이에서 잠시 좌우를 두리번거리던 종득은 머리를 긁적이다 한 걸음 나아가 한쪽 무릎을 바닥에 꿇으며 외쳤다.

"고구려의 왕후를 뵙습니다."

따라온 이들은 종득이 나라의 장수임을 익히 알고 있었다. 왕후. 그 한마디에 대경실색한 그들이 한꺼번에 허리를 굽히 며 바닥에 무릎을 꿇었다. 지방 관리 얼굴조차 한 번 제대로 본 적 없는 이들에게 왕후란 까마득히 높고 높기만 한 이름이 었다. 흘깃 어렵게 살펴오는 눈치를 마주하여 단청은 마냥 편 안한 얼굴로 맨 앞 사람의 손목을 잡아 일으켰다. 그러고는 앞 에 펼쳐진 난장판을 가리키며 작은 입술을 열었다.

"선생께서는 저들이 무엇으로 보이시는지요?"

"야만인, 거, 거란 야만인들 아니온지요."

"선생은 고구려인이신지요?"

"예, 예. 그렇사옵니다."

"어째서 고구려인이지요?"

"예? 그것은 고구려에 살고 있으니, 소인의 아비가 고구려 인이고, 또 할아비도."

"그 조부님의 조부님께서도, 그 조부님도, 고구려가 생기기 이전의 조상님도 고구려인이셨을까요?"

"아니, 그것은 그렇지 않사옵니다만……."

"선생께서는 왜 고구려인이라는 이름을 쓰지요?"

"……."

"고구려 음식을 먹고, 고구려 옷을 입고, 고구려 말을 쓰고, 고구려 노래를 부르고, 고구려 술을 마시기에 고구려 사람이 아닌지요? 고구려의 것들을 배워 쓰며 사랑하기에 고구려인이 아닌지요?"

손목 잡힌 사내는 그저 경황없이 고개만 크게 끄덕일 뿐이었다. 그러자 단청은 조용히 웃으며 사내 곁의 다른 재주꾼들을 한 번 죽 훑으며 말을 이었다.

"음식 잘하는 선생, 옷 잘 만드는 선생, 농사 잘 짓는 선생. 노래 잘하는 선생. 여기에 다 모이셨군요. 제가 보기에는 온 고구려가 다 여기 있는 것만 같은데. 여기 선생들께서 어디 계시든 그곳이 바로 고구려가 아닌가 싶은데."

무슨 말인지 무슨 영문인지 몸 둘 바를 모른 채 그저 엎드린 재주꾼들에게 한없이 부드러운 눈길을 보내던 단청은 곧 등을 돌려 거란인들을 보며 맑은 목소리를 이었다.

"여러분의 스승이 되어주실 분들입니다."

"……?"

"배우셔요. 농사짓는 법, 밥 짓는 법, 술 빚는 법, 집 짓는 법, 날붙이 두드리는 법, 가축 기르는 법, 베 짜는 법, 하물며 노래하고 춤추는 법까지 배우셔요. 깨끗한 의관으로 점잔을 빼며 서책을 읽는 맞지 않는 일 대신 이들의 재주를 배우셔요. 여러분의 삶을 풍성케 할 모든 길이 바로 여기에 열려있습니다."

거란인들도 어렴풋이 알고 있었다. 이미 예전 서랍목륜에 모였을 때부터 거란은 그들에게 필요한 것이 무엇인지를 조금씩 깨닫고 있었다. 그들은 모여 사는 삶을 살아낼 방법을 몰랐다. 밭 터를 잡으려도 척박한 땅과 기름진 땅을 구분할 줄을 몰랐고 씨를 뿌리려도 날씨를 몰랐다. 음식을 구해도 저장할 줄을 몰랐으며 의복을 구해 입으려도 만들 줄을 몰랐다. 그 모든 것을 오직 약탈에만 의존해왔던 그들이 야만에서 벗어나기 위해서, 자립하기 위해서 필요한 것은 한(漢)의 유학이 가르치는 높은 학문, 엄격한 몸가짐이 아니었다. 바로 재주였다. 수백 년 오랜 세월을 통해 사람이 자연에서 익혀온 고유한 재주.

"아아, 오오."

그들은 백지장처럼 무식했기에 그만큼 솔직했다.

"부디 가르쳐 주소서!"

가한(可汗: 족장)이 가장 앞서서 꾀죄죄한 몰골의 재주꾼들 앞에 허리를 숙이며 외쳤다. 평생 겁박하며 고함치고 위협해

온 힘없는 민초들 앞에 무릎을 꿇으며 그들의 재주를 배우길 간청했다. 모인 거란인 모두가 엎드린 채 시간이 지나자 처음에는 겁먹은 얼굴로 뒷걸음치던 재주꾼들도 이내 한둘씩 고개를 끄덕이며 그들의 내민 손을 잡았다. 여기저기서 터져 나오는 스승이라는 외침에, 누구도 거들떠보지 않던 재주를 마치 드높은 공부처럼 가르칠 수 있다는 사실에 그들 또한 들뜨고 있었다.

"백성이 저희를 가리켜 부르는 이름이 그 나라의 이름이라 하셨지요. 백성이 사랑하여 부르는 이름이 그 나라의 이름이라 하셨지요. 틀림없사옵니다. 고구려의 삶을 살아내는 길을 배워내고 그것을 사랑하면 그가 바로 고구려인이지요."

고구려인과 거란인이 손을 맞잡고 대화를 나누고 웃음을 짓는 광경, 가르침과 배움의 기쁨에 이는 환호에서 한 발 뒤로 물러나 그들을 지켜보던 단청은 하늘 먼 곳의 구부를 향해 짧은 소회를 중얼거렸다.

"배워내고 사랑하여 부르는 이름."

서로 스승과 제자를 외치며 소란스러워진 군중들을 뒤로하고 단청은 걸음을 옮겼다. 구부의 뜻을 도우려, 함께 대계를 만들어가려 이 땅에 머물며 더욱더 사려 깊고 조용해진 몸가짐이었으나 본래 그녀는 태왕의 앞에서 부처의 고(睾: 불알)를 찾을 만치 발랄하고 활달한 여인이기도 했다. 이제 많은 선생들을 데려왔으니 할 일도 줄은 터, 이제는 정말 끝이 보이는 듯도 하여 홀가분한 마음으로 징검돌을 한 발로 뛰기도 주변의 꽃을 꺾어보기도 하는 등 혼자 즐거운 걸음을 옮기는데 어느새 뒤를 쫓아 다가온 종득이 그녀를 조심스럽게 불렀다.

"저, 이것이 왕후께서 아셔야 할 말씀인지는 모르겠으나."

그 장난기 많은 무사의 얼굴은 꽤나 굳어 있었다. 새삼스러운 목소리에 고개를 돌린 단청에게 종득은 잠시 머뭇거리다 더욱 낮은 목소리를 던졌다.

"곧 전쟁이 날지 모릅니다. 여기서 멀지 않은 곳이 격전지가 될 듯하여서."

거란 가한(可汗)은 요련(遙輦)씨였다. 거란의 빛이 되라는 의미에서 단청이 직접 지어준 양명(陽明)이라는 이름을 가진 그 거구의 족장은 전쟁이 날지 모르니 성문을 닫고 성 밖으로 나서는 이들을 단속하라는 단청의 말에 그저 웃음을 터트리고는 가슴을 쭉 펴고 당당하게 아무 걱정을 말라 외쳤다. 그러나 다음 이어진 말, 쳐들어오는 이가 연(燕)의 모용씨라는 말에는 얼굴이 흙빛으로 질리더니 두 손을 떨었다. 선비족 모용씨. 과거 위세를 떨친 지 수십 년이 흘렀지만 요하를 떠돌며 유목하던 족속 가운데 그 이름을 잠자코 들어낼 수 있는 이는 존재하지 않았다. 모용씨는 역신(疫神)이다, 마귀다, 혹 마주치면 결코 항거해서는 안 된다, 그저 도망치거나 복종하고 따를 뿐이다, 그런 말들이 오랜 세월의 경험으로 철칙처럼 그들의 머릿속에 박혀 있었다. 질린 얼굴을 못내 감추지 못하는 족장을 두고 나온 단청은 작게 중얼거렸다.

"부디 이 땅만큼은 전화(戰火)가 미치지 않기를."

첫 뿌리를 내리려는 작은 씨앗, 구부가 그토록 소중히 심어 놓은 뜻이 비로소 뻗치려는 자리에 전쟁의 불길이라니. 단청은 참으로 오랫동안 입에 올리지 않았던 염불을 외며 마음을 다해 빌고 빌었다.

오랜 숙적

그리고 낙랑.

소수림왕 13년의 해가 시작하는 이때, 모용수는 요동과 요
서의 가운데 위치한 낙랑에 들어가 머무르고 있었다. 성벽 위
에 바둑판을 놓고 낙랑성주와 마주 앉았던 그는 성주가 다음
수에 골몰하는 사이 시선을 돌려 성벽 너머에 눈길을 던졌다.
동서로 뻗친 요하의 젖줄을 한가운데서 움켜쥔 이 부유함의
상징, 모용수는 입술을 깨물었다. 나고 자랐던 북방을, 투항한
뒤 부견을 따라 끌려갔던 서쪽 길을, 예전 위대한 군공을 올렸
던 동쪽의 요동성을. 이곳은 모용수 평생의 기반이, 그의 뿌리
가 내린 땅이었다.

"연(燕)의 옛 땅. 흉노가 보이고, 선비가 보이고, 고구려가,
거란이, 숙신이 보이고."

성 밖 멀리 땅끝으로 향했던 그의 눈길이 성내로 향하며 가
늘어졌다. 삼엄했던 경비와 높고 깨끗했던 담장들이 있었던
곳을 한참 훑었다. 달라져 있었다. 옛 낙랑의 찬란한 영광은
사라진 지 오래였다. 허물어진 벽과 말똥 같은 오물로 더럽혀

진 길가, 옛 유서 깊은 명가(名家)들의 집터에 아무렇게나 널브러진 자들과 이곳저곳에서 드잡이를 벌이는 유목족 야만인들.

"흉노가, 선비가, 고구려가, 거란이, 숙신이 보이는구나."

활짝 열린 채 그 모두를 받아들이는 성문을 바라보던 그의 타는 눈빛은 성주가 다음 돌을 놓을 때에 바둑판으로 돌아왔다. 한참 골똘히 고민하다 한쪽 귀퉁이 언뜻 사지(死地) 깊숙한 곳에 돌을 찔러 넣은 어디 힘 있는 가문의 문관 출신일 법한 노년의 낙랑성주는 손뼉을 치며 웃었다.

"공, 제가 결국 절묘한 수를 찾았지요."

그러나 돌을 바라보던 모용수는 그에 화답하는 대신 무뚝뚝한 얼굴로 성주를 쳐다보고는 그가 올려놓은 돌을 손끝으로 툭 밀어 바둑판 바깥으로 떨어트렸다. 흠칫 놀라 제 얼굴을 마주 보는 성주를 그는 깊숙이 노려보았다.

"성주는 이곳에 돌을 놓을 수 없소."

"예? 아. 예……?"

"이곳은 사면이 포위당한 사지요. 생사를 도외시한 충실하고 용맹한 병사만이 들어갈 수 있지. 성주에게는 그런 장수와 병사가 있소? 도망가지 않고, 전의를 상실하지 않고 사지로 진격할, 성주를 위해 목숨을 바칠 수하가 있느냔 말이오."

"아니, 모용 공, 이것은 다만 바둑에 불과한."

성주는 말을 끝까지 잇지 못했다. 어느새 일어선 모용수가 타는 눈빛으로 그를 내려다보는 까닭이었다. 심상찮은 분위기에 얼른 눈길을 내리깔은 성주는 숫제 이전에 놓았던 돌까지 슬그머니 거두며 물러섰다.

"아, 듣고 보니 그 말씀이."

"성주는 최비, 아불화도, 그런 이름들을 들어보았소?"

"예예. 물론이지요. 옛 명장들이 아닙니까?"

"이 낙랑의 주인들이었지. 그리고 이 모용수의 아비인 모용황이 그들의 다음을 이었소."

"예? 아, 예, 그러셨었습니다."

"성주는 어떻소?"

그 시절과 지금의 낙랑이 가진 위상이 어찌 같을까. 저도 모르게 헛웃음을 내려던 성주는 여느 때와 다른 분위기에 슬쩍 얼굴을 살피다 헉, 하는 바람을 삼켰다. 모용수의 붉은 눈동자가 마치 해처럼 이글거리며 성주를 노려보고 있었다. 질린 성주가 일어서 몇 걸음 뒷걸음질을 치는데 모용수는 다시 물었다.

"성주도 그들과, 나와 같은 줄에 설 영웅이냐 묻는 것이오."

"그, 그것은. 어찌 제가 감히."

"낙랑대전을 기억하시오?"

모용수는 어느새 성주의 코앞까지 다가와 있었다. 성주는 주저앉아 버렸고 모용수는 그를 내려다보며 차갑고 감정 없는 목소리를 내었다.

"이 낙랑벌에서 고구려 고을불은 당대 제일의 지략가라는 최비를 대항하여 무책(無策)의 전장을 열었소. 최비 또한 무계(無計)로 임하여 대장군 문호의 장창 방진(方陣)을 내놓았지. 하늘이 열린 이래 가장 솔직하고 순수한 전장이었소. 수없는 영웅이 죽었고 수없는 영웅이 탄생한 위대한 전장. 나는, 나는! 천 번 듣고 만 번 읽은 그 절정의 시대를 기억하러, 그 열기를 매만지고 호흡을 되새기러 이곳에 왔소."

"그, 그랬, 그랬습니다. 장군, 가만 생각해보니 저, 저는."

"낙랑은 성지요. 군신(軍神)이 태어나고 군림해야만 하는 성지. 이제 묻겠소. 최비가 있었고 아불화도가 있었고 모용황이 있던 이 위대한 땅의 성문이 어찌 저리 활짝 열린 것이오. 어째서 이 위대한 땅을 오만 도적이 제집처럼 드나드는 것이오. 천하 패왕의 큰 칼로 빗장을 삼을 이 땅이 어째서 길거리 유녀처럼 앞가슴을 풀어헤친 것이오. 대답하시오. 성주. 누구요. 성문을 열어둔 자의 이름이 무엇이오. 이 땅을 더럽힌 자의 이름이 무엇이냔 말이오."

잔뜩 질려버린 채 나자빠져 있던 성주는 어느새 무릎을 꿇은 자세가 되어 모용수의 발목을 붙잡았다. 평생 권력의 틈바구니를 비비며 살아온 그는 지금 모용수가 하려는 일이 무엇인지를 직감할 수 있었다.

"저는, 그것은, 황제, 황제 폐하의 명으로. 제가 아니라 황제 폐하께서."

그러나 성주는 더 말을 잇지 못했다. 어느새 번쩍인 모용수의 첫 칼이 옆에 휘날리던 진(秦)의 깃발을 갈라놓고 연이은 두 번째 칼이 그의 목을 깨끗이 갈라놓은 탓이었다. 깃발이 쓰러지고 성주의 머리가 바닥에 떨어져 구르는 가운데 모용수는 좌우를 흘깃 돌아보고는 일어서 성벽으로 올랐다.

"낙랑."

그 한마디를 시원하게 토해놓는 얼굴에 이미 한가득 달아올랐던 분노는 자취를 감추어 있었다. 그저 평야의 거센 바람을 마주하여 묵묵히 눈앞에 펼쳐진 광활한 낙랑벌을 바라보던 모용수는 곧 뜨거운 음성을 토해냈다.

"결국 이곳에 왔다. 우리 연(燕)인이 결국 이 땅에, 이 낙랑 땅에 돌아왔다."

성 밖으로 보이는 낙랑벌에는 삼만 연(燕)인 군사가 진을 친 채 그의 명을 기다리고 있었다. 부견은 요하의 일을 모용수에게 완전히 일임했고 요동과 요서에 산재한 연인이란 연인을 모조리 골라 모아들인 모용수는 오직 그들만을 데리고 낙랑으로 들어와 있었다.

"그리고 동벌이란 단 하나의 적을 가리킬 뿐."

요하에 다니는 수많은 족속이 있었지만 모용수의 눈에는 그 중 하나만이 보였다. 길고 긴 악연, 요하의 패권을 두고 선비족 모용씨와 다투어온 고구려 고씨. 모용외와 을불. 모용황과 고사유. 모용수와 고구부. 동벌이란 오로지 그들과의 투쟁이었다. 오직 연(燕)과 고구려의 대결이었다.

"고구려. 너희는 느끼고 있는가."

노려보는 허공이 모조리 불타 없어질 것만 같은 눈길이 백전의 장군에게서 뻗쳤다. 끝도 없는 낭떠러지 밑바닥까지 모조리 인내로만 점철된 이 사내가 십 년이 넘는 세월을 갈아온 칼이 드디어 뽑히는 순간이었다.

"나는 진(秦)을 지웠다. 부견을 잊었다. 오직 고구려! 나는 너희만을 보고 있다. 동방의 왕, 너희를 무너트리고 확고히 쟁취할 그 자리야말로 실은 천하의 패자에 다가가는 가장 가까운 길이리라."

지난날의 소회와 꿈이 엉켜 결심과 각오가 되어가는 순간, 모용수의 옆에 함께 서 성벽 아래를 내려다보던 장군 난한(蘭汗)은 소매에 손을 넣어 주머니 하나를 매만지고 있었다. 모용수의 외척이자 가장 신임하는 장수인 그는 그 순간 엉뚱한 사람의 얼굴과 말을 떠올렸다. 그에게 그 주머니를 준 사람, 전쟁이 끝나거든 반드시 그때 열어보라며 주머니를 내주었던 진(秦)의 황제는 묘한 말을 했었다. 나는 적당한 것이 좋다. 적당한 승리, 적당한 패배. 적당한 성과, 적당한 욕심, 적당한 장군. 그 말을 곱씹던 난한은 잘린 낙랑성주의 목과 진의 깃발을 흘깃 바라보다 이내 수상한 자취를 털어냈다. 그리곤 여느 때와 같은 충성의 목소리를 높여 군사를 향해 외쳤다.

"연(燕)왕 전하를 따르라!"

왕에 봉해진 적 없는 모용수였으나 성벽 위의 모든 장수가 한꺼번에 쿵 소리가 나도록 무릎을 꿇으며 고개를 숙였다. 엄연한 반역의 색, 그러나 누구도 이상하게 여기지 않는 오랜 숙원의 시작이었다. 타는 눈으로 그들을 바라보던 모용수는 곧 큰 칼을 들어 동쪽을 가리켰다. 그리고 그 모습을 본 저 아래 낙랑벌의 연인 군사들은 땅이 흔들려라 환호어린 고함을 질렀다. 연(燕)의 모용씨가 다시 천하의 일축을 움켜쥐려는 순간, 용맹으로 비할 바가 없다는 모용씨의 핏줄이 다시 한번 천하를 향해 발을 내디딤을 선포하는 광경이었다.

"가자, 연(燕)인들아."

장안에서 가져온 연인 군사 삼만, 요동성에 머무르던 주둔군 일만. 도합 사만의 군사가 이날 출진을 시작했다. 고구려를 무너트리고, 숙신, 거란을 거두고, 흉노를 쫓아내고 그 거대한 땅에 연(燕)의 이름을 다시 붙이리라, 낙랑의 문을 닫고 온 천하에 연의 시대가 왔음을 공표하리라. 온 연인의 몸과 마음을 모조리 엮은 고삐를 붙잡은 모용수는 선두에서 말을 몰아가며 먼 하늘을 향해 나직이 독백을 중얼거렸다.

"수없는 개인의 삶이 모여 요동치는 것이 전장이고 그 미쳐 날뛰는 광기의 고삐를 잡는 것이 장군이다. 고구려, 너희에게는 장군이 있는가. 진짜 전장의 고삐를 잡아본 이가 있는가."

그리 자신만만한 물음을 던져낸 입술은 굳게 닫히는 대신 몇 번 들썩거리다 굳이 한마디를 더 이었다.

"고구부, 네가 또다시 나타난들 너는 탁상 앞의 책사일 뿐이다. 부처도, 신선도, 귀신도 아닌 그저 우스꽝스러운 모략가일 뿐이다."

평양성에는 소란이 일고 있었다.

그것은 바야흐로 모용수의 군사가 침략을 시작했다는 급보에 대비한 군략을 짜기 위해서도, 적절한 군사의 편제나 사기의 진작을 위해서도 아니었다. 사병이었다. 넉 달 전 나라의 군사를 도로 사병으로 돌려주겠다는 발표가 난 뒤로 한 구획의 진지와 한 사람의 병사도 손해 보지 않겠다는 듯 분쟁을 시작한 세력가들의 주장과 고집은 이 급박한 순간까지도 다 끝나지 않고 있었다.

"대가! 진위현의 병사 마흔 명은 십 년 전 소씨 가문에서 차출된 이들이었소. 어째서 자꾸 다른 말씀을 하시오?"

"근본을 따져야지요! 그들의 본(本)이란 사십 년 전 환도성을 수리하던 인부들을 소씨 가문에서 거두었던 것이 아니오? 그들은 난리가 나기 전에는 본래 예씨 가문의 하인들이었소. 그러니 예씨 가문이 데려가는 것이 맞소!"

"뭐라는 건지!"

얽히는 고함소리들을 잠자코 들으며 소리 없이 코웃음을 치던 이련은 제 손에 들린 칼을 매만지고 있었다. 여려. 고구려의 무력을 상징하는 한 쌍의 창과 칼을 이르는 두 병기 중 왕실에 남아있는 것은 검뿐이었다. 왕제 고무와 함께 사라졌던 창 여려극(戟)은 지금 어디에 있을까. 그런 엉뚱한 생각을 하던 이련은 소란이 길어지자 언제나처럼 말없이 일어나 대신들의 사이를 가르며 대전 밖을 향했다. 그러나 이번은 평소와 달리 그저 문을 나서지 않고 걸음을 멈추고는 등 돌린 그대로 한 손을 들었다.

"여러 대신께서는 대모달의 위(位)를 달라 하셨지. 그리고 우리는 함께, 그대들과 내가 함께 정한 바 이번 전쟁에서 공을 세우는 이가 그 이름을 얻기로 뜻을 모았소."

크지 않은 목소리였으나 작지 않은 내용에 잠시 소란이 멈추었다.

"대모달은 군(軍)의 상징이고 사병을 가진 그대들은 지금 군사의 일을 하고 있는 것이오. 그대들의 요청에 따라 따로 수장(首將)을 정하지는 않았으나 군율의 엄정함은 아셔야만 하지. 패장의 목은 참수해야 마땅하고, 제때 전장에 나아가지 않는 자는 일족의 목을 모조리 베어야 마땅해."

시끌벅적하던 대전의 고함이 점점 잦아들다 이내 숨소리 하나 들리지 않는 적막으로 가라앉았다. 그 갑작스러운 침묵이란 군율의 위엄을 존중해서도, 새삼 이련이 그들의 윗사람임을 인정해서도 아니었다. 서로의 얼굴을 바라보는 이 순간에야 그들은 깨닫고 있는 것이었다. 함께 뜻을 모아 이련에 대항하던 동지들이 지금 적이 되어 있다는 사실, 언제든 말로, 교묘한 변명과 소리 높인 비방으로 함께 저희들의 안위와 욕심을 도모하던 그 입술들이 어느새 서로를 물어뜯을 이빨로 변해버렸다는 사실을.

"전하, 그……."

습관적으로 열리려던 입술이 다물어졌다. 편한 자리에 앉아서 입을 모아 공(功)과 죄를 마음대로 주무르던 과거와 달라져 있었다. 군율을 어기는 자, 실책을 범하는 자, 패하고 도망쳐 오는 자, 그런 자들은 모두의 이빨에 뜯겨 죽을 것이었다. 그들은 그제야 그들이 실제로 전장에 나아갈 처지임을, 나아가 그 전장이 결코 만만하지 않을, 아니 지독히도 어려울 것임을 실감하고 있었다.

"제장(諸將)의 무운을 빈다."

무뚝뚝한 목소리로 그들을 군사의 일을 맡은 장(將)이라 부른 이련은 곧 대전에서 사라졌다.

 "돌지."

 이미 열 살 무렵부터 망국의 한을 업고 동예(東濊)의 반군
을 이끌다 이련에게 항복한 돌지, 그는 고구려의 정예한 군사
와도, 숙신의 거친 군사와도, 부여의 잔당이나 흉노의 비적과
도 수없이 싸워온 야전(野戰)의 화신이었다. 단 한 줄 병가(兵
家)의 가르침을 읽은 적 없지만 단 한 번 쉬운 싸움 없이 절명
의 위기만을 넘어온 탓에 전장의 모든 것을 직접 체득한 인물.
유리한 싸움은 애초에 해본 적도 없다는 그 젊은 백전의 맹장
은 불쑥 제게 내밀어진 이련의 손과 그 손에 잡힌 깃발을 바라
보았다. 흙색 바탕에 여(麗), 그리고 그 옆에 토(土)라는 글자
가 굵고 거칠게 쓰인 깃발.

 "수없는 패배로 얼룩진 군사, 깃발마저 부서져 흩어진 흙먼
지의 빛깔이다. 그럼에도 여태껏 살아남아 고구려를 지탱하
고 받드는 군사지."

 돌지는 깃발 앞의 군사들을 바라보았다. 벌써 십 년이 넘도
록 전장만을 방랑해온 그 황량하고 거친 군사들은 지금 잘 연
마된 병장기와 새로 기름칠된 갑주들을 입은 채 건강한 군마
위에 올라 있었다. 허언이 아닌 진짜 일당백. 몇 번이나 그것
을 증명해온 일천 명 전장의 장인들이 저희의 새로운 수장을

향해 각기 제 무기를 쭉 내밀어 보였다.

"여토(麗土). 고구려의 근간을 상징하는 너와 이 군사의 새 이름이다."

기병이기도, 보병이기도, 궁병이기도 심지어 공병(工兵)이기까지 한 만능의 군사였다. 전술을 말해도 설명할 필요가 없었고 자리를 정하지 않아도 네모반듯한 오와 열을 갖추는, 서로가 모두 서로의 이름을 알고 실력을 알고 버릇을 아는, 서로의 약점을 강점으로 가리어 결국은 강점만이 남는 군사. 그들의 새 이름이 여토였다.

그리고 이련은 돌지 옆의 다른 장수를 불렀다.

"울루."

거친 장포와 흐트러진 머리칼, 전장의 쨍한 볕으로 검어진 얼굴의 돌지와는 달리 울루는 한 치 흐트러짐이 없는 말끔한 의관을 자랑하고 있었다. 매 하루를 같은 시간에 일어나 같은 시간에 잠들고 같은 양의 식사를 하는 그는 평소 겉보기로 도무지 장수와는 어울리지 않는 사내였다. 수하 장수와 병사의 모든 사정을 낱낱이 꿰고 그 모두를 친절히 대하며 배려와 아량을 베푸는 선인, 그러나 놀랍게도 그의 가장 큰 특징은 냉정과 파격이었다. 그는 필요한 만큼의 희생에 일절 망설임이 없고 감정에 동요하는 일이 없으며 오직 실리만을 따졌다. 막사의 탁상 위에서 세운 군략을 그림 그대로 전장에 펼치는 철혈의 지휘관, 그것이 이련의 왼팔인 울루라는 장수였다.

"네게 여산(麗山)을 맡긴다. 갓 태어난 군사이니만치 이들을 어찌 키워내는지는 너에게 달렸다."

이련의 손에 들린 깃발이 가리킨 곳에서 철격거리는 소리가 일사불란하게 일었다. 거대한 말들을 따로 골라 말 머리부터 앞가슴에 철로 만든 찰갑을 입히고 기수가 등을 세운 채로 승마할 수 있도록 비스듬히 뒤로 경사진 안장을 올렸으며 기수들에게 또한 무거운 찰갑을 입혀놓았다. 수십 년 전 자취를 감추고 말로만 전해지던 옛 고구려의 유산 개마(介馬)의 기병이, 검은 장승이라 불리던 그들이 민담 그대로의 모습을 자랑하며 그 자리에 우뚝 서있었다.

"양승녹."

"강우계."

"우개덕."

이어 서쪽 세 개 성의 옛 성주들을 호명하여 기타의 군사와 병과를 지정해 준 이련은 마지막으로 한쪽 뒤편에서 기다리던 키 작은 절름발이 변국을 불렀다. 비뚤어진 입술로 슬그머니 웃음을 떠올리며 다가온 그는 허리를 숙이며 마지막 조언을 올렸다.

"전하. 소신은 사실 법을 따지는 법리(法吏)이오며 사사로이는 모사꾼일 뿐입니다. 전장의 일이란 감히 아는 바가 없사오나 굳이 꼭 한 말씀을 올리자면, 두 전장 가운데 불리한 격전지를 전하께서 택하시고 유리한 쪽을 대신들에게 내주소서."

적은 두 갈래로 올 것이었다. 모용수와 난한이 각기 한 갈래의 군사를 이끌고 올 것, 그중 하나는 이련이, 하나는 대신들이 맡기로 되어있었다. 그중 불리한 전장을 택하라는 말에 이련은 다른 의문 없이 고개를 끄덕였다. 불리한 전장이라면 틀림없이 적장 모용수가 향한 쪽일 터, 따로 말이 없었어도 이련은 당연히 그리했을 것이었다.

"물론이다."

"하여도 대신들은 오래지 않아 필패할 것이옵니다. 자칫 전하께서 전장에 오래 묶인다면 반대편의 적이 얼마만큼의 국토를 유린할지 짐작할 수 없으니 반드시 승전하셔야, 그것도 속결로 승전하셔야만 하옵니다. 어렵고 어렵기만 할 일입니다. 하여도."

그쯤에서 손을 들어 말을 끊은 이련은 신중한 표정으로 물었다.

"저들의 전선이 후퇴하게 되면 그다음의 요충지가 어디인가?"

"성을 말씀하시는 것이라면 잘 아시는 예성, 거곡성, 진산성의 세 개 성이옵니다."

살짝 비웃음이 스치는 것도 같았던 이련의 얼굴이 금세 다시 무겁게 가라앉았다.

"출병을 시작하지."

곧 모든 회의와 편제가 끝났음을 알리고 말에 오른 이련은
제 무거운 철창을 들어 바닥에 쿵 소리가 나도록 찧으며 제 군
사를 마주 보았다. 돌지의 여토 일천에 울루가 이끄는 여산 일
천, 거기에 세 성주가 각개 이천씩의 군사를 맡았고 다시 이천
의 기타 병과, 총 일만의 군사가 이련과 마주 서있었다. 그들
은 소집된 병사가 아니었다. 전장이 없어도 주둔지에 머무르
며 농번기에도 귀향하지 않는, 그야말로 전장이 고향인 이들
이었다. 평생 한두 번 전장을 겪어보기 힘든 징집된 농부나 어
부들과는 근본이 달랐다. 그런 드물고 희귀한 자들로만 무려
일만이었다.

"너희는 진짜 무부(武夫)로만 일만이다."

멀리서 이 군사의 사열을 지켜보는 이들은 침을 삼켰다. 고
함을 치고 북을 두드려 사기를 고양시킬 이유도, 엄정한 군율
을 외쳐 규율을 다질 이유도 없는 그들에게 내려앉은 이질적
인 침묵, 너무나 자연스러운 움직임이 도리어 위화감을 주는
까닭이었다.

"모용씨의 신(神)을 죽이고 요동까지 불태우기에 차고 넘치
는 군사다. 고구려 군사임에 자부심을 가져라."

모든 친정(親征)에 그래왔듯 직접 제 등과 허리에 창 세 자

루 칼 두 자루의 무장을 모조리 잡아맨 그는 곧 말을 박차 선두로 나섰다. 가장 먼저 전장으로 향하는 문을 나서는 수장(首長). 그 자긍심 넘치는 고구려의 사내를 따라 전장을 누빈 군사가 또 한 번의, 어쩌면 여태껏 가장 위험하고 어려운 전장을 향해 걸음을 옮기기 시작했다.

개모성과 백암성

　양 군사가 진격을 시작한 지 한 달.

　두 갈래 다른 길에서 서로의 군사는 부딪혔다. 개모(蓋牟)
성과 백암(白巖)성을 각기 격전지로 택한 고구려는 작고 허술
한 백암성에는 이련이, 높고 튼튼한 개모성에는 대가들이 들
었다. 적의 사만 군사 가운데 모용수의 이만 오천이 백암성으
로 향했으며 난한의 일만 오천이 개모성으로 향했다는 정탐
꾼의 보고에 따른 것이었다.

　그러나 그것은 완전히 잘못된 판단이었다.

　"보다 어려운 전장으로 향하는 것이 수장의 책무다."

　그리 외친 모용수는 양 군사의 깃발을 바꾸어 들고는 적은
군사를 거느리고 난공불락의 개모성으로 향하고 있었다. 그
리고 그 사실을 알 리 없는 고구려의 세력가들은 첫째로 개모
성의 견고하고 높은 성벽에, 둘째로 적의 숫자가 많지 않음에,
셋째로 그들 가문의 부(富)를 온통 쏟아내어 끌고 온 군사의
위풍당당함에 한껏 도취되어 막상 해볼 만하다는 자신감에
고양되어 있었다. 그들은 서로 양보와 협심의 미덕까지 보이

며 임시로 수장마저 뽑아두고 있었다.

"예해지 대가께서 병법을 깊이 공부하셨던 것으로 아오."

예씨 가문의 우두머리로 세력가들의 수장이 된 그는 마차에 실어온 무려 스무 권의 병법서를 항시 제 옆에 쌓아두고 있었다. 전략을 회의하는 자리에서도 손에 병법서를 들고 있던 그는 격 높은 손동작으로 책장을 덮으며 입을 열었다.

"옛 병가(兵家)의 가르침에 따르면 수성은 공성보다 유리하다 하였소. 허나 수성에만 치중하여 성문을 닫아걸고 있거든 병사의 사기를 지킬 수 없으니, 긴 수성으로 적을 말려 죽이는 것을 큰 줄기로 두되 첫날의 초전(初戰)만큼은 강한 기세를 뽐내는 것이 좋다 배웠소."

"오오, 역시 예 대가시오. 따르리다. 그러나 그 공(功)이 모두의 것임을 미리 밝혀야 다른 마음을 먹는 이가 없지 않겠소?"

"당연한 말씀이오. 모두의 전공은 모두의 것이지요."

합심한 세력가들은 예해지의 격조 높은 안목에 따라 성문을 열고 나아가 진을 쳤다. 모용수가 개모성에 도착하기 하루 전날, 그들은 각기 저희가 이끄는 군사를 정비하고 기세를 높여 싸울 것을 소리 높여 외쳤다. 먼 길을 진군해 온 적이 진영을 꾸리고 미처 다 자리를 잡기 전에 기세를 높여 무찌르라, 그것이 그들의 외침이었다.

"병법에는 삼, 이, 일의 이치라는 것이 있소."

"그것이 어떤 이치요?"

"적이 삼십 리 밖에 진을 치거든 너무 멀어 달려가기 어렵고, 이십 리 밖에 진을 치거든 양측에 불리함도 유리함도 없다하였소. 그러나 먼 길을 오고서도 십 리 밖에 진을 치거든 그야말로 배곯고 지친 군사이니 즉시 응징하라 하셨지. 어디, 적이 어디에 진을 치는지 두고 봅시다."

성 밖에 진을 친 세력가들은 시시각각 첨병(尖兵)의 보고를 받으며 예해지의 전략에 따라 어떤 훌륭한 용병술을 선보일지 제각기 생각에 빠져있었다. 오십 리, 사십 리, 삼십 리, 이십리! 득의만면한 대가들은 멍청한 적을 비웃었다. 곧 호탕한 외침으로 진군을 명하려는 때, 첨병의 보고는 갑자기 빈번하고 빠른 속도로 이어졌다. 십 리, 칠 리, 오 리. 숫제 그들의 눈앞에 모습을 드러내버린 모용수의 군사는 점점 더 빠르고 더 사납게 짓쳐들었고 세력가들이 정신을 차리지 못하는 찰나, 적은 그대로 성 밖 고구려 진지를 들이박았다.

그것이 끝이었다.

예해지도, 타 가문의 수장들도, 작은 장수도, 병졸도 누구도 정신을 차리고 대처하지 못하는 가운데 모용수의 군사들은 성 밖의 진지를 반으로 갈라버린 뒤 그대로 성문을 부수며 진입했다. 즉시 성내에 불을 질러 불바다로 만든 그들은 혼비백

산한 고구려의 병사들을 일방적으로 학살하기 시작했다. 성 안에 남겨진 군사들은 순식간에 전멸을 면치 못했고 성 밖에 나선 군사들은 열 명이 죽어 겨우 한 명을 죽이는 참혹한 항전을 벌였다. 순식간에 시체의 언덕이 쌓이고 그 언덕을 밟고 날뛰는 적은 도망치는 고구려군을 지푸라기처럼 찌르고 베었다.

"연(燕) 장수 배은술의 칼을 받을 자가 누구냐!"

"이 몸 모용우균! 고구려 잡졸은 감히 맞서지 말라."

군략도, 용병술도, 병졸의 질도 하늘땅만큼 차이가 났지만 그보다 더 큰 격차를 벌이는 것이 장수의 수준이었다. 군데군데 병졸을 이끌며 날뛰는 모용씨의 사나운 장수들에 고구려에서는 누구 하나 나서 변변한 대응을 하지 못했고 개중에서 특히 난폭한 용맹을 보이는 배은술과 모용우균의 두 장수는 고구려 장수의 복색만을 가려내어 쫓으며 찌르고 베었다. 도망치던 해씨 가문의 수장이 그들의 도끼에 등을 맞고 쓰러지는 순간 지휘해야 할 나머지 가문의 대가들은 몸을 떨며 할 말을 모두 잃었다. 처음 겪어보는 전장의 악몽 같은 광경에 가위라도 눌린 듯 병졸들의 몸이 굳은 가운데 크고 작은 장수들은 오히려 병졸의 뒤로 몸을 숨기기만 급급했다.

"도망, 도망쳐야, 후퇴해야 하오!"

높은 장수들이 예해지를 찾아 외치려는데 예해지는 이미 제 가문의 친족들을 데리고 저 멀리 도망치고 있었다. 벌써 불타는 성 너머 저 멀리까지 도망친 예해지를 보자 나머지 가문의 대가들도 발작적으로 외쳤다.

"후퇴하라! 무조건 후퇴해!"

난공불락이라는 개모성이 반나절도 걸리지 않아 무너졌다. 군사의 숫자가 얼마나 되는지도 셈해보지 않은 군사, 그런 까닭에 얼마나 잃었는지조차 알 수 없는 그 군사는 그저 길을 따라 사력을 다해 아침부터 밤까지 도망하고 도망한 끝에야 추격에서 벗어날 수 있었다.

"아아, 성이 있소!"

그렇게 정신없이 흩어져 도망친 이들은 며칠을 걸은 끝에 성을 발견했다. 어찌 알았는지 성문을 활짝 연 채 그들을 기다리고 있는 석성(石城). 개모성만큼이나 높고 견고한, 사유의 장구한 축성 계획으로 태어났던 거곡성이 그 갈 곳 잃은 패잔병들을 받아들였다. 대략 이만 언저리쯤 될 것으로 여겼던 병사는 일만도 되지 않는 숫자만 남아있었고 여덟 개 가문의 대가 중 셋이 죽거나 실종되어 있었다.

"이 성의 이름이 무엇이고 네 이름은 무엇이냐."

숨 돌린 대가들이 저희를 묵묵히 바라보고 있는 덩치 큰 사내를 향해 물었다.

"거곡성. 그리고 나는 거란 가한 요련양명이오."

"거란?"

황망 중에도 기막힌 듯 피식 웃는 대가들, 그들의 거드름에 눈살을 찌푸리는 요련양명. 그리고 그들에게서 스무 발짝가량 떨어진 곳에서는 한 여인이 염주를 붙잡은 채 반쯤 가린 얼굴에 깊은 수심을 드리우고 있었다. 불과 하루도 지나지 않아 옮겨 붙은 전화는 곧 이 땅도 모조리 태워버릴 것이었다. 대가들도, 거란 가한도, 당연히 단청도 수성(守城)의 경험은커녕 통상의 병법조차 무지했다. 훈련되지 않은 병사들은 투지조차 완전히 상실해 있었고 거란인들은 애초에 대군의 전면전을 접해본 적이 없었다.

백암성의 분위기는 사뭇 달랐다.

성에서 이십 리 바깥에 이만 오천 군사의 진을 친 난한은 촘촘한 방책을 세운 뒤 첨병만 수백을 풀어 백암성의 분위기를 살피고 살폈다. 열 명 가까운 책사들과 함께 군략을 밤새도록 의논한 그는 다음 날 아침, 갑자기 전해진 모용수의 대승을 듣고 기쁨의 환호성을 터뜨렸다.

"이제 우리는 서두를 것이 하나도 없소. 급한 것은 저쪽이니 굳이 불리한 싸움을 벌일 필요가 없겠소이다. 적이 나오거든 진지를 물리고, 적이 들어가거든 전진합시다. 한 달도 되지 않아 저들은 도성을 구원하러 물러날 것이오."

책사 모두가 기쁜 얼굴로 고개를 끄덕이는 가운데 난한과 더불어 상석에 앉아 있던 사내, 모용수의 맏아들이자 그와 함께 어려부터 수많은 전장을 겪은 모용보가 불만이 가득 찬 음성을 터트렸다.

"지나친 조심이오. 대부께서는 지나치게 걱정이 많소. 하루 빨리 저들을 뚫고 아버님께 합류하는 것이 당연하오."

"허허. 작은 주군, 그것도 맞는 말씀이나."

"고구려는 전쟁을 안 한 지 오래된 나라요. 이렇다 할 장수도 경험 있는 병졸도 없는 시시한 적을 어째서 두려워하고 기다리기만 하란 말이오."

그간 얻어온 전공보다도 유명한 것이 모용보의 강한 고집이었고 그보다 더 높은 것이 그의 신분이며 태생이었다. 자리의 누구도 감히 모용보에게 대놓고 반대하지 못하니 난한이 살짝 얼굴을 일그러트리고 책사들은 어찌할 바를 모르는데 그중 한 인물이 나서 좋은 표정을 꾸며 입을 열었다.

"그것이 맞는 말씀이십니다만 주군께서는 최대한 안전히 진군하라 하셨습니다. 허나 작은 주군의 말씀 또한 틀리지 않으니 이리 하면 어떨지."

책사는 웃음을 잃지 않으며 타협안을 내놓았다.

"함정을 파고 저들을 기다리는 것이외다. 급한 것은 저쪽이니 반드시 군사를 한번 낼 게 아니겠습니까? 그때를 노려 크게 무찌른 뒤 놈들의 꼬리를 잡아 성을 빼앗는 것이지요."

두 입장을 섞어다 책략까지 얹은 의견이니 자리의 책사가 모두 고개를 끄덕였다. 그러나 모용보는 여전 마음에 차지 않는지 하는 수 없다는 듯 콧방귀를 뀌며 몇 마디를 얹었다.

"여러 좌장과 대부께서 겁이 난다면 그 정도가 최선이겠지. 다만 함정을 파려거든 야습을 대비해서 파야 할 것이다. 궁지에 몰린 적은 반드시 정공(正攻)보다 요행을 노리게 마련이니."

"허허, 과연 높은 식견이외다."

합의가 서자 난한의 이만 오천 군사는 치밀한 함정을 준비하기 시작했다. 야습을 꾀어내라. 외곽의 군사는 해가 떨어지거든 밥을 해 먹고 숙면을 취하라, 파수를 줄이고 횃불을 끄라, 겉보기로 태만한 기색을 보이되 진중의 모든 궁병은 낮과 밤을 거꾸로 보내라, 적이 야습을 해오거든 진영 깊숙이 유인하여 포위하고 화살세례를 안겨 고슴도치로 만들라, 그것이 그들이 준비한 함정이었다.

그리고 백암성의 높지 않은 성벽 대신 근방의 산에 올라 그런 적진을 바라보던 돌지는 피식 웃었다. 잡졸부터 정병까지 온갖 적과 백 번이 넘는 야전을 경험한 그는 벌써 몇 번이나 봐왔던 익숙한 태세가 그저 재미있다는 듯 입꼬리를 비틀며 굵은 목소리를 내었다.

"적이 야습을 꾀어내고 있군."

옆의 울루 역시 고개를 끄덕였다. 먼 정벌을 떠나와서 가장 삼엄한 경계를 펼쳐야만 하는 때에 적진 외곽의 군사는 거하게 밥을 짓고 일찍부터 막사에 드는 등 잔뜩 흐트러진 모습을 보이고 있었다. 정병으로 이름난 진(秦)의 정벌군이, 그것도 명장 모용수가 이끄는 연(燕)의 정예군이 보이기에 이치에 맞지 않는 광경이었다.

"우리가 참 우습게 보였소. 저따위 미끼를 덥석 물 거라 여기다니."

더 볼 것도 없다는 듯 고개를 돌려버린 울루가 곧 자리를 떠나려는데 잠시 적진을 더 바라보던 돌지는 묘한 눈으로 울루를 응시했다. 정확히는 울루가 갖추고 있는 개마기병의 갑주를 바라보던 그는 갑자기 활과 화살을 들었다. 그러고는 울루에게서 멀리 떨어진 곳으로 걸어가며 말했다.

"울루, 내게서 삼백 걸음 정도 떨어져 보겠소?"

영문을 모르고 떨어진 울루가 고개를 갸웃거리며 등 돌린 채 걸어가는데 돌지는 갑자기 화살을 활에 재어 냅다 울루에게 쏘았다. 짧은 동작에 이어 깨끗한 소리로 바람을 가르고 날아간 화살은 놀란 울루가 채 고개를 돌리기도 전 그의 등에 맞았고 끔찍한 사고를 낼 것만 같았던 화살은 이내 팅 소리를 내

며 미처 두꺼운 찰갑을 뚫어내지 못하고 바닥으로 툭 미끄러
져 떨어졌다.

"당신 지금 무슨!"

평소 화를 내는 법이 거의 없는 울루가 얼굴을 붉히며 칼이
라도 뽑을 듯 외치는데 어느새 울루에게 다가온 돌지는 검은
얼굴에 대비되는 하얀 이빨을 드러내며 씩 웃었다.

"저 함정, 당해줍시다."

"당해준다?"

"여산."

돌지는 그 한 단어만 뱉어냈고 그의 이상한 짓과 뚱딴지같
은 소리를 잠시 생각하던 울루는 곧 손뼉을 쳤다. 그 또한 수
많은 전장을 겪은 이였다. 돌지가 하려는 말이 무엇인지, 그것
이 어떤 그림으로 그려질지 바로 생각을 마치고는 고개를 끄
덕였다.

"좋소. 대단히 재미있겠군. 기책이야. 아니 책략이랄 것도
없나."

"그렇지. 그저 고구려의 힘일 뿐이니까."

이틀 뒤 달조차 뜨지 않은 흐린 밤. 특히 성실한 준비를 마
친 궁수들이 눈에 불을 켜고 기다리는 가운데 백암성 성문이
열리고 일단의 군사들이 새어나왔다. 천을 대었으나 말의 발

굽소리가 죽을 리 없고 기름을 먹였으나 찰갑의 쇠 부딪히는
소리가 죽을 리 없었으며 태만을 위장했으나 곳곳에 숨어 백
암성을 살피던 첨병의 눈에 성문이 열리는 것이 보이지 않을
리 없었다. 고구려군이 성 밖으로의 첫 발을 떼는 순간 이미
그 야습은 은밀하게 난한의 진영 전체에 전달되고 있었다.

"요란하게도 오는군. 역시 모자란 장수와 훈련 안 된 병사
다."

첨병의 전달을 받은 난한과 책사들은 이빨을 드러내며 웃었
다.

달빛 하나 없는 밤중에 화살이 쏟아졌다.

난한군 전군(前軍)의 진중 외곽, 밥솥은 빈 채 연기만 내고
있었고 흐트러진 막사에는 사람이 없었다. 그리고 그곳으로
진군하여 빈 막사만을 찔러대던 일천 고구려 여산(麗山)군은
어느 순간 갑자기 북소리를 울리며 나타난 수천 궁수와 조우
했다. 삼면을 포위한 궁수의 시위에서 날카로운 화살이 쏟아
지고 또 쏟아졌다. 캄캄한 밤중에 보이지도 않는 화살 소리가
진중을 가득 메웠다. 일천 아니라 일만 병사라도 모조리 고슴
도치로 만들 만큼의 화살이 날고 영원히 끝날 것 같지 않던 그
화살의 소나기가 멎을 때, 살아있는 것이라고는 도무지 하나
도 남아있지 않을 것 같은 때가 되어 득의만면한 장수 하나가

모습을 드러냈다. 그는 껄껄 웃으며 사방의 횃불을 들라는 명을 큰 소리로 외쳤다.

"사방을 밝혀라!"

북소리가 멈추고 주위가 밝아지는 순간 장수는 기쁨의 웃음을 터뜨리는 대신 헉 소리를 내며 무릎을 꺾었다. 수백 걸음 밖에 쌓여있어야 할 시체의 산 대신, 죽어가며 뱉어내는 단말마 대신 검게 기름칠한 갑주의 행렬이 우뚝 선 채 불과 서너 걸음 앞에서 짤랑거리는 쇳소리를 내고 있었다. 말의 머리부터 가슴까지 길게 내려트려진, 기수의 머리에서부터 양팔까지 두텁게 둘러 감싼 갑주. 화살의 소나기를 묵묵히 받아내며 그들의 코앞까지 다다른 그들은 마치 어둠 속의 장승처럼 그곳에 서 있었다.

"적장은 이름을 밝혀라."

나직한 목소리가 흐른 순간 죽음을 직감한 장수는 바닥에 구르며 죽을힘을 다해 뛰었다. 그가 구른 곳에 거대한 철창이 꽂히고 가까스로 빗겨난 장수는 등줄기에서 피를 철철 흘리면서도 어떻게든 병사들 사이로 몸을 비집고 피했다. 그리고 일부러 창을 비껴 찌른 울루는 구태여 그를 쫓지 않고 다른 희생자들로 창끝을 돌렸다. 장수가 먼저 도망친 군사는 묶지 않은 짚단처럼 흩어지게 마련이었다.

"적에 두려움의 병을 퍼트려라."

수천의 궁수는 한순간에 전멸했다. 활과 짤막한 칼이 무장의 전부인 그들에게 두꺼운 갑주를 입고 높은 곳에서 내려찍는 철창을 당해낼 재간이란 존재하지 않았다. 일사불란하게 찍어가는 창질에 미처 도망도 가지 못한 채 그저 참혹하고 허무하게 생을 다할 뿐이었다. 포위망을 펼치던 보병들 또한 상대가 되지 않기는 마찬가지. 그 무거운 갑주의 군사들은 빠르고 예리하지는 않았으나 그만큼 단단하고 강력했다. 한 창에 하나씩. 한 여산군이 한 창을 찔렀다면 그것은 한 적병이 생을 다했다는 뜻이었다.

그리고 또 다른 군사, 사전에 약조하기로 퇴각하는 고구려군을 쫓아 성문을 돌파하는 역할을 맡았던 일단의 기병은 더욱 기막힌 사태에 마주해 있었다. 저편에서 허무하게 죽어나는 궁수들을 도우러 가야 할지, 약속대로 제자리에 머물러 있어야 할지 갈피를 잡지 못해 명령만 기다리던 차에 너무나 허무하게 그들의 우두머리를 잃은 탓이었다.

"돌지다."

이름을 밝히는 순간과 장수의 머리가 떨어지는 순간이 같았다. 어둠 속 어디에서 어떻게 나타났는지도 모를 그 고구려 장수는 마치 스쳐 지나가듯 장수의 목을 날렸고 그 뒤를 따라 기척 없이 나타난 병사들은 어둠 속이 환히 보이기라도 하는 듯 신속하게 사방을 누비며 말 다리의 관절마다 빠른 칼질을 박았다. 말과 사람이 엉키며 자빠져 구르고 그렇게 쓰러진 병사들의 목울대마다 짧은 칼이 꽂혔다. 그 괴이한 군사는 그야말로 사신(死神)이었다. 가장 효율적인 행위로 가장 빠르게 목숨만을 앗아가는 순수하리만치 솔직한 살해는 오히려 그렇기에 더욱 진한 두려움을 퍼트렸다. 혼란은 깊었다. 도망가야 할지 맞서야 할지, 어찌 싸워야 할지 무엇도 모른 채 순식간에 천 명이 넘는 연(燕)의 이름 높은 기병이 목숨을 잃고 그 자리에 쓰러졌다.

"이 버러지 같은 놈들!"

전군(前軍)이 그리 삽시간에 와해되는 가운데 중군에서 벼락같은 고함을 치며 달려오는 거구의 장수와 군사가 있었다. 난한의 소극적인 태도와 전략이 마음에 들지 않아 중군에 틀어박혔던 모용보는 오히려 그 사태가 더 기쁘다는 듯 둔중한 극(戟)을 휘두르며 거마를 내달렸고 어쩌면 힘과 기술이 모용수에 필적한다 소문난 그 난폭한 장수는 전장에 이르자마자 삽시간에 수십의 고구려 병사를 쓰러트렸다. 원체 완력이 대단하고 물불을 가림이 없어 어디의 누구를 만나서도 단기의 겨룸에 패한 적이 없다는 모용보였다. 여산군의 장(將) 울루를 마주치고서도 대뜸 거대한 극을 있는 힘껏 내리쳤다.

"네놈이 우두머리렷다."

고막을 때리는 쇳소리가 울리며 울루와 말이 동시에 비틀거렸다. 하마터면 창을 놓칠 뻔하고서도 냉정을 유지한 울루는 몇 번 이어지는 공격을 겨우 받아내다 이내 온 신경을 집중하며 안전히 물러나는 것에 최선을 다했고 그 꼴을 지켜보던 모용보는 그를 대신해 앞을 가로막는 병사 서넛을 베어 넘기며 크게 웃음을 터뜨렸다.

"고구려 졸장은 병사를 방패로 쓰는구나!"

사기는 중요한 문제였다. 특히 여산과 같이 대열과 무거움을 중시하는 부대일수록 더욱 그러했다. 개인의 두려움은 대열의 흐트러짐을 불러오며 엉키고 망가진 대열에서의 중갑(重甲)이란 그저 무겁고 불편한 짐 외의 무엇도 아니었다. 그야말로 용력으로 맞설 무장이 필요한 때. 울루는 재빨리 전장을 훑어 돌지를, 저 난폭한 무장을 상대할 전장의 유일한 장수를 찾았고 머잖아 다른 무언가를 대신 발견한 그는 입가를 슬쩍 씰룩였다.

"여산, 제자리 시립! 잘 보아두어라."

여산의 개마기병은 새로 태어난 군사였다. 체격이 크고 무재가 있는 병사를 따로 뽑아 훌륭한 무장을 입히긴 했으나 경험이 적고 정신의 단련이 되지 않은 이들이었다. 첫 출전에서 무너져서는 결코 안 될 일, 그리고 고구려 진중에는 그것을 너무도 잘 아는 백전의 무장이 있었다.

"당대의 천하제일장을."

그 말과 동시에 알 수 없는 고함소리가 온 전장을 쩌렁쩌렁 울리며 터졌다. 삽시간에 땅을 흔들고 전장을 가르며 나타난 거대한 말과 사람이 하늘로 솟구치듯 뛰어 오르더니 열 걸음도 넘는 거리를 날아 모용보에 육박했다. 마치 하늘이 통째로 내려앉듯 떨어진 창날이 양손으로 받쳐 잡은 모용보의 창을 반으로 가르고 그의 두꺼운 철제 투구를 쪼개고 지나서는 말 머리까지 반으로 갈랐다. 그야말로 한 합. 무릎을 꺾고 쓰러지는 말과 비명을 지르며 정신을 잃은 모용보가 함께 엉켜 바닥에 팽개쳐지고 대경실색한 장수들이 급히 말 달려 나와 이런의 앞을 가로막는데 그들 또한 가로로 크게 휘두른 창에 얻어맞아 말 탄 채 옆으로 나자빠졌다. 파죽지세라는 말 그대로였다. 꾸역꾸역 필사적으로 나와 주인 대신 맞아 죽고 베여 죽는 이가 호흡마다 두셋에 겁에 질려 뒤로 몸을 숨기는 이가 그 두 배, 학을 떼고 제자리에 꼼짝도 못하게 굳은 이가 다시 그 두 배. 가까스로 모용보를 구해 물러나기까지 불과 열 호흡도 되지 않아 셀 수도 없는 장수와 병사들의 시체가 지천에 쌓였다. 벌써 몇 번째 전장을 한 칼로 베어버린 그 강대한 무장의 위용이 보는 모든 이의 눈에 선명하게 틀어박혔다.

　"물러서라! 제발 물러나라! 후군의 진영까지 무조건 후퇴하라!"

　그것이 그날 전투의 끝이었다. 검은빛 철갑을 번뜩이는 묵직한 병사들도, 평생 한 번 상대해 본 적 없는 괴이한 전장의 살인자들도, 모용보를 일격에 박살 낸 적의 수장도 도무지 감당할 수 없는 압도적인 두려움이었다. 백전을 겪으며 몸과 마음을 단련해온 연(燕)의 정병들이었으나 이 한 밤의 전투를 겪고도 의지가 꺾이지 않은 이는 없었다. 근래 전쟁을 겪은 적이 없다는 고구려, 이렇다 할 무장이라고는 하나도 갖지 못했다는 고구려의 숨겨진 힘이란 그토록 무시무시한 것이었다.

"거의 반절이 박살 났구나."

다만 후군을 멀찍이 물린 채로 더 높은 방책만을 쌓던 그들의 나이 많은 수장, 사실 병법보다는 내정의 공부와 행사에 더 오랜 시간을 보내왔던 난한은 오히려 그런 탓에 저 압도적인 군사의 실체를 바라보고 있었다.

"근간 큰 전쟁이 많지 않았던 고구려에 저토록 단련된 병사와 장수가 있다면 그것은 저들이 모든 전장을 도맡아온 까닭이다. 오직 저들이 전부라는 뜻이야. 그렇다면."

첫날 모용수의 터무니없을 정도로 간단하게 거둔 대승을 전해 듣고 가졌던 의심은 이제 확신이 되어있었다. 눈앞 백암성의 지나치게 강한 정병은 오히려 고구려의 약점을 드러내고 있었다. 그들이 전부였다. 고구려가 가진 모든 힘은 오직 그곳에만 집중되어 있었다. 반대편의 상황, 모용수의 전장이란 보지 않아도 뻔했다.

"저쪽 전황은 정반대라는 이야기다. 우리가 저들의 발목을 잡아두기만 하면 전쟁은 끝이라는 이야기지. 하지만."

잠시 망설이는 듯도 싶던 난한의 입모양이 적당히, 적당하게, 그런 말을 하듯 소리 없이 움직이더니 이내 묘한 비웃음으로 바뀌었다.

"어쩌겠나. 이미 작은 주군께서 이 모양인 것을. 나는 한걸음 물러나 주군의 승전보를 기다리겠다. 군사를 뒤로 물려 기다리다 저들이 도성을 구원하러 떠나거든 그때 진군하리라."

그는 병상에 누운 모용보를 흘깃 바라보며 중얼거렸다.

나타나다

모용수의 군사는 세 번째 성을 간단히 무너트렸다.

개전 후 겨우 스무 날, 개모성을 무너트리고 진산성을 깨트린 그들은 예성의 성문을 넘었다. 거듭된 무혈입성이었다. 지난 세 개의 성을 깨트리며 모용수가 잃은 군사란 고작 일백도 되지 않았다. 마냥 걸어도 스무 날쯤 걸릴 길을 꼭 그만큼 되는 날짜에 왔으니 그야말로 거칠 것 없는 진군을 해온 것이었다. 머잖아 또다시 거두어낼 승전은 누구도 의심하지 않을 불보듯 훤한 일. 그러나 이제 막 예성을 넘은 모용수는 제 막사에서 그다지 즐겁지 않은 목소리를 내었다.

"불쾌하다."

난한의 군사가 겪은 대패를 전해 들어서도, 큰 부상을 입은 모용보가 염려되어서도 아니었다. 순리를 따져 전국(戰局)을 더듬어가는 그의 본능에 자꾸만 거북하게 걸리는 무언가가 있는 탓이었다. 거란. 진산성과 예성에는 거란족이 가득했다. 성 내 인구의 구 할이 거란이었으며 병사는 숫제 십 할 모두가 거란족이었다. 거기 더해 사로잡은 거란족들은 고구려의 옷을 입고 고구려의 말을 하고 있었다.

'하다못해 흉노나 동호(東胡) 따위의 족속들도 몇몇 섞여 있었습니다.'

고구려의 성에 거란인이 사는 것만도 이상한 일인데 다른 족속조차 몇 섞여 있었다. 그저 칼 한 번 휘둘러 흩어낼 형편 없는 병사들이었으나 그 이질감은 모용수에게 자꾸만 거추장스러운 이름을 떠올리도록 만들고 있었다.

"고구부."

이미 다섯 해가 넘도록 아무도 본 적 없다는, 실은 이미 죽고 없어졌을지도 모를 이름이 어째서 또 묻어나는지. 의심은 이어졌다. 아직 태왕위에 오르지 않았다는 고이련도, 이제 와 백암성에 되살아났다는 개마병사도, 자꾸만 나타나는 이상한 유목인 족속들도 그 이름이 묻어있는 것만 같았다. 억지로 머리를 흔들어 잡념을 털어낸 모용수는 두 주먹으로 눈을 꾹 누르며 낮은 목소리를 뱉어냈다.

"연(燕)을 되살리는 정벌이다. 하늘 앞에 스스로를 증명하는 정직하고 순수한 군사의 전장이란 말이다."

막사를 나선 모용수는 제 진중을 걸으며 부대들을 하나하나 살폈다. 경험 없는 신출내기도, 병들고 노쇠한 이도 없는 그야말로 강병. 전후의 대열을 불문하고 허점이라고는 하나도 없는 그야말로 완벽한 군사였다. 어떤 이변이 있더라도, 어떤 강

적을 맞이해서도 전장에서의 패배란 결코 떠올릴 수 없는 그가 직접 긴 세월 피땀 흘려 만들어낸 결실이었다.

"적은 허깨비일 뿐이다. 어떤 방법으로도 지는 그림이 떠오르지 않는다."

이튿날 모용수는 전력을 다한 총공세를 명했다. 미약하기만 한 적을 향해 최선을 다한 공격을, 일말의 불안도 존재하지 않는 가장 완벽한 전장을 열었다.

거란 가한 요련양명은 며칠 전 있었던 일을 생각하고 있었다.

"이 성은 내가, 거란이 얻은 거란의 것이다."

부릅뜬 눈과 가시 돋친 말은 마주 선 단청과 종득, 그리고 대가들을 향하고 있었다. 새삼 변한 태도를 이해하지 못해 눈을 동그랗게 뜬 이들 가운데 단청은 그의 의도를 짐작하고 고개를 저었다. 그러나 숫제 칼을 겨눈 요련양명은 거듭 으르렁거리듯 외쳤다.

"고구려인은 빠지란 이야기야!"

근방 두 성의 급보가 전해진 지 오래였다. 하나같이 제대로 싸움조차 벌여보지 못한 채 성을 잃고 모두 사로잡혔다는 허무한 소식뿐. 적은 평생 듣도 보도 못한 정병이다, 열이 덤벼 하나를 상대하지 못한다, 성문을 진흙 가르듯 갈라버리고 성벽을 달려 넘었다, 그런 두려움을 가득 담은 말들만이 전부였다. 무너지는 것은 확정되어 있었다. 거곡성인들 무엇이 특별하다고 그 공세를 버텨낼까, 요련양명은 이미 희망을 접고 마지막 배려와 우의를 보인 것이었다.

"가한의 뜻이 정 그렇다면 어쩔 수 없겠군."

예해지를 비롯한 대가들은 그것이 때마침 내린 하늘의 구원이라도 되는 듯 즉시 그 자리를 떠나 하나 남김없이 저희 군사를 이끌어 뒷문으로 빠져나갔다. 본래 살던 거란인과 몇몇 고구려인만이 남은 거곡성은 그저 차분히 항전을 준비했고 그들은 며칠 후 나타난 적군을 맞아서도 끝까지 마음을 꺾지 않고 항전을 벌였다. 정벌을 시작한 이래 가장 지독하고 난폭한 공격이었으나 남은 이들은 끈질겼다. 거곡성이 함락되기까지는 무려 사흘 밤낮이라는 시간이 걸렸다.

"나는 고구려인이다."

그리고 그간의 상념에서 깨어난 요련양명은 며칠 전 했던 것과 정반대의 소리를 정확한 고구려 말로 선언했다. 포박된 채 모용수의 앞에 무릎 꿇려진 그는 부릅뜬 눈으로 모용수를 향해 벌써 세 번째 같은 말을 되풀이하고 있었다.

"이놈이 끝까지."

처음 들었을 때는 어처구니가 없어 웃고, 두 번째 들었을 때는 얼굴을 굳히고 웃음을 걷었으며, 세 번째 들은 지금 모용

수는 어금니를 악물었다. 무려 거란 여덟 개 부족의 가한이라
는 자가 고구려 변경의 성에서 항전하다 잡혀오더니 이제는
스스로를 고구려인이라 아득바득 우기고 있었다. 요련양명을
노려보던 모용수는 다른 데로 고개를 돌렸다.

"어디, 너도 고구려인이더냐?"

그는 창을 들어 다른 포로, 초라한 행색의 거란인 하나의 턱
끝에 들이대며 물었다. 턱이 들린 포로의 얼굴은 틀림없이 고
구려인과는 다른 거란인의 것이었고 슬쩍 피가 나도록 목울
대를 찔러오며 묻는 모용수의 질문에 그는 피식 웃었다. 그리
고 모용수를 똑바로 바라보던 그의 입에서는 낮은 목소리가
새어나오기 시작했다. 곡조가, 가락이 담긴 음성.

활 잘 쏘는 추모왕
말 잘 타는 유류왕
칼 잘 쓰는 대주류왕

노래였다. 고구려의 역사를 담아가는 민요가 퍼지기 시작하
고 둘이, 셋이, 열이 가락 위에 가락을 얹었다. 이내 거란인 포
로 수천의 입에서 같은 음성이 같은 곡조를 타고 흘렀다. 하나
빠짐없이 모든 포로가 같은 소리를 내어 외치듯 부르기 시작
한 노래가 반쯤 불탄 거곡성에 퍼졌다.

멀리 달린 서천왕

　욕심 많은 봉상왕

　낙랑 찾은 미천왕

　평생 항복한 포로를 죽이지 않았던 모용수의 창이 움찔거리
다 저도 모르게 첫 거란인의 목울대를 꿰뚫었다. 피 흘리며 쓰
러지는 포로를 두고도 수천의 입이 함께 부르는 노래는 줄어
들 줄을 몰랐고 이어지던 노래의 끝에 거란인들은 주섬주섬
품을 뒤져 종이를 한 장씩 꺼냈다. 귀한 종이를 어디서 어떻게
구했는지 고이 접은 흰 종이를 하나씩 펼친 그들은 그것을 꿇
린 무릎 앞에 고이 내려놓고 그 위에 머리를 숙였다. 그리고
그 기이한 행동을 넋 놓고 바라보던 눈이 종이로 옮겨간 순간
모용수는 저도 모르게 신음을 흘렸다.

　고구부.

　그 세상 천지에 묻어나 자신을 괴롭혀 오던 얼굴이 거기 있
었다. 수천 개 초상화가 바닥에 펼쳐진 채 웃으며 거란인들을
마주 보고 있었다. 신선. 거란인들은 그를 신선이라 외치며 종
이 앞에 머리를 박고 또 박았다. 비참한 몰골로 무릎 꿇린 채
고구려 태왕을 저희 신선이라 부르며 기쁘게 웃고만 있었다.

　"귀신, 부처, 신선."

그 정신 나간 광경 앞에 모용수는 온몸이 굳은 채 아무 말도 하지 못했다. 부처의 법력을 빙자해 온 요동을 홀렸던 귀신이 이제 신선이 되어 거란을 홀리고 있었다. 거란 가한과 수천의 거란인이 스스로를 고구려인이라 밝히며 태왕을 신선이라 외치고 있었다. 이 무슨 요사한 홀림이란 말인가! 분노와 경악으로 경직된 채 떨리는 손끝을 간신히 끌어 모아 창을 쥔 모용수는 근처의 포로 서넛을 마구잡이로 찌르며 고함을 쳤다. 평소 포로 한 명을 죽이는 법 없던 그가 악에 받쳐 외쳤다.

"전부 죽여라. 전부 죽이고 시체를 불태워라!"

"주군!"

순간 멀리서부터 달려온 모용우균이 말에서 구르듯 뛰어내리며 그의 앞에 무릎을 꿇었다. 동쪽 멀리 정찰을 나갔던 그는 여기저기 갈라진 갑주 사이로 피 흘리는 상처를 드러낸 채 다급한 목소리로 외쳤다.

"동쪽 백 리 밖에서 고이련의 군대가 다가오고 있습니다. 정병, 정병입니다. 진열을 가다듬고 전면전을 펼쳐야 합니다. 어찌 이리도 빨리 왔는지, 난한 장군의 군세가 벌써 전멸하기라도 한 것인지!"

그것으로 끝이 아니었다. 이번에는 서쪽에서 배은술이 달려오며 외쳤다. 요동성의 전령을 맞이하러 나갔던 그는 왜인지 모용우균보다도 더 하얗게 질린 얼굴로 나타나 예를 표하는 것조차 잊고 다급한 외침을 내었다.

"급보이옵니다. 천하 사방에서 개미떼마냥 적이 오고 있다 합니다. 수만 거란인, 거기에 흉노, 동호, 숙신, 하다못해 탁발이나 걸복, 강(羌), 오환(烏桓)까지 오만 잡것들이 이곳저곳에서 나타나고 있다고, 사방에서 오기에 정확히는 모르나 십만은 훌쩍 넘을 것 같다 합니다. 그들 모두가, 모두가 깃발에 사람의 얼굴을 그려넣고 그것을 신선이라 외치고 있다 합니다. 그 얼굴이 아마."

"고구부."

급보를 듣고서 오히려 질렸던 얼굴이 풀려 있었다. 악에 받쳤던 얼굴이 돌아와 있었다. 모용수는 놀랄 것도 없다는 듯 천천히 그 이름을 중얼거렸다. 저 초상이 십만 개가 온다고. 그것도 요하에 다니는 모든 족속들이 섞여서. 그는 긴 숨을 내쉬었다. 숫제 허탈한 웃음마저 떠올리며 그는 그 이름을 거듭 중얼거렸다.

"고구부."

싸울 수는 없었다. 그런 군사와 싸울 수는 없는 노릇이었다. 이길 수도 없었으며 설령 이기더라도 천하에 도대체 얼마나 많은 원수를 낳을지 상상조차 할 수 없었다. 상대가 내밀어오는 새 전장이란 한번 마음껏 싸워볼 기회조차 내어주지 않는 외통수일 뿐이었다.

"너는 정말로 신선인가."

그는 하늘을 올려다보았다. 수천 거란인들이 악을 쓰며 부르는 고구려의 노래 속에서, 신선을 외치며 걸어온다는 수만 족속들을 상상하며 문득 그는 한없이 겸손해지는 자신을 느꼈다. 부질없다, 적을 죽이고 승리를 하는 그따위 놀음이란 참으로 부질없다, 그런 혼잣말을 두서없이 중얼거리던 그는 부여잡았던 창을 떨어트렸다. 삶 전체를 지배해 오던 의지도, 끝없이 타오르던 의욕도, 제 백성 모두를 묶어 짊어진 책임도 함께 놓아버린 채 그는 공허한 목소리를 흘렸다.

"네 시대로구나."

그는 몸에 꽉 매었던 갑주마저 풀어 바닥에 툭 던지며 말했다. 바라보는 이들의 눈이 흔들리는 가운데 그는 선문답 같은 말을 날숨에 흩어 퍼트리며 모든 것을 놓아버리고 돌아섰다.

"돌아가자. 애초에 이곳은 전장이 아니었다."

잡혔던 수천 거란인이 풀려났고 성도 돌려주었다. 그저 잠시 들렀다 돌아가는 사람처럼 모용수는 깨끗이 물러났다. 그리고 동쪽에서부터 쫓아온 이련도, 서쪽에서부터 몰려오던 수만 이민족도 그들을 막지도 쫓지도 않았다. 그것은 그들이, 모용수와 난한, 그들을 따라 돌아가는 군사들이 모두 깃대에 깃발 대신 초상화를 매달고 있는 까닭이었다. 마치 아무 일도 없었던 듯, 애초에 있지도 않은 전쟁이었던 듯 그들은 사라졌다. 어째서 그렇게 돌아갔는가. 여러 족속 간 모종의 동맹이 있어 그를 합공한 것도 아니었다. 힘든 전장이 가로막은 것도, 재해가 있었던 것도 아니었다. 누구도 이해할 수 없었던 그 사건은 종군한 사가(史家)들조차 어떻게 받아들일지 몰라 일종의 알 수 없는 신성이 그곳에 있었음을 기록할 뿐이었다.

— 서북쪽에 별이 나타났다(星孛于西北).

그리고 그 별은, 신선을 외치며 거곡성을 향해 걸어오던 수만 인파 속 어딘가에 묻혀있던 그는 한 여인과 마주하고 있었다. 다섯 해가 지나서야 만난 제 짝을, 다섯 걸음 떨어진 곳에서 한참 말없이 바라만 보고 있었다.

"여느 아낙과 같구나."

"그저 촌부의 모습이십니다."

단청의 웃는 낯에서, 미소를 한껏 머금은 눈에서 맑은 눈물이 한 방울 흘렀다. 말없이 양팔을 벌리고 활짝 웃는, 드디어 한낱 촌부가 될 수 있는 그 위대한 사내에게 달려가 안기며 그녀는 그의 등을 꽉 붙잡았다.

칠 년 세월의 여정 끝에 평양성으로 돌아가는 길, 참으로 오랜 시간 방랑하였으나 그처럼 함께 편한 걸음을 옮긴 적은 없었다. 발길 닿는 모든 경치마다 시구를 지어 붙이며 모든 낮과 밤에 멈출 줄 모르는 이야기를 나누었다. 만물을 미루어 짐작하는 이와 한마디를 들으면 모든 뜻을 미루어 짐작하는 이가 만났으니 즐거운 대화란 끝도 없이 이어지기만 했다. 향후를 생각하는 질문이 나오기까지 지난 세월을 듣고 묻기만 스무 날, 구부는 슬쩍 웃으며 답했다.

"돌아가거든 먼저 양위해야겠지. 그리고 이름을 하나 지어 줄 생각이야."

"갑자기. 누구에게 붙여줄 이름이옵니까?"

"이런의 첫 아들. 훗날 태왕이 될 아이 말이다. 아마 대여섯 살쯤 되었을까."

"아."

"내 이름도 숙부께서 지어주셨거든. 나도 그러는 것이 좋지 않을까 해서."

"따로 생각해둔 이름이 있으신지요."

"음. 몇 개 있기는 한데."

엎드려 턱을 괴고 있던 구부가 입을 열어 생각해둔 이름들을 꺼내려는데 문득 단청이 손가락을 그의 입에 가져다 대고는 고개를 저었다.

"이렇게 말고. 강가라도 찾아 목욕재계를 하신 뒤 새벽녘 해 뜰 즈음 말씀하시지요. 훗날 태왕이 가질 이름인데."

"숙부는 만취한 채로 내 이름을 지어줬었는걸."

단청은 뚱한 얼굴로 턱 끝을 흔드는 그를 억지로 문밖으로 밀어냈다. 그렇게 쫓겨난 구부는 정말로 새벽이 지나고 해 뜰 즈음이 되어 돌아왔다. 잠들지 않고 기다리던 단청의 무릎을 베고 벌렁 드러누운 그는 결정한 이름이 무척이나 마음에 드는 듯 환히 웃었다. 그는 기분 좋게 눈을 감으며 입을 열었다.

"어쩌면 사람은 제 이름을 따라가는 것도 같아서 말이다."

"또 무슨 생각을 하셨기에."

"내 이름이 구부(邱夫)가 아니냐. 남보다 높은 언덕에 서기는 했으나 아무래도 좀 외로운 편이지?"

"후후. 그렇지요."

"나는 내 덕을 세상에 말하지 못했지만 그 아이는 온 사방에 신나게 떠들었으면 좋겠다. 제 품은 뜻과 이룬 덕을 천하 끝까지 달리며 신나게 외치고 떠들었으면 좋겠어."

"뜻과 덕을 설파한다."

"응. 온 세상에 들리는 목소리가 되어라. 호통과 호령이기보다 덕과 지혜를 말하는 목소리. 온 세상 모든 백성에게 퍼질 울림을 내어라! 담덕(談德). 어떠냐, 고구려의 내일이 될 아이가 가질 이름으로 적당하겠느냐?"

단청은 얼른 대답하지 않았다. 구부도 대답을 기다리기보다 저 혼자 고개를 두어 번 갸웃거렸다. 마음이 동해 웅변하듯 소리치고서도 그냥 두어 번 제가 지은 이름을 되뇌더니 음, 하며 싱긋 웃고 말 뿐이었다. 왜인 까닭인지 둘 모두 몰랐지만 이상하게도 별다른 말없이 그저 그냥 좋은 이름이라며 고개를 끄덕이고 말았다.

묘한 이름을 들은 탓인지, 단청은 이날따라 밤이 늦어서도 쉬이 잠이 들지 않았다. 누운 채 말똥한 눈을 뜨고만 있다 가만히 일어난 그녀는 역시 잠들지 않고 있던 태왕의 머리를 두 손으로 받쳐 제 무릎에 올리고는 가만히 물었다.

"왜인지 잠이 잘 들지 않습니다. 무어라도 재미난 이야기를 들려주시지요."

"어떤 이야기가 좋을까? 귀 셋 달린 토끼 이야기라든가 삼천 년을 산 원숭이 이야기라든가. 뭐 그런 것들이 있기는 한데."

"다른 이야기를 듣고 싶습니다. 천하의 판세랄까. 정략이랄까. 음. 당대의 패자가 되는 길은 어떨까요."

뚱한 눈으로 그녀를 올려다보던 구부는 새삼스러운 질문에 고개를 갸웃거리며 물었다.

"네가 무슨 바람이 불어 그런 것을 물을까?"

"글쎄, 아까 아이의 이름을 듣고서 그런가, 괜히 그런 것들이 떠오르는 것 같습니다."

구부는 무릎을 벤 머리를 뒤로 젖히며 잠시 눈을 감았다 떴다. 구부 본인의 길이 아닌 탓에 평생 한 번 생각해보지 않았던 이야기였으나 세상 누구도 그보다 그 길의 헤아림에 밝을 수는 없었다. 그는 곧 답을 내놓았다.

"낙랑(樂浪)의 주인이 천하의 주인이다, 옛적 최비가 했던 말인가?"

"낙랑."

"그래. 그것은 틀림없는 사실이다. 낙랑을 가진 자가 당대 천하의 패자야. 과거 사마염의 진(晉)이, 미천태왕의 고구려가, 모용황의 연(燕)이, 그리고 지금 부견의 진(秦)이 낙랑의 주인이다. 그들 모두가 당대를 호령한 천하의 패자지. 심지어 낙랑을 지켜온 이들조차 당대의 영웅들이다. 사마염의 유지를 잇던 최비, 고을불의 시대를 만든 아불화도. 낙랑과 얽히는 인물은 그것만으로 후대에 길이길이 회자된다."

"왜 그리 되는 것입니까? 낙랑이 그리도 중요한 땅입니까?"

"재미없는 이야기가 될 것 같은데."

"들려주시지요."

구부는 귀찮은지 눈을 슬쩍 위로 떠서 단청의 얼굴을 바라보고는 할 수 없다는 듯 다시 입을 열었다.

"음수(飲水)라든가 어로(漁撈)라든가, 사람은 물줄기를 따라 살게 되어있지. 그리고 북방의 가장 거대한 물줄기는 요하야. 윗대로 올라갈수록 북방 족속들의 뿌리는 요하에 가까워진다. 굳이 생각하고 더듬지 않더라도 모두의 가슴 어느 한구석에는 제 뿌리를 향한 그리움이 있게 마련이지. 그 그리움의 땅인 요하의 한복판을 움켜쥐고 선 땅이 낙랑이다. 미천태왕께서 고토(古土) 수복을 외치며 낙랑을 쳤었지만 실상 그 땅은 우리만의 고토가 아니야. 낙랑은 아주 많은 이들의 뿌리다. 고향이자 성지(聖地)랄까."

"고향."

"그뿐 아니다. 낙랑은 동서남북 각종 산지의 중심인 데다 뱃길의 통행로야. 험산오지를 뚫지 않으려면 모든 통행자는 낙랑을 지나야 하지. 교류와 교역의 중심일뿐더러 사방의 숨길을 쥐어 잡은 관문이다. 상인, 사신, 하물며 사방의 유목하는 족속들 모두가 낙랑의 눈치를 보아야 해. 낙랑의 성주는 근방의 모든 것을 알게 된다. 어느 나라의 누가 어디로 사신을 보냈는지, 어느 산지에서 어떤 상인들이 무엇을 가져오는지, 어느 유목인들이 어느 계절에 어디로 가는지. 사방의 이해(利害)와 그들이 맺은 관계의 총체적 앎. 그것이 낙랑의 힘이야."

"어째서 요하와 낙랑만이 그리 특별한지요?"

"특별하다?"

"큰 물줄기라면 서쪽으로 황하나 장강이 있고 남쪽으로 욱리하와 같은 것도 있지 않습니까. 그 유역을 지배한다 하여 당대의 패자라 불리지는 않는데."

구부는 웃었다.

"정확한 물음이다. 요하에는 다른 물줄기들과 근본적으로 다른 것이 있으니까."

단청은 잠시 생각하다 작게 답했다.

"농사? 요하 근역에는 다른 곳보다 농지가 적은 것으로 압니다."

"그래, 왜일까. 농지가 왜 적을까? 장강이든, 황하든, 욱리하든 그 근방의 비옥한 토지와 곡창은 나라를 먹여 살리는 젖줄인데. 왜 요하만은 그렇지 못할까?"

"음."

"주변의 족속이다. 선비, 흉노, 우리 고구려, 옛 백제, 숙신, 거란 등 열 손가락으로 셀 수 없는 서로 다른 족속들이 요하에 닿아 있어. 그리고 그들 대다수는 근본이 유목하는 이들, 태생이 사납고 거친 놈들이다. 농기구를 잡은 이들은 결코 말 타고 초원을 누비는 이들을 막아낼 수 없어. 흩어진 채 떠돌며 살다가도 가끔씩 걸출한 지도자가 나타나거든 온 천하를 삼킬 듯 날뛰는 놈들이야. 옛적 선비 단석괴(檀石槐)라든가, 흉노 묵돌(冒頓)이라든가."

"아."

"시도 때도 없이 날뛰는 온갖 족속들의 숨길을 틀어쥔 땅에다 농사를 짓는다? 말이 안 되지. 한(漢)족이 그리 강성할 때에도 맞닿은 흉노에 엎드려 공주와 조공을 바치며 평화를 구걸했어. 가끔 싸워 이기는 일이 생기더라도 그 끝에는 고작 화친을 요청할 뿐이다. 당연한 일이야. 농사를 짓는 이들은 지킬 것이 많고 유목하는 이들은 지킬 것이 없거든."

"정말 그렇습니다."

"그것이 바로 네 질문에 가장 중요한 답이다. 낙랑을 갖고 요하를 틀어쥐려면 역린(逆鱗)을 잡힌 근방 모든 거칠고 사나운 족속의 적개심을 감당해야만 해. 압도적인 힘으로 그들 모두의 무릎을 꿇리고 지배해야만 참으로 낙랑을 지배하고 경영할 수 있는 것이다. 낙랑의 주인은 오래간 적이 없어. 최비는 고구려에, 고구려는 연(燕)에, 연은 진(秦)에 빼앗겼다. 모두가 온 힘을 쏟아 낙랑을 정복했지만 얼마 가지 못했어. 그런 이유야. 낙랑을 지배하고, 낙랑을 경영한다, 그것은 바꾸어 말하면 천하에서 가장 사나운 족속들을 모조리 엮어다 발아래 꿇렸다는 뜻이 되는 것이니까."

"아."

"뭐라 말하면 좋을까."

구부는 더 이야기하기 귀찮다는 듯 웃으며 고개를 저었다.

"그냥 그렇게만 알아두어라. 어쨌거나 다음 시대가 올 것이다. 지금의 모두가 늙어 물러나고 새로이 이름을 알리는 이들이 나타나 각기 천하의 자락을 붙잡고 일어서는 때가. 다음 대가 될까, 혹은 그다음이 될까. 그들 가운데 누군가는 다른 이들을 꺾어내고 제 몸집을 부풀려 끝끝내 낙랑을 온전히 지배하겠지. 그것이 아까 네 질문의 답이다. 낙랑의 문을 닫는 자, 요하의 심장을 움켜쥐고 사방의 족속을 모두 호령하는 자, 그가 바로 천하의 패자가 되는 것이야."

"폐하께서 이미 호령하는 대신 품어낸 것은 아닌지요?"

"오래 갈 리 없는 일이다. 다만 훗날을 위한 본(本)이 될 수는 있겠지만."

대충 마무리 지은 이야기와 이어진 침묵이 머쓱했는지 구부는 무릎을 벤 채로 몸을 돌려 누우며 피식 웃었다.

"재미도 없는 이야기를 물어 괜히 진만 빠졌다. 그쯤 되면 너와 나는 어디 한적한 고을에 눌러앉아 떡이나 돌리고 있을 터인데."

"그렇겠지요?"

"그럼. 자식도 하나 갖고. 삼식이, 삼돌이, 뭐 그런 이름이 좋겠어. 나는 삼이 좋아. 무엇을 해도 첫째나 둘째는 피곤한 법이다."

"제 아이는 삼식이, 남의 아이는 담덕(談德)."

금방 흥미를 잃어버린 단청이나 한껏 떠들면서도 못내 귀찮아하던 구부나, 길고 거창한 이야기는 금세 잊은 채 무얼 더 묻고 답하지 않았다. 그저 웃으며 실없는 몇 마디를 더 떠들다 두 남녀는 나란히 잠이 들었다.

은(殷)나라 이(夷)족 청년

무엇이 그리 즐거운지 연신 웃으며 쉼 없는 대화를 나누던 두 남녀는 평양성 백 리 밖에 닿을 즈음 한 청년과 마주하였다. 그들을 기다리고 있었던 듯 길 한중간에 곧게 서 있던 청년은 천천히 양손을 제 아랫배에 모았고 이내 세월의 흔적은 있으되 얼룩 한 점 없는 의복이 펄럭이며 매끈하게 빗어 올려 묶은 머리와 그 위에 얹힌 학모(學帽)가 낮아졌다. 이마에 모인 양손이 겹치며 무릎과 허리와 목이 차례대로 굽어졌다. 몇 날 며칠을 거듭 목욕재계하며 씻었던 몸과 얼굴에 흙먼지가 묻음에도 엎드려 절하는 청년은 그 한 번의 절에 온 삶을 담아내듯 정성스럽게 온몸으로 공경을 표현했다.

"……."

하는 이도, 받는 이도 말이 없었다. 이미 그 마음을 다한 절만으로 수백 마디 말이 오간 것과 진배없는 터, 그저 구부는 까닥 고개를 숙여 답했고 백동은 이마를 들고 나서도 무릎을 펴지 않았다. 무릎 꿇은 자세 그대로 맑은 눈을 들어 앞에 나타난 구부를 바라보고 있었다.

이(夷)

그 자세를 가리켜 붙은 이름 그대로 꿇어있던 그는 이내 몸을 일으켰다. 그리고 오직 구부만을 향해있던 눈길을 잠시 옆의 여인에 주었다. 백동과 단청의 마주치는 눈이 찰나의 순간 흔들렸다. 스무 해 전의 혹독한 인연, 천륜을 끊어낸 원한. 그러나 백동의 맑은 얼굴에 응어리는 조금도 남아있지 않았다. 그저 부질없는 옛 기억으로 흩어져 날아가게 두며 가볍게 고개를 숙일 뿐이었다.

"어디로 가려는가."

구부의 물음에 백동은 조용히 웃었다. 평생 배우고 깨친 그대로를 따르기만 했던 선한 청년은 그 순간 어느 때보다도 편안한 표정을 짓고 있었고 그것만으로 그의 뜻을 모두 안 구부는 구태여 더 묻지 않았다. 이윽고 다시 한번 깊게 허리를 숙인 백동은 이제 구부와 단청을 스쳐 지났다. 그렇게 몇 걸음 옮겼을까, 잠시 걸음을 멈춘 그는 닫혀만 있던 입술을 열어 마음속의 말을 내었다,

"저는 참 오래 원망하였습니다. 백성의 야만과 무지를 원망하고 나라의 모자람을 원망하여 남의 것을 배워 뽐내고자 하였습니다."

"……"

"아이는 굶거든 어른을 원망하고 어른은 굶거든 아이를 걱

정하지요. 그 간단한 이치를 참 오래도 몰랐던 소인이 이제 어른이 되고자 합니다."

구부의 낯에 왜인지 모를 씁쓸한 빛이 스치고 백동은 그대로 걸어 사라졌다. 덩달아 말을 잃어버린 두 사람도 이내 다시 걸음을 옮기기 시작했다. 길가의 낙엽이 이리저리 흩어지고 바닥의 모래가 스르르 구르는 가운데 한 방울 작은 물기가 늦가을 마른 바람에 묻어났다. 문득 구부는 단청을 바라보았고 다 흩어내지 못한 옛 기억의 편린이 그녀의 작은 목소리로 흘렀다.

"저 사람의 아비였습니다."

무엇을 뜻하는지 구부도 너무나 잘 알고 있었다. 그렇게 거기서 끊어졌던 말은 얼마나 걸었을까, 한참 시간이 흘러 구부의 나지막한 대답으로 이어졌다.

"그런 것은 이미 그에게는 모래알보다 작은 일일 뿐이다. 그는 이제 진정으로 저의 뜻을 깨우치고 실천하려 하니."

구부는 멀리 백동이 사라진 곳을 잠시 돌아보며 나직한 목소리를 이었다.

"참으로 그가 꿈꾸던 군자(君子)가 된 것이다."

호남(湖南)의 대룡(大庸).

산자락을 타고 우거진 숲이 끝도 없이 펼쳐진 가운데 수천의 기암괴석이 하늘을 떠받치는 기둥처럼 솟고 병풍처럼 펼쳐진 절벽이 그 한가운데를 가로질렀다. 설화 속 온갖 신비한 짐승들이 노닐 듯 대자연의 경이와 미답(未踏)의 신성함이 가득한 땅. 천하 절경이라면 떠오를 이름난 명소가 한둘이 아니겠지만 그 어떤 경치도 감히 이 대룡만큼 신비를 품어내지는 못하리라. 그곳에 수백의 사람들이 모여들어 모두 한곳을 바라보고 있었다. 대룡의 중심을 둘러싸고 깎아지를 듯 선 절벽의 한중간을.

화하만맥(華夏蠻貊) 망불솔비(罔不率婢).

이제 막 절벽에 화(華)의 첫 글자를 새기기 시작하려는 때를 앞에 두고 사안은 천하에 공고를 내어 이름 높은 학자란 학자를 모두 초빙하였다. 하늘에 별자리로 이름을 써도 그 귀함에 미치지 못한다는 천하 만학의 스승이 부르는 길을 마다할 이 누구랴, 천릿길을 걸어 험난한 오지를 헤치고서도 하나 빠짐없이 몰려든 그들은 이 압도적인 광경을 보는 순간 세상에 태어난 의미를 되새기고 있었다. 오직 이 순간을, 이 자리를 함께하기 위해 태어난 것이리라.

"나는 이 뒤에 쓰일 글자, 천하 문명의 근본이 되는 우리 화하(華夏)의 역사를 함께 더불어 논하려 여러 선생을 모셨소."

사안의 목소리는 그들의 심장을 붙잡아 하늘에 던졌다. 첫 문명의 역사를 기록하는 자리에 참석하는 것만도 모자라 함께 그 문구를 논하자니! 천년만년 유구한 역사에 선명히 새겨질 최고의 위업에 직접 붓을 대라니! 존귀함을 넘어 숭고한 일이었다. 평생 향학의 길을 걸어온 그들의 마음이 요동쳤다. 벅차오름을 참지 못해 제자리에 주저앉는 이조차 한둘이 아니었다.

"여러 선생의 손끝에서 나온 역사는 천 년을 살아 세상에 외칠 것이오. 만 년을 남아 세상에 밝힐 것이오. 화하야말로 천하 문명의 주인임을, 주(周)야말로 문명을 낳은 어버이임을! 어둔 야만의 시대에 등불을 비추어 천하 만민을 밝은 길로 이끈 것이 바로 우리 한(漢)인임을! 천 번을 숙고하시오. 만 번을 논하시오. 그리 다지고 다져낸 글자를 역사의 장에 깊게 새겨 넣으시오."

웅변을 토해내는 사안과 격동에 젖은 문인들이 숙연한 시선을 절벽에만 두는 가운데 한 청년과 몇 시비가 무리 사이사이를 다니며 그들의 상에 찻잎으로 정성스레 싼 밥을 하나씩 올려주었다.

"무이산 우란갱(牛欄坑)에서 가져온 가장 좋은 찻잎입니다."

가끔 묻는 이가 있거든 고개를 깊이 숙이며 조용한 목소리로 대답하는 청년은 사안이 가장 가까이 두는 제자 백동이었다. 좋은 암차(巖茶)의 향에 감탄하여 고개를 끄덕이는 문인들에게 누구 하나 빠짐없이 찻잎밥을 내놓은 백동은 곧 할 일을 마치자 사안의 뒤로 돌아가 공손한 자세로 손을 모았다. 그리고 그쯤 장쾌한 웅변을 마친 사안은 양손을 들어 찾아든 이들에게 상의 술과 음식을 들 것을 권했다.

"먼저 우의를 나누시오. 대업을 함께 짊어진 이들끼리 높고 낮음을 따지지 마시오. 이 자리의 모두는 지금을 기하여 형제가 되었소. 자, 한 솥으로 끓인 밥을 다 같이 드십시다."

그도 백동에게서 찻잎밥을 받아 들어 호기롭게 문인들의 앞에 내밀었다. 그 위대한 스승이 격의 없는 우의를 외치며 맨손으로 밥을 쑥 내미는 광경에 문인 모두에게서 즐겁고 소소한 웃음이 터졌다. 그 또한 모두의 마음을 편히 매만져 주는 지혜로운 대학의 배려, 훈훈하게 마음이 풀어진 이들이 함께 찻잎밥을 술잔처럼 내밀었다.

"흐음."

그러나 정작 사안은 그 순간 흠칫 이상한 기색을 떠올리며 백동을 한 번 바라보고는 미심쩍은 손길로 찻잎을 벗겨냈다. 따듯해야만 할 것이 차갑게 식어있었고 네모반듯해야만 할 것이 울퉁불퉁한 모양새인 탓이었다. 그리고 그렇게 의혹 어린 손으로 벗겨낸 찻잎 안에는.

골편이 있었다.

널따란 뼛조각이, 도무지 얼마나 되었을지 짐작할 수 없을 정도로 낡아 누레지고 삭은 편평한 뼛조각이 있었다.

"이게 무슨."

사안의 것뿐 아니라 수백 개의 찻잎밥에는 모두 뼛조각이 있었다. 짐승의 어깨뼈라든가, 거북이 등껍질이라든가, 그런 것으로 보이는 골편이 밥 대신 천하의 학식 높은 문인들의 상에 올라 있었다. 또 무슨 이야기를 하려고. 골편에 눈을 두고 때 아닌 침묵을 지키는 사안을 바라보며 이곳저곳에서 문인들의 수군거림이 퍼져나가는 가운데 걸어 나온 것은 제자 백동이었다. 아무리 사안의 제자일지언정 천하를 주름잡는 학자들의 앞에 나서기에 그는 너무 젊은 청년이었다. 의문 어린 수백 개의 시선을 한몸에 받으며 그는 천천히, 그러나 당당히 입을 열었다.

"자왈, 주감어이대 욱욱호문재 오종주(吾從周)."

나는 주나라를 따르겠다, 논어에 남은 젊은 날 공자가 외쳤던 결의가 백동의 입에서 흘렀다. 뻔하고 익숙한 논어의 문장이 들려오자 모였던 관심이 새삼스럽다, 엉뚱하다 하는 눈초리로 변해가는 가운데 다른 문장이 이어졌다.

"작모여몽좌전양주지간 여시은인야(予始殷人也)."

나는 은나라 사람이다. 사라진 공자세가의 문장이 읊어지자 이번에는 나이가 있는 절반쯤은 고개를 끄덕이고 비교적 젊은 나머지 절반은 고개를 갸웃거렸다. 그리고 서로의 상반된 태도에 의아한 눈길이 섞이기도 전, 그 꼴에 흐릿하게 웃던 백동은 손의 골편을 들었다.

"그 간극에 있는 물건입니다. 여러 선생께서 손에 들고 계신 골편은 안양현 소둔촌(小屯村)에서 발견된 은(殷)의 옛 성터에서 가져온 것입니다."

"······?"

"이천 년 전 옛 은(殷)의 유물이란 말씀입니다."

짧은 침묵의 끝에 웅성거림이, 이어 일대 소란이 일었다. 그저 침을 삼키는 이도 있었지만 벌떡 일어나는 이, 뭣이! 외마디 신음과 함께 술잔을 쏟는 이, 그들 모두가 백동에게서 골편으로 시선을 옮겼다. 은(殷)의 성터라니. 반쯤은 꾸며낸 신화와도 같이 여겨지던 그 나라의 물건이라니.

"골편의 겉면을 잘 살펴보십시오."

잠시 골편을 살펴보던 그들 가운데 이차 소란이 일었다. 몇몇이 그 골편에 새겨진 흠들을 예전 백동보다도 몇 배는 빠르게 알아본 탓이었다. 글자, 은, 이(夷)족. 그런 말들이 이곳저곳에서 뒤섞여 혼란은 점점 커졌다. 하나하나가 온 평생을 글 읽고 옛일을 따져 배우는 데에 바쳐온 이들이었다. 백동이 해오는 말이 무엇인지, 그 골편이 무엇을 뜻하고 있는지 알아듣고 이해하지 못할 리가 없었다. 서로의 골편을 바꾸어 보는 자들, 설명하는 자와 듣는 자들, 숫제 골편의 흠을 따라 글자를 써보는 자들.

"문명이 있었습니다. 은(殷)에 글자가 있었습니다. 글자는 사람의 말을 옮겼고 사람의 뜻을 남겼습니다. 생각만으로 남아 죽으면 끊어지던 것이 오가고 쌓이고, 이어지기 시작했고."

수십 일 밤을 생각해 온 말이었으나 이미 백동의 말을 듣는 자들이 없었다. 사실 그런 설명을 들을 필요가 있는 이도 없는 자리였다. 몇 마디 말을 이어가던 백동은 곧 피식 웃고 눈앞에 벌어진 난리통을 찬찬히 바라보다 이내 유난히도 맑은 하늘로 시선을 돌렸다.

'상쾌하다.'

이미 이 자리에서 살아나갈 길이 없음을 아는 회한이나 소회, 그런 것은 아니었다. 오히려 평생 처음 가지는 기쁨이었다. 유학과 민란, 아버지와 민을, 왕헌지, 사안, 구부. 평생 제 삶을 관통한 학문의 길에서 그는 결국 당당히 설 수 있었다. 나는 참으로 목숨보다 학문을 사랑하였다고, 떳떳하게 그리 외칠 수 있었다. 그는 사안을 바라보았다.

"저는 큰일에 쓰였습니다."

큰일에 쓰일 칼. 그를 그리 말해준 스승은 손을 떨고 눈을 떨며 숨을 쉬는 것조차 잊은 채 골편만 부여잡고 있었다. 은. 소둔촌. 고구부. 그런 단어들을 말하는 것 같은 모양으로 입술을 놀리며 고개를 숙인 채 폐인처럼 떨고만 있었다. 그리고 그의 가장 가까운 곳에 선 왕헌지는 백동을 무서운 눈으로 노려보고 있었으며 다시 그의 옆에는.

아직 스물도 되지 않았을 어린 유생 하나가 백동을 향해 달려오고 있었다. 순식간에 뛰어든 그 어린 유생은 학난이다, 학난을 일으키는 흉적이다, 성현을 욕되게 한 죄, 학문을 더럽힌 죄, 대업을 그르친 죄, 한마디 한마디 발악하듯 악을 쓰며 백동의 배에 쉼 없이 칼을 박아 넣고 있었다. 꼭 같았다. 마침내 칼을 놓고 피범벅이 된 제 손으로 얼굴을 감싸 쥐기까지. 백동은 천천히 눈을 감았다. 그리고 죽어가는 순간까지 미소를 잃지 않은 채, 들어지지 않는 손을 들어 덜덜 떨고 있는 유생의 뺨을 매만졌다.

동백과 한란

예해지를 필두로 한 대가들은 온 가문의 사람을 동원해 거곡성에서 있었던 일을 평양성에 퍼트렸다. 사라진 태왕이 돌아왔다, 온 천하의 야만족을 모조리 모아다 모용수를 내쫓았다, 무릎 꿇은 모용수는 깃발에 태왕의 초상을 올리고서야 돌아갈 수 있었다. 대승! 또 한 번 고구려의 위대한 태왕께서 일구어낸 신묘한 승리가 있었다. 그러나 소문 어디에도 이련의 승전은 없었으며 연이은 대가들의 패퇴 또한 없었다. 그저 위대한 전쟁을 따라나섰던 이름으로 함께 올라 있을 뿐이었다.

그들의 태왕이 또다시 그들을 구원한 것이었다. 이련이 겨눈 칼날에서 비껴나도록 살려낸 것이었다. 온 평양성이 모두 승전과 태왕의 귀환을 기뻐하며 만세를 부르건만 그들의 작은 허물을 누가 굳이 탓할까. 만연한 기쁨의 축제 속에 거론할 일이 아니었다.

"개모성 일은 이보 전진을 위한 일보 후퇴였을 뿐이지요."

점잖은 웃음을 터트리며 걷는 예해지와 대가들은 휘황찬란한 갑주를 입은 채 승전을 거둔 장수라도 된 듯 당당히 궁궐의 대전으로 향했다.

"헌데 태왕 폐하나 왕제 전하께서 대모달의 이름을 쓸 리가 없지 않소?"

"허허, 승전을 거두었으니 우리 가운데 한 사람이 받기는 받아야 할 터인데."

"폐하께서 돌아오시거든 그때 전하께서 약속하셨던 일을 여쭈어 고하면 되지 않겠소?"

그리 즐거운 이야기를 나누며 궁궐에 들어서던 그들은 차츰 이상한 기색을 느꼈다. 평소 들고 나는 이들이 자유로이 오갈 수 있도록 활짝 열어만 놓는 궁궐의 문이 그들이 들어서자마자 쿵 소리를 내며 닫힌 까닭이었다. 거기에 더해 길 양옆으로는 병사들이 포위하듯 길게 줄을 서있었고 장수마저 몇몇이 무장한 채 시립해 있었다. 그 사이 길의 한중간으로 울루, 이련의 신임하는 장수가 맞은편에서부터 뚜벅뚜벅 걸어오고 있었다.

"허허, 울루, 어째 흉흉한 분위기가 있소?"

전에 없이 좋은 소리로 건네진 인사에 누구에게나 친절하고 예의바른 장수는 정중히 고개를 숙여 마주 예를 표한 뒤 입을 열었다.

"좌군장 여산대장 울루, 전하의 명을 받들어 패전의 책임을 묻습니다. 여러 대가께서는 자리에 무릎을 꿇고 목을 내시기

바랍니다."

소스라치게 놀란 대가들이 뒷걸음쳤다. 겁먹은 들숨과 성난 날숨을 타고 어지러운 항변이 터졌다. 이리 무도할 데가! 절차는 어디로 갔는가! 판결은 누가 내렸단 말이냐! 이것이 법치가 맞느냐! 외치는 소리가 얽히는 가운데 울루는 차분히 입을 열었다.

"의례에 불과합니다. 죄인을 참하는 시늉을 한 뒤 전하께서 사면하고 포용하는 의미이니 따라주시기 바라겠습니다."

대가들은 그제야 진정할 수 있었다. 쉽게 속뜻을 알아챌 수 있는 바 그들이 패장임을 공고히 선언하고 그들의 기를 죽여놓겠다는 뜻이었다. 응해야 할지 말아야 할지 저울질하며 서로 눈치를 살피고 망설이는데 맨 앞의 예해지가 가장 앞서 갑주를 풀어놓더니 제자리에 무릎을 꿇었다. 다음 순간 모든 이가 앞을 다투어 갑주를 풀고 더 잴 것도 없이 무릎을 꿇었다. 오랜 정쟁의 경험으로 아는 이치였다. 모두가 함께 맞서면 모르되 하나라도 따르는 이가 있거들랑 늦는 이는 철퇴를 맞을 뿐이었다. 그리고 그 능숙한 처세술을 보던 울루는 갑자기 피식 웃었다.

"어찌 웃는가. 예의를 지키시게."

순간 그리 따져 묻던 목이 바닥에 떨어졌다. 예해지를 필두로 스무 개 가까운 목이 일거에 떨어지며 대전 앞마당이 피로 물들고 잘린 머리가 이리저리 굴렀다. 오직 말로만 세상일을 논하며 책임이라곤 무엇 하나 다하지 않던 혓바닥들을 길게 빼어 문 채 비참한 최후를 맞이해 있었다. 그리고 단 한 명 죽음의 순간을 눈치 채고 몸을 굴러 칼을 피한 대가는 악을 쓰듯 외쳤다.

"이것이, 이것이 왕제가 말하던 법치더냐!"

뚜벅뚜벅 걸어간 울루의 무심한 칼이 그의 목을 지나고 순식간에 절명한 대가가 나자빠지는 가운데 그 칼질만큼이나 차가운 목소리가 이어졌다.

"그따위 것, 옛 시대와 함께 사라진 지 이미 오래입니다."

궁궐 밖 성벽에 그들의 머리가 매달렸다.

스무 개 남짓 고구려를 주름잡던 각 가문 대가들의 머리가 같은 죄목이 쓰인 종이를 이마에 붙인 채 비참한 꼴로 전시되었다. 그러나 열흘이 지나고 스무 날이 지나도록 그들 가문 가운데 어느 하나 나서 반발하는 이가 없었다. 오히려 앞으로 가문을 이끌 대가를 오래잖아 하나씩 새로 내놓으니 그 모두가 이련의 편이었다. 사병을 그대로 간직케 하겠다. 봉토를 보전케 하겠다. 다만 반항하는 자가 있거든 너희 스스로 그를 토벌하여 그의 것을 나누어 가지라. 이미 대가들이 이번 출전을 나서는 순간 그런 밀약이 변국의 입을 통해 오갔었고 각 가문의 방계든 직계 친족이든 그 유혹에 손을 뻗지 않는 사람이 없었다.

 고구려의 모든 세력가는 머리를 조아렸다. 비로소 이련의 말에 함부로 토를 다는 이가 사라졌고 머리만 까닥 숙여 겉으로만 예를 표하는 이가 사라졌다. 그러나 모든 계략의 중심에 선 변국은 불안한 마음을 지우지 못하고 있었다. 다시 나타났다는 태왕이 혹여 평양성에 돌아온다면, 그가 선양(禪讓)을 또다시 미루고 이 판국을 타개하려 한다면. 이련의 군사가 얼마나 강력하고 변국의 흉계가 얼마나 교활한들 아무 소용도 없었다. 태왕의 면전에서 그를 반대하고 부정할 수 있는 사람은 고구려에 존재하지 않았다. 결국 이련이 즉위하지 않는 한에는, 마침내 구부가 선양하지 않고서는 아무것도 이루어지지 않은 것이나 진배없었다.

 "폐하께서 평양성에 오셨습니다."

 그리고 마침내 전해진 보고와 함께 날아온 것은 태왕의 부름이었다. 기껏 도성으로 돌아온 그는 궁궐로 드는 대신 이련에게 근방의 야산으로 오라는 서신 한 통을 보내왔다.

 야트막한 언덕을 타고 소소한 수풀들이 우거진, 숲이라 부르기조차 애매한 들판이 평양성 근방에 있었다. 작은 짐승들만 다니는 숲이라 하여 소수림(小獸林)이라는 이름이 붙은 그곳에서 태왕은 바위에 걸터앉아 제 아우를 기다리고 있었다. 칠 년 만에 보는 얼굴이 서로를 마주하고, 그저 반갑게 인사하지 못하는 아우의 눈길이 슬쩍 아래로 떨어지는 것을 보며 태왕은 천천히 입을 열었다.

"참 오랜만이구나."

"형님."

구부는 마냥 이련을 지그시 바라보았다. 감정이든 생각이든 다른 무엇 하나 묻어있지 않은 그저 투명하고 온화한 눈빛, 오히려 그렇기에 이련은 더욱 고개를 들지 못하고 꾹 주먹을 쥐었다. 바위처럼 굳어만 있으리라 그리 다짐했건만 어느 전장의 어느 적을 만나서도 크게 뛰는 적 없던 심장이 아프도록 요동치며 가슴에 응어리진 한을 끝내 목으로 밀어냈다.

"거란까지만 해도, 그때까지만 해도 나는 참았소. 견딜 수 있었소. 그러나 형님은 마지막까지 나를 막으셨소. 굳이 야만인들을 모아다 또 한 번 그 신통함을 뽐내셨지. 살아있는 신, 그래, 모두가 형님을 그렇게 부르더이다."

낮게 시작한 목소리가 차츰 높아갔다.

"모조리 목을 쳤소. 개모성으로 향했던 대가들, 오직 형님만을 사랑하여 따르던 그자들, 무능한 패전과 추한 작태의 책임을 물어 하나 빠짐없이 처형했소. 이미 알고 계시겠지. 성벽에 모조리 달아두었으니."

"……."

"처음부터 그럴 작정이었소. 이길 수 없는 전장에 내보내 패퇴시키고, 내 입맛에 맞는 이들을 새로 뽑아 나를 따르게 할 생각이었소. 하하. 형님께서는 내가 그런 짓을 벌일 줄 몰랐겠지. 그저 형님의 뜻을 따르며 끝없이 침잠할 줄로만 아셨겠지. 그러나 형님, 나는 형님과 생각이 다르오. 내게도 뜻이 있소. 나는, 나는 강한 고구려를! 온 백성이 함께 달려 이룩하는 강한 나라를!"

숨과 말을 함께 토해내던 이련은 어느 순간 말을 멈추고 입을 다물었다. 그것은 오히려 구부가 한마디 대구 없이 그의 말을 오직 들어주고만 있는 까닭이었다. 한마디 질책이라도, 훈계라도 있었더라면 가슴의 불씨를 크게 키워 다 토해내련만, 그의 형은 그저 예와 같이 잔잔한 얼굴로 듣고만 있었다. 이어지던 침묵은 이윽고 구부의 시선이 근처의 붉은 꽃으로 향하며 깨어졌다. 추운 땅에서 보기 힘든 남쪽의 동백이 묘하게도 소수림의 한복판에 붉게 물들어 있었다.

"너는 동백을 좋아하느냐, 한란을 좋아하느냐."

너무나 생뚱맞은 말에 그만 속으로 피식 웃어버리고서 답했다.

"사내가 어찌 꽃을 좋아하겠소. 다만 여느 꽃과 다르게 동백은 벌레가 들지 않는다지. 꽃잎 한 장 떨어짐 없이 고고하게 물들었다 한 송이 통째로 질 뿐이라고."

"그래. 그렇구나."

늦가을의 계절에 개화를 시작하게 마련이건만 소수림의 동백은 이미 흐드러져 있었다. 매끈하게 영근 잎사귀나 사방으로 굵게 뻗은 줄기와 달리 곱고 단아하게만 물든 꽃잎, 살랑바람이 불고 볕 좋은 철 내내 움츠려만 있다 혹독한 계절에 비로소 피어나는 꽃을 보며, 그리고 눈앞에 선 거구의 사내를 번갈아 바라보며 문득 구부는 난데없는 웃음을 크게 터트렸다.

"무척 잘 들어맞긴 하다만, 아무리 그래도 네게 꽃이라니."

이련의 굳게 다물어진 입술도 슬쩍 움직이는 듯 어색함을 지어냈다. 그리고 못 견디겠다는 듯 한참 웃어젖히던 구부는 바위에서 일어서며 제 아우의 어깨를 툭 두드렸다.

"네 자식의 이름을 지어보았다. 담덕(談德). 품은 바를 온 천하 사람들과 나누라는 뜻이다."

"나는 아들이 많소."

"태자가 될 아이에게 주면 될 터."

태자를 삼으라, 그것은 비로소 온전한 양위의 뜻이 나온 것과 진배없었다. 섭정으로 세우고도 일곱 해나 미루어온 선위는 수백 대신과 수천 관리가 지켜보는 궐의 가장 높은 곳 대신 그렇게 동백이 흐드러진 소수림의 들판 위에서 한담처럼 던져졌다. 가장 격의 없고 가장 소소하게, 참으로 구부답게. 그리고 이련은 그토록 바라마지않던 양위를 말함에 기뻐하며 꿇어앉는 대신 눈을 감았다. 슬쩍 떨리는 눈꺼풀을 이내 걷어 낸 그는 답지 않게 차분한 목소리를 던졌다.

"후회하실 수도 있소."

"그럴 리 없다."

"형님께서 그리던 것과 많이 다를지도 모르오."

"반드시 그래야만 한다."

구부는 더욱 온화한 미소를 지어 보였다. 한없는 애정이 담 긴 얼굴로 제 아우를 한참이나 바라보다 더는 다른 말 없이 등 을 돌렸다. 사내가 할 말을 굳이 다 하여 무엇에 쓸까. 그리 속 으로 중얼거리며 일곱 해 만의 해후를 마치고 돌아가는 걸음. 그리고 자리에 머물러 선 채 어디로, 어디로, 몇 번 입술을 꿈 틀거리던 이련은 멀리 구부가 다 사라지기 전에 결국 소리 내 어 그를 불렀다.

"어디로 가시려는 거요."

돌아선 구부는 잠시 망설이다 항상 떠올리는 그 웃음과 함 께 답했다.

"민을에게 간다. 삼식이 가지러."

즉위.

수백 고구려 대신과 수천 관리가 사흘의 목욕재계를 마치고 빈틈없는 의관을 갖춘 채 궁궐의 가운뎃길 양옆에 도열해 있었다. 그 의관이란 갑주. 문관과 무관을 가리지 않고 경갑이든 중갑이든 전장의 복색을 갖춘 그들의 사이로 허리춤에 칼을 꽂은 사내가 걸었다. 계단을 올라 가장 높은 자리에 오르기까지, 굳게 다물어 있던 신하들의 입이 그가 허리춤의 여려를 뽑아드는 순간 일거에 열렸다.

천하제일장 고이련 –

분명 태왕의 즉위를 축하하는 자리건만 왕을 부르는 말 대신 장(將)을 칭송하는 고함이 일었고 뽑힌 이련의 칼이 하늘 한가운데를 향했다가 정면을 가리키는 순간 고함은 다시 한 번 터져 나왔다.

천하제일장 고이련 –

쿵. 쿵. 궐 안의 모든 이들이 각기 제 병장기를 들어 일사불란하게 정확히 열 번, 온 궐이 울리도록 바닥을 찧었다. 천문을 보고 하늘의 복을 점치는 제관들도, 멋들어진 시구를 지어다가 낭랑한 목소리로 읊는 문사도 없었다. 철(鐵)과 병(兵)만이 모여 마치 출정 직전에 그들의 수장을 연호하듯 북과 쇠와 고함만이 있을 뿐이었다.

"고구려는 전쟁의 나라다. 제 한목숨에 연연하는 자, 안으로 민생을 걱정하는 자, 밖으로 선린(善隣)이라는 말을 입에 담는 자, 결코 고구려의 사내라 불릴 수 없을 것이리라."

바닥에 여려(如麗)가 꽂히자 우측에서 여토(麗土)의 깃발이, 좌측에서 여산(麗山)의 깃발이, 그리고 한가운데서 여해(麗海)라 쓰인 깃발이 올랐다. 그리고 천지 사방을 쩌렁쩌렁 울리는 이련의 거대한 고함이 온 평양성을 덮었다.

"천하 정벌의 시대, 웅비의 시대가 열렸도다!"

천하제일장 고이련 –

한 사람 빠짐없이 꽉 쥐어 잡은 병장기를 하늘로 높이 들었다. 수천 명이 함께 온 가슴을 토해내듯 내지른 고함이 뒤따랐다. 평화의 시대, 사유에서 구부로 이어지는 따사로운 세월의 종말을 알리고 옛 고구려의 기상을 되살리는 선언이 하늘을 떨어 울렸다.

그리고 이련의 뒤에 선 세 명의 여인과 다섯 아이도 함께 그 이름을 연호했다. 천하제일장 고이련, 천하제일장 고이련, 모두가 제 아비의 등을 바라보며 양팔을 들고 그 이름을 가슴이 터져라 외치는 가운데, 오직 한 아이는 뒤돌아 궐 바깥을 바라보고 있었다. 몇몇의 시선이 아이에게로 향하고 그의 어미는 놀라 제 자식을 부르며 어깨를 잡았다.

"무엇을 하느냐. 무엇을 보는 게야."

어미는 만류하면서도 아이가 보는 곳을 따라 바라보았다. 도성의 성문 근처, 바삐 오가는 백성들의 사이로 가끔 그들에게 손을 흔들기도, 고개를 꾸벅 숙이기도 하며 걸음을 옮기는 남녀가 있었다. 때때로 늙은 장사치 대신 소리 높여 호객을 해 주기도, 걷기 힘든 노인의 팔짱을 끼고 함께 걷기도 하는 이들. 크게 다리를 들어 우스꽝스러운 걸음을 걷기도, 무슨 짐승인지 모를 흉내를 내며 장난을 치는 그들 남녀는 멀리서 보기에도 한없이 서로 즐겁기만 했다. 저들이 누구기에, 눈을 잠시 모으던 왕후는 이내 그 정체를 깨닫고 복잡한 표정을 지었다. 제 자식이, 저와 이련의 자식이 마침내 관을 쓰는 새 태왕을 보는 대신 막 성문을 떠나는 그에게 허리를 깊이 숙여 인사를 보내고 있는 까닭이었다.

　요동의 부처, 거란의 신선, 고구려의 신.
　바라고 꿈꾼 모든 일을 이뤄낸 17대 고구려 태왕.
　고구부는 그렇게 평양성을 떠났다.

〈8권에 계속〉

農賣城國烟一看烟　六家為看烟

八十城一六家為看烟　於就咨城五家

略來韓穢令備洒掃　言教如此　遠都如

言祖王先王但教取　先王但　城八家

教一家為看烟　於村城　遠近

上開其立碑　好太王盡　第三　一百　都

國　新蔡　有富足之者　亦不得　賣者刑之

國因一看烟二國興利城因囚

六十家為看烟農賣城國烟一看烟

八十□六家為看烟國烟一□五

一家為看烟于□城八家

□六家為看烟城就國烟一

略來韓穢令守墓洒

教言相王先王便教如

字遠石國烟卅看烟律言敎遠如

國□上廣用立境好太王第之相